O LIVRO DE CAM

Livros da autora publicados pela Galera Record

Série Fallen
Volume 1 – *Fallen*
Volume 2 – *Tormenta*
Volume 3 – *Paixão*
Volume 4 – *Êxtase*

Apaixonados – Histórias de amor de Fallen
Anjos na escuridão – Contos da série Fallen
O livro de Cam – Um romance da série Fallen

Série Teardrop
Volume 1 – *Lágrima*
Volume 2 – *Dilúvio*

A traição de Natalie Hargrove

LAUREN KATE

O LIVRO DE CAM

UNFORGIVEN

Tradução
Ana Carolina Mesquita

9ª edição

— **Galera** —
RIO DE JANEIRO
2025

CIP-BRASIL. CATALOGAÇÃO NA PUBLICAÇÃO
SINDICATO NACIONAL DOS EDITORES DE LIVROS, RJ

K31L   Kate, Lauren
9ª ed.   O livro de Cam: Um romance da série Fallen / Lauren Kate; tradução de Ana Carolina Mesquita. – 9ª ed. – Rio de Janeiro: Galera Record, 2025.

Tradução de: Unforgiven
ISBN 978-85-01-09937-2

1. Ficção americana. I. Mesquita, Ana Carolina. II. Título.

16-30145   CDD: 028.5
                                                  CDU: 087.5

Título original em inglês:
Unforgiven

Copyright © Lauren Kate e Tinderbox Books, LLC., 2016

Publicado originalmente por Delacorte Press, um selo da Random House Children's Books, divisão da Random House LLC, uma Companhia Penguin Random House, Nova York.

Direitos de tradução negociados com Tinderbox Books, LLC e Sandra Bruna Agencia Literária, S. L.

Editoração eletrônica: Abreu's System
Adaptação de capa: Renata Vidal da Cunha

Todos os direitos reservados. Proibida a reprodução, no todo ou em parte, através de quaisquer meios. Os direitos morais do autor foram assegurados.

Texto revisado segundo o novo Acordo Ortográfico da Língua Portuguesa.

Direitos exclusivos de publicação em língua portuguesa somente para o Brasil adquiridos pela
EDITORA RECORD LTDA.
Rua Argentina, 171 – Rio de Janeiro, RJ – 20921-380 – Tel.: (21) 2585-2000 – que se reserva a propriedade literária desta tradução.

Impresso no Brasil

ISBN 978-85-01-09937-2

Seja um leitor preferencial Record.
Cadastre-se e receba informações sobre nossos lançamentos e nossas promoções.

Atendimento e venda direta ao leitor:
sac@record.com.br

EDITORA AFILIADA

PARA AQUELES QUE SONHAM

Serpentes em minha mente
Tentando teus crimes perdoar
Todos mudam uma hora
Espero que agora vá ele mudar

— Sharon Van Etten, *"Serpents"*

PRÓLOGO

UNIDOS PARA SEMPRE

As botas de Cam tocaram os beirais do telhado da velha igreja sob um frio céu estrelado. Ele trouxe as asas para junto do corpo e admirou a paisagem. As barbas-de-velha pendiam das árvores centenárias, como estalactites brancas à luz do luar. Construções térreas de concreto circundavam um campo cheio de ervas-daninhas e um par de arquibancadas cheias de farpas. Do mar, vinha a brisa agitada.

Férias de inverno na Escola Sword & Cross. Não havia vivalma à vista. O que ele fazia ali?

Passava pouco da meia-noite. Ele tinha chegado de Troia. Viajara em meio a uma névoa de confusão, as asas guiadas por uma força misteriosa. Flagrou-se cantarolando uma canção que não se permitia recordar havia milhares de anos. Talvez ele tivesse voltado ali porque fora onde os anjos caídos encontraram Luce em sua última e amaldiçoada vida. Era sua tricentésima vigésima quarta encarnação, e a tricentésima vigésima quarta vez que os anjos caídos se reuniam para ver como a maldição se desenrolaria.

Agora, a maldição fora quebrada. Luce e Daniel estavam livres.

E, caramba, que inveja Cam sentia disso.

Ele correu os olhos pelo cemitério. Nunca teria imaginado que um dia ficaria nostálgico em relação àquele ferro-velho, mas seu início na Sword & Cross fora empolgante de certa forma. O resplendor de Lucinda nunca fora tão intenso, levando os anjos a duvidarem das próprias expectativas em relação a ela.

Durante seis milênios, sempre que ela completava 17 anos, eles presenciavam alguma variação do mesmo acontecimento: os demônios — Cam, Roland e Molly — tentavam ao máximo fazer Luce aliar-se a Lúcifer, enquanto os anjos — Ariane, Gabbe e, às vezes, Annabelle — se esmeravam para fazê-la voltar à proteção do Paraíso. Nenhum dos dois lados jamais chegava nem perto de convencê-la.

Pois toda vez que Luce encontrava Daniel — e ela sempre encontrava Daniel —, nada se tornava mais importante que o amor de ambos. Em todas as vezes, eles se apaixonavam, e, em todas as vezes, Luce morria em meio a uma explosão.

Até que, certa noite na Sword & Cross, tudo mudou. Daniel beijou Lucinda, e ela sobreviveu. E então todos souberam que Luce, finalmente, receberia o poder da escolha.

Algumas semanas mais tarde, todos viajaram até o local original de sua queda, Troia, onde Lucinda escolheu seu destino. Ela e Daniel novamente se recusaram a alinhar-se com o Inferno ou o Paraíso, escolhendo um ao outro em vez disso. Abdicaram da imortalidade para passar uma vida mortal juntos.

Agora os dois tinham morrido, mas continuavam nas lembranças de Cam. Aquele amor triunfante o fez ansiar por algo que não ousava colocar em palavras.

Começou a cantarolar novamente. Aquela canção... Mesmo depois de tanto tempo, ele ainda se lembrava dela...

Fechou os olhos e viu a cantora: o cabelo ruivo preso numa trança frouxa às costas, seus dedos longos acariciando as cordas de uma lira enquanto ela se recostava numa árvore.

Ele não se permitira pensar nela em milhares de anos. Por que agora...?

— Esta lata aqui já era, dá pra me passar outra? — pediu uma voz familiar.

Cam virou-se. Não havia ninguém ali.

Notou um movimento atrás da claraboia de vitrais quebrados do telhado e aproximou-se para espiar por ali. Queria ver o interior da capela que Sophia Bliss havia usado como escritório quando era a bibliotecária da Sword & Cross.

Lá dentro, as asas iridescentes de Ariane se dobraram quando ela sacudiu uma lata de tinta spray e levantou-se, mirando o jato na parede.

O mural que havia criado mostrava uma garota numa floresta azul cintilante. Ela usava um vestido negro em camadas e olhava para um garoto loiro, que lhe oferecia uma peônia branca. *Luce e Daniel Para Sempre*, escreveu Ariane com letras góticas prateadas na saia rodada da garota.

Atrás de Ariane, um demônio de pele negra e *dreadlocks* acendia uma vela alta, confinada num vidro pintado com a imagem da Santa Muerte, a santa da morte venerada na cultura mexicana. Roland criava um santuário no local onde Sophia matara Penn, amiga de Luce.

Nenhum anjo caído podia entrar num santuário de Deus, pois, tão logo pisasse ali, todo o local se acenderia em chamas e incineraria os mortais presentes. Aquela capela, porém, fora dessacralizada depois que a Srta. Sophia se instalara nela.

Cam abriu as asas e desceu pela claraboia quebrada, aterrissando atrás de Ariane.

— Cam. — Roland abraçou o amigo.

— Ei, vá com calma — retrucou Cam, mas não se desvencilhou do abraço.

Roland inclinou a cabeça.

— Que coincidência encontrar você por aqui.

— Ah, é? — perguntou Cam.

— Não se você gostar de *carnitas* — disse Ariane, atirando um pacotinho embrulhado em papel alumínio para ele. — Lembra-se daquele *food truck* de tacos em Lovington? Eu estava louca por um desses tacos desde que viemos para este fim de mundo. — Ela abriu o próprio embrulho e devorou o taco em duas mordidas. — Delícia.

— O que você está fazendo aqui? — perguntou Roland para Cam. Cam encostou-se numa coluna de mármore fria e deu de ombros.

— Esqueci minha *Les Paul* no dormitório.

— Nossa. E você veio até aqui só por causa de uma guitarra? — questionou Roland, depois assentiu. — Bem, acho que todos nós precisamos encontrar maneiras de preencher nossos dias intermináveis, agora que Luce e Daniel se foram.

Cam sempre odiara a força que atraía os anjos caídos até os amantes amaldiçoados a cada 17 anos. Tinha sido obrigado a abandonar campos de batalha e cerimônias de coroação. A desistir dos braços de garotas maravilhosas. Certa vez tivera até mesmo de deixar um set de filmagem. Sempre era obrigado a largar tudo para encontrar Luce e Daniel. Porém, agora que aquela força irresistível se fora, ele sentia saudades.

A própria eternidade estava aberta à sua frente. O que ele faria com ela?

— O que aconteceu em Troia te deu, sei lá... — começou Roland, mas deixou a frase solta no ar.

— Esperança? — Ariane pegou o taco intocado de Cam e o devorou. — Tipo, se depois de todos esses milhares de anos Luce e Daniel foram capazes de enfrentar o Trono e conseguir um final feliz, por que não os outros? Por que *nós* não podemos também?

Cam olhou pela janela quebrada.

— Talvez eu não seja esse tipo de cara.

— Todos nós carregamos conosco pedaços de nossas jornadas — retrucou Roland. — Todos nós aprendemos com nossos erros. Quem disse que não merecemos a felicidade?

— Ah, essa é boa. — Ariane tocou as cicatrizes em seu pescoço. — O que nós, três aves de rapina desiludidas, sabemos sobre o amor? — Ela olhou de Cam para Roland. — É ou não é?

— O amor não é propriedade exclusiva de Luce e Daniel — argumentou Roland. — Todos sentimos o gostinho dele um dia. Talvez voltemos a sentir de novo.

O otimismo de Roland não bateu bem para Cam.

— Eu não — anunciou ele.

Ariane suspirou, arqueando as costas para abrir as asas e erguer-se alguns centímetros do chão. Um som esvoaçante preencheu a igreja vazia. Com movimentos hábeis da lata de tinta spray branca, ela acrescentou uma levíssima sugestão de asas acima dos ombros de Lucinda.

Antes da Queda, as asas dos anjos eram feitas de luz empírea. Eram perfeitas, um par idêntico ao outro. Agora, as asas haviam se tornado manifestações da personalidade de cada anjo, de seus erros e impulsos. Os anjos caídos que se aliaram a Lúcifer possuíam asas douradas. Já as dos anjos que haviam retornado aos braços do Paraíso exibiam, nas suas fibras, os toques prateados do Trono.

As asas de Lucinda haviam sido especiais. Eram surpreendentemente puras e brancas. Intocadas. Inocentes das escolhas alheias. Além dela, o único outro anjo caído que preservara as asas brancas fora Daniel.

Ariane desembrulhou o segundo taco.

— Às vezes eu me pergunto se...

— Se o quê? — interrompeu Roland.

— Se vocês poderiam voltar no tempo e não dar uma mancada tão épica no quesito amor, sabem?

— E de que adianta se perguntar isso? — disparou Cam. — Rosaline morreu. — Ele viu Roland estremecer ao ouvir o nome da amada perdida. — Tess jamais irá perdoar você — acrescentou, olhando para Ariane. — E Lilith...

Pronto. Ele disse o nome dela.

Lilith foi a única garota que Cam amou. Ele a pedira em casamento. Não deu certo.

Ele ouviu aquela música mais uma vez, latejando em sua alma, cegando-o com o arrependimento.

— Você está cantarolando? — perguntou Ariane, olhando para Cam, desconfiada. — E desde quando você cantarola, posso saber?

— Qual é o *lance* com Lilith? — insistiu Roland.

Lilith também havia morrido. Embora Cam jamais tivesse descoberto como foram os últimos dias dela na Terra depois que se separaram, sabia que ela já devia ter abandonado este mundo e retornado ao Paraíso há muito tempo. Se Cam fosse um cara diferente, talvez sentisse certo consolo em imaginá-la envolta em luz e alegria. O Paraíso, porém, lhe era tão dolorosamente distante que achava melhor simplesmente nem pensar nela.

Roland pareceu ler sua mente.

— Você poderia fazer as coisas do seu jeito.

— Eu sempre faço as coisas do meu jeito — retrucou Cam, suas asas pulsando silenciosamente às costas.

— Sim, é uma de suas melhores qualidades — disse Roland, olhando para as estrelas através do telhado destruído. Depois, olhou novamente para Cam.

— Que foi? — perguntou Cam.

Roland deu uma risada baixinha.

— Eu não falei nada!

— Deixe comigo, sim? — interrompeu Ariane. — Cam, este seria o exato momento no qual todo mundo fica esperando para ver uma de suas partidas dramáticas... daquelas em que você sai voando até um bando de nuvens como aquele ali. — Ela apontou para uma névoa que pendia do Cinturão de Órion.

— Cam. — Roland olhou alarmado para o amigo. — Suas asas.

Perto da pontinha da asa esquerda de Cam havia um único e pequenino filamento branco.

Ariane ficou boquiaberta.

— O que isso quer dizer?

Era uma única mancha branca em meio à vastidão dourada, mas obrigou Cam a se lembrar do momento em que suas asas deixaram de ser brancas e ganharam a cor do ouro. Há muito tempo aceitara seu destino, mas agora, pela primeira vez em milênios, vislumbrava uma possibilidade.

Graças a Luce e Daniel, Cam tivera uma nova chance. E um único arrependimento.

— Preciso ir. — Ele abriu as asas completamente, e uma brilhante luz dourada banhou a capela. Ariane e Roland saíram do caminho. A vela tombou e se estilhaçou no chão. Sua chama apagou-se lentamente no frio piso de pedra.

Cam disparou até o céu e atravessou a noite, rumando em direção às trevas que estavam sempre à espera desde o dia em que fugira do amor de Lilith.

UM

TERRA DE NINGUÉM

LILITH

Lilith acordou tossindo.

Era época das queimadas — sempre era época das queimadas —, e seus pulmões estavam repletos da fumaça e de cinzas do fogo que ardia nas colinas.

O despertador na mesinha de cabeceira indicava meia-noite, mas a luz cinzenta da manhã já entrava pelas cortinas brancas diáfanas. Provavelmente estava sem luz de novo. Ela lembrou-se da prova de biologia que a aguardava no quarto tempo e, logo em seguida, da infelicidade de ter trazido o livro de História Americana por engano para casa. De quem tinha sido a pegadinha cruel de lhe dar dois livros com lombadas de cores idênticas? Agora ela seria obrigada a encarar a prova sem estudar e rezar para tirar um C.

Saiu da cama e pisou em algo quente e macio. Recuou o pé para cima e o cheiro invadiu suas narinas.

— Alastor!

O cachorrinho de pelo aloirado entrou trotando no quarto, achando que Lilith queria brincar. Sua mãe chamava aquele cachorro de gênio por causa dos truques que o irmão, Bruce, lhe ensinara, mas Alastor tinha 4 anos e se recusava a aprender o único truque que realmente importava: fazer as necessidades lá fora.

— Isso é uma falta extrema de educação! — exclamou ela, dando uma bronca no cachorro e saltitando para o banheiro numa perna só. Abriu a torneira do chuveiro.

Nada.

A *água só volta às 15h*, proclamava o recado que a mãe escrevera numa folha solta e prendera com fita adesiva no espelho do banheiro. As raízes das árvores do quintal estavam se enrolando no encanamento, e naquela tarde sua mãe supostamente teria a grana para pagar o encanador, pois receberia o pagamento de um de seus vários empregos de meio-período.

Lilith procurou desajeitadamente o rolo de papel higiênico, na esperança de pelo menos conseguir limpar o pé, mas só encontrou o tubo de papelão vazio. Ai, ai. Mais uma típica terça-feira. Os detalhes podiam variar, mas todos os dias da vida de Lilith tinham mais ou menos o mesmo nível dantesco.

Arrancou o recado da mãe do espelho e o usou para limpar o pé, depois vestiu uma calça jeans preta e uma camiseta preta fina, sem olhar para seu reflexo no espelho. Tentou se lembrar de algum fiapo das aulas de biologia que pudesse cair na prova.

Quando desceu as escadas, Bruce derramava o resto de uma caixa de cereal diretamente na boca. Lilith sabia que aqueles flocos amanhecidos eram a única comida que ainda restava naquela casa.

— Acabou o leite — informou Bruce.

— E o cereal? — perguntou Lilith.

— Também. Acabou tudo. — Bruce tinha 11 anos e era quase tão alto quanto Lilith, porém bem mais magro. Estava doente. Desde sempre. Nasceu prematuro, e o coração não conseguia acompanhar o ritmo de sua alma, pelo menos era isso que a mãe de Lilith costumava dizer. Os olhos de Bruce eram fundos e a pele tinha um tom meio azulado, pois seus pulmões jamais conseguiam absorver a quantidade necessária de oxigênio. Quando os morros pegavam fogo, ou seja, todos os dias, bastava ele fazer um mínimo esforço e já começava a chiar. Ele passava mais tempo em casa, acamado, que na escola.

Lilith sabia que Bruce precisava mais que ela do café da manhã, mas, ainda assim, seu estômago roncou em protesto. Comida, água, produtos básicos de higiene — tudo era escasso na espelunca que chamavam de lar.

Ela olhou pela janela ensebada da cozinha e viu que o ônibus da escola estava indo embora. Soltou um gemido e apanhou o estojo do violão e a mochila, não sem antes verificar se seu caderninho preto estava ali dentro.

— Até mais, Bruce — despediu-se ela, e se foi.

Buzinas dispararam e pneus guincharam quando Lilith atravessou a rua correndo sem olhar para os lados, como sempre dizia para Bruce não fazer. Apesar de ter uma sorte terrível, ela nunca se preocupara com a possibilidade de morrer. Morrer seria libertar-se daquela rodinha de hamster que era sua vida, e Lilith sabia que não teria essa sorte. Que o Universo, ou Deus, ou *sei lá o quê* queria que ela continuasse presa naquele martírio.

Observou o ônibus se afastando, depois se pôs a caminhar os 5 quilômetros até a escola, o estojo do violão sacolejando às costas. Caminhou apressada pela rua, passando pelo pequeno centro de compras com a loja de badulaques e pelo restaurante chinês com drive-thru, que volta e meia fechava as portas. Depois que se afastou alguns quarteirões de seu bairro decrépito, conhecido como O Cortição, as calçadas começaram a ficar mais planas, e as ruas, menos esburacadas. As pessoas que saíam para pegar o jornal na porta de casa usavam ternos, e não os robes atoalhados puídos dos vizinhos de Lilith. Uma mulher bem penteada, que passeava com um dogue alemão, acenou para ela desejando bom dia, mas Lilith não tinha tempo para amabilidades. Enfiou-se no túnel de concreto dos pedestres, que havia embaixo da autoestrada.

A Escola Preparatória Trumbull ficava na esquina da High Meadow Road com a Highway 2 — trecho que Lilith associava basicamente às idas estressantes ao pronto-atendimento quando Bruce adoecia demais. Enquanto disparavam na minivan roxa da mãe, com o irmão arfante junto ao ombro, Lilith ficava olhando pela janela, para as placas verdes na lateral da autoestrada que indicavam a distância dali a outras cidades. Muito embora nunca tivesse visto muito (ou melhor, nada) fora de Crossroads, ela gostava de imaginar o vasto mundo grandioso que existia além. Gostava de imaginar que um dia, se chegasse a se formar, fugiria para algum lugar melhor.

O último sinal estava tocando quando ela emergiu do túnel em frente ao perímetro escolar. Tossia, seus olhos ardiam. As queimadas nas colinas que rodeavam sua cidade haviam envolvido a escola em fumaça. O prédio de estuque marrom, que já era horroroso, parecia ainda pior graças aos cartazes feitos pelos alunos e colados nas paredes. Um deles anunciava o jogo de basquete do dia seguinte, outro informava os detalhes da reunião que aconteceria depois das aulas a fim de organizar a feira de ciências, mas a maioria apenas mostrava fotos de um atleta chamado Dean, devidamente extraídas do anuário e depois ampliadas. O tal Dean queria angariar votos e ser eleito o rei do baile de formatura.

Junto à entrada principal da Trumbull estava o diretor Tarkenton. Ele, que mal chegava a 1,5 metro de altura, trajava um terno de poliéster vinho.

— Atrasada de novo, Srta. Foscor — censurou ele, observando-a com desgosto. — Já não vi seu nome na lista de detenção dos atrasados ontem?

— Essa coisa de detenção é engraçada — comentou Lilith. — Parece que aprendo mais olhando fixamente para uma parede do que jamais aprendi nas aulas.

— Vá já para a sala — disse Tarkenton, dando um passo na direção de Lilith. — E, se você causar um segundo de problema que seja para sua mãe na aula de hoje...

— Minha mãe está aqui? — Lilith engoliu em seco.

A mãe trabalhava como professora substituta na Trumbull alguns dias por mês, única razão pela qual conseguia bancar Lilith naquela escola particular. Lilith nunca sabia quando toparia com a mãe esperando por ela no refeitório, ou retocando o batom no banheiro feminino. Ela jamais revelava a Lilith quando daria o ar da sua graça na Trumbull, e nunca oferecia carona para a filha até a escola.

Era sempre uma surpresa terrível, mas pelo menos Lilith jamais topara com a mãe em alguma de suas aulas.

Até hoje, pelo visto. Gemeu e entrou na escola, sem saber em qual das aulas veria a mãe.

Foi poupada na primeira aula. A Sra. Richards já tinha terminado a chamada e listava furiosamente no quadro-negro maneiras de os alunos ajudarem na campanha inútil que ela criara para tentar inserir o hábito da reciclagem na escola. Quando Lilith entrou, a professora balançou a cabeça em silêncio, como se simplesmente estivesse cansada do costumeiro atraso de Lilith.

Lilith acomodou-se no lugar, colocou o estojo do violão aos seus pés e sacou o livro de biologia que acabara de apanhar em seu armário. Ainda teria dez minutos preciosos naquela primeira aula, que não passava de uma espécie de sessão de avisos, e precisava deles para se sair bem na prova.

— Sra. Richards — disse a garota ao lado de Lilith, olhando feio para ela. — Tem um cheiro horroroso aqui dentro.

Lilith revirou os olhos. Ela e Chloe King eram inimigas desde o ensino fundamental, muito embora Lilith não se lembrasse bem do porquê. Lilith não representava nenhuma ameaça àquela linda garota rica do último ano. Chloe era modelo da Crossroads Apparel e vocalista de uma banda de música pop chamada Desprezos Nítidos. Além disso, também era presidente de no mínimo metade dos clubes extracurriculares da Trumbull.

Depois de mais de uma década enfrentando a nojenta da Chloe, Lilith já estava acostumada com a constante saraivada de ataques. Se estava num dia bom, simplesmente os ignorava. Naquele, concentrava-se nos genomas e fonemas do livro e tentava fingir que Chloe não estava ali.

Porém, os outros alunos ao redor de Lilith também começaram a tapar o nariz. O garoto na sua frente fingiu que ia vomitar.

Chloe remexeu-se na cadeira.

— Essa é sua ideia barata de perfume, Lilith, ou você cagou nas calças mesmo?

Lilith lembrou-se do "presente" que Alastor tinha deixado ao lado de sua cama e do banho que não pudera tomar, e sentiu as bochechas ardendo de vergonha. Apanhou suas coisas e saiu apressada da sala, ignorando as advertências da Sra. Richards, entrou então no banheiro.

Lá dentro, sozinha, encostou-se na porta vermelha e fechou os olhos. Queria ficar escondida ali o dia inteiro, mas sabia muito bem que, assim que o sinal tocasse, o banheiro se encheria de meninas. Obrigou-se a ir até a pia. Abriu a água quente, tirou o sapato, enfiou o pé sujo na pia e bombeou o sabonete cor-de-rosa barato nele. Então olhou para cima, esperando ver seu reflexo infeliz, mas em vez disso viu um cartaz reluzente, pregado no espelho com fita adesiva. *Vote em King para Rainha,* dizia a chamada abaixo de uma foto profissional de uma Chloe King sorridente.

A formatura seria no fim daquele mês, e todos os alunos da escola, menos ela, pareciam doidos com a expectativa. Lilith já vira centenas daquele tipo de cartaz nos corredores. A caminho das aulas, passara por garotas mostrando umas às outras em seus celulares fotos dos buquês de pulso que sonhavam ganhar de seus acompanhantes. Ouvira gracejos dos garotos comentando o que aconteceria depois da festa.

Tudo aquilo fazia Lilith sentir vontade de vomitar. Ainda que tivesse dinheiro para comprar um vestido, e ainda que houvesse algum garoto com quem desejasse ir à festa, ela jamais colocaria os pés na escola sem que isso fosse absolutamente necessário.

Arrancou o cartaz de Chloe do espelho e o utilizou para limpar seu sapato por dentro, depois o atirou na pia e deixou a água correr até o rosto de Chloe não passar de polpa molhada.

⁂

Na aula de literatura, o Sr. Davidson estava tão entretido anotando o Soneto 20 de Shakespeare no quadro que nem notou o atraso de Lilith.

Ela sentou-se cautelosamente, observando os outros alunos e esperando que alguém torcesse o nariz ou tivesse ânsia de vômito, mas felizmente eles só pareciam notar sua presença quando precisavam que passasse bilhetinhos adiante. Paige, a menina esportista loira sentada à esquerda de Lilith, dava-lhe um cutucão e depois deslizava um papelzinho dobrado sobre sua mesa. Não tinha nome, mas Lilith sabia, claro, que não era para ela: era para Kimi Grace, a meio coreana, meio mexicana descolada que se sentava à sua direita. Lilith já havia passado bilhetinhos suficientes entre as duas para ter noção dos planos de ambas para a festa da formatura — a festa de arromba que haveria *depois* e a limusine de quinze lugares que iriam alugar com o dinheiro acumulado de várias mesadas. Lilith nunca recebia mesada. Se sobrava algum dinheiro em casa, ia diretamente para as despesas médicas de Bruce.

— Certo, Lilith? — perguntou o Sr. Davidson, fazendo Lilith estremecer de medo. Ela enfiou o bilhetinho por baixo da carteira para que ele não o visse.

— Será que o senhor poderia repetir? — pediu Lilith, que não queria chatear o Sr. Davidson. A aula de literatura era a única da qual gostava, basicamente porque ali ela se dava bem e o Sr. Davidson era o único professor que parecia gostar de verdade do seu trabalho. Inclusive ele havia gostado de algumas das letras de música que Lilith escrevera para as lições de casa. Ela ainda guardava a folha de papel onde o Sr. Davidson havia escrito apenas *Uau!* abaixo da letra de uma canção à qual ela intitulara "Exílio".

— Eu disse que espero que você tenha se inscrito para se apresentar no sarau — disse o Sr. Davidson.

— Ah, sim, claro — murmurou Lilith, mas não tinha se inscrito e nem esperava se inscrever. Ela nem sabia quando seria o sarau.

Davidson sorriu, satisfeito e surpreso. Virou-se para o restante da classe e declarou:

— Então todos nós temos motivo para ficar ansiosos!

Assim que Davidson virou-se para escrever no quadro, Kimi Grace cutucou Lilith. Quando ela olhou nos belos olhos negros de Kimi, por um instante ficou sem saber se Kim gostaria de conversar sobre a apresentação, se a ideia de ler seus poemas na frente de uma plateia também a deixava tensa. A única coisa que Kim queria de Lilith, porém, era o bilhetinho que estava em sua mão.

Então suspirou e o entregou a ela.

Lilith tentou matar a aula de educação física a fim de estudar para a prova de biologia, mas, é claro, foi pega com a boca na botija e teve de correr em volta da quadra, usando o uniforme de educação física e os coturnos. A escola não oferecia tênis aos alunos, e sua mãe jamais tivera dinheiro para comprar um par para Lilith, por isso o som dos pés dando voltas ao redor dos outros alunos — que jogavam vôlei na quadra esportiva — era ensurdecedor.

Todo mundo a olhava. Ninguém precisava dizer em voz alta a palavra *bizarra*, mas ela sabia que era o que estava se passando pela cabeça de todos.

Quando finalmente chegou à aula de biologia, Lilith estava destruída, exausta. E foi lá que encontrou a mãe. Vestida com uma saia verde-limão e com o cabelo preso num coque apertado, ela entregava as folhas da prova aos alunos.

— Ah, que beleza — resmungou Lilith.

— Shhhhhh! — interrompeu uma dúzia de alunos.

A mãe de Lilith era alta e morena, dona de uma beleza angulosa. Já Lilith tinha a pele clara e o cabelo tão ruivo quanto o fogo nas colinas. Seu nariz era menor que o da mãe, seus olhos e boca menos refinados, e as maçãs do rosto eram mais proeminentes.

A mãe dela sorriu.

— Poderia sentar-se, por favor?

Como se não soubesse o nome da própria filha!

A filha, porém, sabia o nome dela.

— Claro, Janet, pode deixar — retrucou Lilith, acomodando-se numa carteira vazia na fileira mais próxima da porta.

Sua mãe olhou feio para ela, depois sorriu e desviou o olhar.

Retribua o mal com a bondade era uma das frases preferidas de sua mãe, pelo menos em público. Em casa, porém, era diferente. A mãe culpava Lilith por tudo que odiava na própria vida, porque, quando Lilith nascera, ela era linda, tinha 19 anos e um futuro maravilhoso à espera. Quando Bruce nasceu, a mãe já estava suficientemente recuperada do trauma de Lilith para se comportar como uma legítima mãe. O fato de o pai deles estar fora da jogada — ninguém sabia para onde havia ido — dava à mãe ainda mais motivo para viver e morrer pelo filho.

A primeira página da prova era uma tabela a ser preenchida com genes dominantes e recessivos. A garota à sua esquerda começou a completar as caixinhas rapidamente. Mas de repente Lilith não conseguia se lembrar de nada que aprendera naquele ano inteiro. A garganta coçava e ela sentia o suor se acumulando na nuca.

A porta da sala estava aberta. Lá fora devia estar mais fresco. Praticamente antes de se dar conta de seu gesto, Lilith já estava no corredor, a mochila em uma das mãos e o estojo do violão na outra.

— Sair da sala sem autorização significa detenção automática! — gritou Janet. — Lilith, ponha esse violão no chão e volte aqui!

A experiência de Lilith com figuras de autoridade lhe ensinara a ouvir com atenção o que lhe diziam... e depois fazer exatamente o contrário.

Ela saiu em disparada pelo corredor e se mandou da escola, ainda correndo.

※

Lá fora, o ar estava quente e esbranquiçado. Cinzas desciam em espirais do céu e pousavam no cabelo de Lilith e na grama verde-acinzentada e seca. O jeito mais discreto de deixar o perímetro da escola era por uma das saídas localizadas atrás do refeitório, as quais levavam a uma pequena área de chão de cascalho, onde os alunos almoçavam quando o tempo estava bom. A área ficava "protegida" por uma cerca de alambrado que era razoavelmente fácil de se escalar.

Ela pulou a cerca e depois parou. O que estava fazendo? Abandonar uma prova ministrada pela própria mãe era uma péssima ideia. Não haveria como escapar da punição. Agora, entretanto, era tarde demais.

Se continuasse por aquele caminho, terminaria parando no quintal de sua casa enferrujada e caindo aos pedaços. Não, obrigada. Olhou para os poucos carros que passavam pela autoestrada, depois virou-se e atravessou o estacionamento no lado oeste da escola, onde as alfarrobeiras cresciam altas e robustas. Entrou no bosque e rumou em direção à margem sombreada e escondida do riacho da Cascavel.

Enfiou-se por entre dois galhos pesados na margem e soltou um suspiro profundo. Aquilo era um santuário. Bem, de certa forma. Era o que se podia chamar de natureza na minúscula cidadezinha de Crossroads, pelo menos.

Lilith encostou o estojo do violão no lugar de sempre, numa curva de um tronco de árvore, apoiou os pés sobre uma pilha de folhas alaranjadas secas e deixou que o som do riacho correndo sobre o leito de cimento a relaxasse.

Já tinha visto fotos de lugares "lindos" nos livros de escola — as cataratas do Niágara, o monte Everest, as cachoeiras do Havaí —, mas gostava mais do riacho da Cascavel que de qualquer uma daquelas paisagens, porque não conhecia ninguém além de si que achasse aquele bosquezinho de árvores mirradas bonito.

Abriu o estojo e sacou o violão. Era um Martin 000-45 laranja-escuro, com uma rachadura ao longo do corpo. Alguém de sua rua o tinha jogado no lixo, e Lilith não podia se dar ao luxo de ser exigente. Além disso, achava que aquele defeito deixava o som do instrumento mais encorpado.

Dedilhou as cordas e, à medida que os acordes foram preenchendo o ar, sentiu como se a mão invisível de alguém a estivesse acalmando. Sempre que tocava, sentia-se rodeada pelos amigos que não possuía.

Como seria conhecer alguém com o mesmo gosto musical que o dela? Alguém que não achasse que os Quatro Cavaleiros cantavam como "cachorros açoitados", como certa vez uma líder de torcida descrevera a banda preferida de Lilith? O sonho de Lilith era ir a um show deles, mas era impossível sequer imaginar isso. Eles eram famosos demais para tocarem em Crossroads. E, mesmo que um dia tocassem lá, como Lilith poderia bancar o preço do ingresso se sua família mal tinha dinheiro suficiente para comprar comida?

Ela mal percebeu quando começou a criar uma música. Não estava concluída ainda — era só sua tristeza misturada ao som do violão —, mas alguns minutos depois, quando parou de cantar, alguém começou a aplaudir de trás de uma árvore.

— Ei. — Lilith virou-se e ficou cara a cara com um garoto de cabelos escuros, encostado numa árvore ali perto. Ele usava jaqueta de couro preta, e sua calça jeans escura desaparecia dentro dos coturnos velhos.

— Oi — cumprimentou ele, como se a conhecesse.

Lilith não respondeu. Eles *não* se conheciam. Por que ele estava puxando papo com ela?

Ele a observava intensamente, olhar penetrante.

— Você continua linda — elogiou ele, baixinho.
— E você... é bizarro — retrucou Lilith.
— Não me reconhece? — Ele pareceu decepcionado.
Lilith deu de ombros.
— Não, não assisto ao programa *Mais procurados do país*.
O garoto olhou para baixo, riu e em seguida apontou para o violão.
— Não tem medo de que isso aí piore?
Ela estremeceu, confusa.
— Isso o quê? Está falando de minha música?
— Sua música foi uma revelação — disse ele, afastando-se da árvore e caminhando até ela. — Estava falando da rachadura em seu violão.

Lilith observou o modo relaxado como ele se movimentava; à vontade, sem pressa, como se ninguém nunca o tivesse deixado inseguro em relação a qualquer coisa. Ele parou bem na frente dela e deslizou do ombro uma mochila de lona. A alça aterrissou sobre o coturno de Lilith, e ela a ficou olhando, como se o garoto a tivesse colocado ali de propósito, só para incomodá-la. Chutou-a para longe.

— Não, não tenho. Eu tomo cuidado. — Aninhou o violão entre os braços. — Nesse momento, a proporção entre rachadura e violão está ideal. Se um dia ele se tornar mais rachadura que violão, então sim, pode piorar.

— Bem, pelo jeito parece que você já pensou em tudo. — O garoto encarou Lilith por tempo o suficiente para incomodá-la. Seus olhos eram de um fascinante tom de verde. Estava na cara que ele não era dali. Lilith não tinha certeza se um dia conhecera alguém que não fosse de Crossroads.

Ele era lindo e misterioso, portanto bom demais para ser verdade. Ela o odiou imediatamente.

— Esse lugar aqui é meu. Pode ir dando o fora, vá encontrar o seu — disse ela.

Entretanto, em vez de obedecer, ele sentou-se. Ao lado dela. Pertinho. Como se os dois fossem amigos. Ou algo mais.

— Você costuma tocar com alguma outra pessoa? — perguntou o garoto.

Ele inclinou a cabeça. Lilith viu de relance uma tatuagem em formato de estrela em seu pescoço e se flagrou prendendo a respiração.

— Tocar como? Fazer um som? Tipo numa banda? — Ela balançou a cabeça. — Não. Mas isso não é de sua conta. — Aquele cara estava invadindo seu pedaço, interrompendo o único momento que ela reservara para si. Ela queria que ele fosse embora.

— Que acha de Os Diabretes? — perguntou ele.

— Como assim?

— Como nome de banda.

O instinto de Lilith era levantar e ir embora, mas ninguém jamais conversara com ela sobre música.

— E que tipo de banda é essa?

Ele apanhou uma folha de alfarrobeira do chão e a avaliou, revirando o caule entre os dedos.

— Você é que sabe. A banda é sua.

— Não tenho banda — retrucou ela.

Ele ergueu uma sobrancelha escura.

— Talvez esteja na hora de ter.

Lilith nunca se atrevera a imaginar como seria tocar numa banda de verdade. Transferiu o peso do corpo para o outro lado, a fim de abrir mais espaço entre eles.

— Meu nome é Cam.

— E o meu é Lilith. — Ela não sabia direito por que parecia algo tão monumental revelar o nome para aquele garoto, mas parecia. Desejava que ele não estivesse ali, que não a tivesse ouvido tocar. Ela não dividia suas músicas com ninguém.

— Adoro esse nome — disse Cam. — Combina com você.

Agora realmente estava na hora de dar o fora. Ela não sabia o que aquele cara queria, mas com certeza coisa boa não era. Apanhou o violão e levantou-se.

Cam tentou impedi-la.

— Para onde você vai?

— Por que você está conversando comigo? — quis saber Lilith. Havia alguma coisa nele que fazia seu sangue ferver. Por que estava enchendo o saco dela em seu esconderijo? Quem ele achava que era?

— Você não me conhece. Me deixe em paz.

O jeito direto de Lilith, em geral, incomodava as pessoas, mas não aquele cara. Ele deu uma risada baixinha.

— Estou conversando com você porque você e sua música foram as coisas mais interessantes que encontrei em séculos.

— Então sua vida deve ser um tédio — comentou Lilith, e começou a se afastar. Teve de fazer força para não olhar para trás. Cam não perguntou para onde ela ia nem pareceu surpreso por estar abandonando a conversa pela metade.

— Ei! — chamou ele.

— Ei o quê? — Lilith nem se deu ao trabalho de virar-se. Cam era o tipo de garoto que magoava garotas bobas o bastante para deixá-lo fazer isso. E se tinha uma coisa que ela não precisava, era de mais mágoa em sua vida.

— Eu também toco — disse ele, quando ela começou a sair do bosque. — A gente só precisaria de um baterista.

DOIS

ALMAS MORTAS

CAM

Cam observou Lilith desaparecer no meio do bosque do riacho da Cascavel, reprimindo o impulso imenso de correr atrás dela. Estava tão magnífica quanto estivera em Canaã, com a mesma alma iluminada e expressiva cintilando sob a beleza exterior. Aquilo o deixara impressionado e muito aliviado também, porque, quando recebera a notícia chocante de que a alma dela não estava no Paraíso conforme ele esperara, e sim no Inferno com Lúcifer, Cam imaginara o pior.

Foi Annabelle quem contara a ele. Cam a procurara, achando que ela poderia lhe dar detalhes de como Lilith estava se saindo no Paraíso. A anjo de cabelos cor-de-rosa balançou a cabeça, parecendo tristíssima ao apontar para baixo e dizer

— Você não sabia?

Cam ficou consumido pela curiosidade de saber como Lilith — a pura, a bondosa Lilith — fora parar no Inferno, mas a pergunta que o remoía na verdade era: seria ela ainda a mesma garota que ele amara, ou Lúcifer conseguira destruí-la?

Aqueles cinco minutos com ela o levaram de volta a Canaã, ao amor empolgante que os dois compartilharam um dia. Estar ao seu lado o enchera de esperança. Entretanto...

Tinha algo diferente em Lilith. Ela agora carregava uma amargura afiada que a revestia como um escudo.

— Está se divertindo? — A voz veio de algum lugar acima dele.

Lúcifer.

— Obrigado por me deixar ver Lilith — disse Cam. — Agora, tire ela daqui.

Uma risada lépida sacudiu as árvores.

— Você me procurou implorando para saber em que condição estava a alma dela — disse Lúcifer. — Eu disse que deixaria vê-la, mas só porque você é um de meus preferidos. Então que tal falarmos de negócios?

Antes que Cam pudesse responder, o chão se abriu sob seus pés. Seu estômago revirou violentamente, uma sensação que apenas o demônio era capaz de forjar, e, à medida que despencava, Cam ponderava sobre os limites das forças angelicais. Raramente ele questionava seus instintos, mas esse — o de amar Lilith e ser amado por ela novamente —, por mais poderoso que fosse, exigiria a clemência do demônio... ou que Cam tivesse coragem de enfrentá-lo diretamente. Abriu as asas e olhou para baixo quando uma mancha azul cresceu aos seus pés, ficando cada vez mais definida. Ele aterrissou sobre um piso de linóleo.

O bosque e o riacho da Cascavel tinham desaparecido, e Cam se flagrou no meio de uma praça de alimentação de um shopping center abandonado. Dobrou as asas junto às laterais do corpo e sentou-se numa banqueta diante de uma mesa com tampo laminado cor de laranja.

A praça de alimentação era imensa, com centenas de mesas feiosas idênticas àquela. Era impossível saber onde o lugar começava e onde terminava. Uma claraboia comprida dominava o teto, mas de tão imunda Cam não conseguia enxergar nada além da sujeira cinzenta que recobria o vidro. O chão estava lotado de lixo: pratos vazios, guardanapos engordurados, copos de plástico amassados com seus respectivos canudos mordidos. Um cheiro de coisa velha pairava no ar.

Ao redor havia as lanchonetes de sempre — comida chinesa, pizzas, asinhas de frango —, mas todas em estado de decrepitude: a de hambúrgueres estava fechada, na de sanduíches, as luzes tinham queimado, e a vitrine da que vendia *frozen yogurt* fora quebrada. Apenas em uma das lanchonetes havia luz. Seu toldo era negro e em letras douradas imensas se lia *Aevum*.

Atrás do balcão, um rapaz jovem de cabelos arruivados e ondulados, com camiseta branca, jeans e um chapéu achatado de chef de cozinha, preparava alguma coisa que Cam não conseguia enxergar.

Os disfarces pós-Queda do diabo eram os mais diversos possíveis, mas Cam sempre reconhecia Lúcifer pelo calor escaldante que exsudava. Embora estivessem separados por uns 5 metros de distância, Cam teve a sensação de assar numa churrasqueira.

— Que lugar é este? — gritou o anjo.

Lúcifer olhou para ele e lhe deu um sorriso estranho, enfeitiçante. Tinha o rosto de um rapaz bonito e carismático de 22 anos, com sardas no nariz.

— Aqui é o Aevum, também chamado de Limbo às vezes — respondeu o demônio, apanhando uma espátula grande. — É um estado intermediário entre o tempo e a eternidade, e estou preparando um prato especial para os clientes de primeira viagem.

— Não estou com fome — avisou Cam.

Os olhos intensos de Lúcifer cintilavam enquanto ele virava alguma coisa numa bandeja marrom com a espátula. Então ele foi para trás de um caixa registradora e levantou a divisória de plástico que separava a pequena cozinha da praça de alimentação.

Remexeu os ombros e liberou suas asas, que eram imensas, rígidas e de um tom dourado esverdeado, como o de joias antigas e manchadas. Cam prendeu a respiração para não sentir o cheiro nauseante e mofado que emanava delas, enojado com aqueles bichinhos pretos horrorosos que se aninhavam em suas dobras.

Segurando a bandeja no alto, Lúcifer aproximou-se de Cam. Semicerrou os olhos, desconfiado, para suas asas, onde a fissura branca ainda cintilava em meio ao dourado.

— O branco não combina com você. Tem algo que queira me dizer?

— O que ela está fazendo no Inferno, Lúcifer?

Lilith tinha sido uma das pessoas mais virtuosas que Cam já conhecera. Ele não conseguia imaginar como poderia ter se tornado uma das súditas de Lúcifer.

— Ah. Você sabe que não consigo trair uma confissão. — Lúcifer sorriu e pousou a bandeja de plástico na frente de Cam. Em cima havia um pequenino globo de neve com uma base dourada.

— O que é isto? — perguntou. Cinzas escuras preenchiam o globo, caindo incessantemente e quase obscurecendo a lira minúscula que flutuava ali dentro.

— Confira você mesmo — disse Lúcifer. — Vire o globo.

Cam virou o globo de ponta-cabeça e encontrou uma pequena manivela na base. Girou-a, e a música da lira o inundou. Era a mesma melodia que estivera cantarolando desde que deixara Troia: a canção de Lilith. Ou pelo menos era assim que a chamava.

Fechou os olhos e flagrou-se novamente às margens do rio em Canaã, três mil anos atrás, ouvindo-a tocar.

Aquela versão de caixinha de música barata foi mais emocionante do que Cam esperava. Ele apertou o globo com os dedos, e então...

Pou.

O globo se estilhaçou. A música parou, ao mesmo tempo que sangue escorria pela palma de Cam.

Lúcifer atirou-lhe um pano de prato cinzento e imundo e fez um gesto para que ele se limpasse.

— Sorte a sua que tenho muitos mais. — Indicou a mesa atrás de Cam. — Vá em frente, experimente outra. Todas têm suas pequeninas diferenças!

Cam pousou os cacos do primeiro globo de neve na mesa, limpou as mãos e observou os cortes se fechando. Então se virou e olhou uma vez mais para a praça de alimentação: no centro de cada uma das mesas de tampo cor de laranja, antes vazias, havia um globo sobre uma bandeja de plástico marrom. O número de mesas ali havia aumentado; agora aquilo era um mar de mesas que se estendia a uma distância longínqua.

Cam apanhou o globo na mesa atrás dele.

— Vá com calma — aconselhou Lúcifer.

Dentro do globo havia um pequenino violino. Cam girou a manivela e ouviu uma versão diferente da mesma canção simultaneamente doce e amarga.

O terceiro globo continha um violoncelo em miniatura.

Lúcifer sentou-se e levantou os pés enquanto Cam percorria as mesas da praça de alimentação, incitando a música de cada um dos globos. Havia cítaras, harpas, violas. Violões com corda de aço, balalaicas, bandolins... todos tocando uma ode ao coração partido de Lilith.

— Estes globos... — disse Cam, devagar. — Cada um representa os diversos Infernos onde você a aprisionou.

— E sempre que ela morre em um deles — continuou Lúcifer — acaba aqui, onde lembra mais uma vez de sua traição. — Ele se levantou e começou a caminhar por entre as mesas, admirando suas criações com orgulho. — Então, para manter as coisas interessantes, eu a envio a um novo Inferno, criado especialmente para ela. — Lúcifer sorriu, expondo fileiras de dentes afiados como navalhas. — Não sei o que é pior: os Infernos infinitos aos quais eu a mando, sem cessar, ou ser obrigada a retornar para lembrar o quanto odeia você. Mas, enfim, é isso que mantém a roda girando: a raiva e o ódio que ela sente.

— De mim. — Cam engoliu em seco.

— Ah, eu só trabalho com o material que me dão. Não é culpa minha que você a tenha traído. — Lúcifer soltou uma gargalhada que fez os tímpanos de Cam latejarem. — Quer saber qual é meu detalhezinho preferido nesse novo Inferno de Lilith? O fato de não ter fim de semana! De ela frequentar a escola todos os dias do ano! Dá para imaginar? — Lúcifer levantou um globo de neve, depois deixou que caísse no chão e se espatifasse. — Ela acha que não passa de uma adolescente tipicamente melancólica, atravessando uma experiência escolar tipicamente melancólica.

— Por que Lilith? — perguntou Cam. — Você arquiteta os Infernos de todo mundo da mesma forma?

Lúcifer sorriu.

— Não, as pessoas tediosas constroem os próprios infernos, com direito a fogo, enxofre e todas essas baboseiras. Não precisam de nenhuma ajuda de minha parte. Mas Lilith... ah, Lilith é especial. Não preciso lhe dizer isso.

— Mas e as pessoas que sofrem ao lado dela? Os alunos daquela escola, sua família...

— Não passam de peões — respondeu Lúcifer. — Foram levados diretamente do Purgatório para encenar um papel na história de outra pessoa. O que, por si só, já é uma espécie de inferno também.

— Não entendo — disse Cam. — Você está tornando a existência de Lilith completamente horrorosa...

— Ah, não dê todo o crédito a mim — protestou Lúcifer. — Você ajudou!

Cam ignorou a culpa, para não sufocar.

— Mas você permitiu que ela conservasse algo que ama mais que qualquer coisa. Por que deixa que ela toque sua música?

— A existência de alguém só é completamente horrível quando se prova um gostinho do que é belo — retrucou Lúcifer. — Isso serve para lembrar a pessoa de tudo aquilo que jamais poderá ter.

Tudo aquilo que jamais poderá ter.

Luce e Daniel haviam libertado algo dentro de Cam, algo que ele pensava ter perdido para sempre: a capacidade de amar. Compreender que isso era algo possível de novo, que ele poderia ter uma segunda chance, foi seu estímulo para que procurasse Lilith.

E agora que a encontrara, agora que sabia que ela estava ali...

Ele *precisava* fazer alguma coisa.

— Preciso vê-la mais uma vez — disse Cam. — Aquele encontro foi muito breve...

— Já lhe fiz favores demais — cortou Lúcifer, com uma risada maldosa. — Já lhe mostrei como é a eternidade para ela. Eu não precisava fazer isso.

Cam correu os olhos pelos globos de neve intermináveis.

— Não acredito que escondeu isso de mim.

— Não escondi nada; você é que não estava nem aí — retrucou Lúcifer. — Estava sempre ocupado demais. Luce e Daniel, a turminha popular da Sword and Cross, toda a badalação... Mas agora... Bem. Gostaria de ver alguns dos Infernos anteriores de Lilith? Seria divertido.

Sem esperar resposta, Lúcifer segurou a nuca de Cam e a empurrou para um dos globos de neve. Cam fechou os olhos com força, preparando-se para o momento em que seu rosto esmagaria o vidro.

Mas em vez disso...

Viu-se ao lado de Lúcifer no delta de um rio largo. Uma chuva torrencial caía. Pessoas saíam correndo de uma fileira de cabanas, carregando seus pertences, cheias de pânico ao notar o rio aumentando de volume. Na outra margem, uma garota levando uma cítara caminhava devagar, uma expressão triste e calma, em contraste gritante com o caos à volta. Embora ela não se parecesse em nada com a Lilith que ele amara em Canaã, nem tampouco com a garota que acabara de conhecer em Crossroads, Cam a reconheceu imediatamente.

Ela estava indo *em direção* ao rio que começava a encher.

— Ah, essa Lilith — disse Lúcifer, com um suspiro. — Ela sabe mesmo como partir.

A garota sentou-se na margem do rio e começou a tocar. As mãos voavam pelo instrumento de braço comprido, produzindo uma música triste e melódica.

— Um canto de tristeza para um afogamento — disse Lúcifer, com um quê de admiração.

— Não; é um canto de tristeza para os instantes antes do afogamento — corrigiu Cam. — Tem uma grande diferença.

Então o rio inundou suas margens, cobrindo Lilith e a cítara, as casas, as cabeças das pessoas que fugiam, e Cam e Lúcifer.

Segundos depois, os dois estavam no alto de uma montanha. Filetes de névoa envolviam os pinheiros, como se fossem dedos.

— Essa é uma das minhas favoritas — comentou Lúcifer.

Ouviram uma música triste de banjo às suas costas. Viraram-se e flagraram sete crianças magras como gambitos sentadas no alpendre de um chalé de madeira caindo aos pedaços. Estavam descalças, as barrigas estufadas. Uma garota de cabelo loiro-avermelhado segurava um banjo no colo enquanto dedilhava as cordas.

— Não vou ficar aqui parado, assistindo à Lilith tocar até morrer de fome! — protestou Cam.

— Ora, não é tão ruim assim; é quase como cair no sono — disse Lúcifer.

O garoto mais novo aparentemente fazia exatamente isso agora. Uma das irmãs pousou a cabeça em seu ombro e seguiu o exemplo. Então Lilith parou de tocar e fechou os olhos.

— Já chega — disse Cam.

Ele pensou na Lilith que havia acabado de conhecer no riacho da Cascavel. Todo o sofrimento do passado, a marca de todas aquelas mortes, ficara guardado em algum lugar dentro da garota, apesar de ela não ter nenhuma lembrança consciente disso. Exatamente como Luce.

Não, percebeu ele: Lilith era muito diferente de Luce. Eram tão distantes uma da outra quanto o leste do oeste. Luce fora um arcanjo obrigado a viver uma vida amaldiçoada de mortal. Já Lilith era uma mortal amaldiçoada por influências imortais, atirada daqui para lá por ventos eternos que não conseguia perceber, mas cujos efeitos sentia mesmo assim. Eles estavam ali, na maneira como ela cantava de olhos fechados dedilhando o violão rachado.

Ela estava presa numa maldição. A menos que...

— Quero que me mande de volta para lá — pediu Cam ao demônio. Os dois agora tinham voltado à praça de alimentação do Inferno, com globos de neve espalhados sobre as mesas, para onde quer que Cam olhasse, cada qual preenchido pela dor de Lilith.

— Nossa, gostou tanto assim de Crossroads, é? — perguntou Lúcifer. — Ai. Estou emocionado.

Cam olhou bem fundo nos olhos do diabo e estremeceu diante da maldade que encontrou ali. Durante todo aquele tempo, Lilith estivera sob o jugo de Lúcifer. *Por quê?*

— O que você quer para libertá-la? — perguntou ele ao demônio.
— Faço qualquer coisa.

— *Qualquer coisa?* Hum, gostei disso. — Lúcifer enfiou as mãos nos bolsos de trás da calça, inclinou a cabeça e olhou fixamente para Cam, refletindo sobre o assunto. — O atual Inferno de Lilith deverá se encerrar daqui a 15 dias. Eu adoraria vê-la sofrer ainda mais durante essas duas semaninhas. — Ele fez uma pausa. — Poderíamos tornar a coisa bem mais interessante.

— Você tem o péssimo hábito de tornar as coisas interessantes — retrucou Cam.

— Uma aposta — propôs Lúcifer. — Se nos 15 dias que restam a Lilith você conseguir limpar-lhe o coração negro do ódio que sente e convencê-la a se apaixonar por você mais uma vez... apaixonar-se de verdade... entrego os pontos, pelo menos no que diz respeito a Lilith. Paro de projetar os Infernos sob medida para ela.

Cam olhou para Lúcifer, desconfiado.

— É fácil demais. Qual é a pegadinha?

— Fácil? — repetiu Lúcifer, com uma gargalhada. — Será que você não percebeu o rancor imenso que ela guarda dentro de si? Tudo culpa sua. Ela odeia você, amigão. — Ele deu uma piscadela marota. — E nem sequer sabe o motivo.

— O que ela odeia é aquele mundo terrível — disse Cam. — Qualquer um odiaria. Isso não quer dizer que ela me odeie. Ela nem se lembra de quem sou.

Lúcifer balançou a cabeça.

— O ódio que ela sente por aquele mundo horroroso onde mora não passa de uma fachada para o ódio maior e mais tenebroso que ela sente por você. — Ele cutucou o peito de Cam. — Quando uma alma se magoa tanto quanto a de Lilith, a dor é permanente. Ainda que ela não mais reconheça seu rosto, Cam, ela reconhece sua alma. Reconhece a essência de quem você é. — Lúcifer deu uma cusparada no chão. — E lhe nutre um ódio profundo.

Cam estremeceu. Não podia ser verdade. Daí, porém, lembrou-se de como ela o havia tratado.

— Eu vou consertar as coisas.

— Claro que vai — ironizou Lúcifer, assentindo. — Tente.

— E depois que eu reconquistá-la... o que acontece? — perguntou Cam.

Lúcifer sorriu, de um jeito paternalista.

— Você estará livre para viver o restante dos dias mortais de Lilith ao seu lado. Vocês serão felizes para sempre. É isto que quer ouvir? — Então ele estalou os dedos, como se tivesse acabado de se lembrar de alguma coisa. — Ah, é! Você queria saber qual era a pegadinha.

Cam aguardou. As asas ardiam de desejo de voar até Lilith.

— Já lhe tomei muito tempo — disse Lúcifer, subitamente sério e frio. — *Quando* você fracassar, deverá retornar ao seu lugar. Que é aqui, ao meu lado. Chega de vagar pelas galáxias, desse branco em suas asas. — Lúcifer semicerrou os olhos vermelhos injetados para ele. — Você se juntará a mim atrás da Muralha das Trevas, sentado à minha direita. Por toda a eternidade.

Cam encarou o demônio fixamente. Graças a Luce e Daniel, agora ele tinha a oportunidade de reescrever seu destino. Como poderia desistir disso de novo, com tanta facilidade?

Então pensou em Lilith. No desespero no qual ela chafurdara ao longo de milênios.

Não. Ele não podia pensar no que havia a perder. Tinha de se concentrar em reconquistar o amor dela, em aliviar seu sofrimento. Se existia alguma esperança de salvá-la, então valia a pena tentar.

— Combinado — decidiu Cam, e estendeu a mão.

Mas Lúcifer negou o cumprimento.

— Guarde essa baboseira para Daniel. Não preciso de um aperto de mãos para selar nosso acordo. Você verá.

— Tudo bem — disse Cam. — Como eu a encontro?

— Tome a porta à esquerda do quiosque de cachorro-quente. — Lúcifer apontou para a fileira de lanchonetes, que agora estavam distantes. — Assim que chegar a Crossroads, a contagem regressiva começa.

Cam já estava seguindo em direção à porta, em direção a Lilith, mas, ao atravessar a praça de alimentação do Inferno, a voz de Lúcifer pareceu acompanhá-lo.

— Só quinze dias, meu velho rapaz. Tic-tac!

TRÊS

CLIMA

LILITH

Quinze dias

Lilith não podia chegar atrasada à escola de novo naquele dia.

    Fugir da prova de biologia na véspera tinha lhe rendido uma detenção depois das aulas; sua mãe lhe entregara silenciosamente a folha de papel com a ordem do castigo assim que ela entrou em casa. Portanto, naquela manhã, ela fez questão de chegar à primeira aula antes mesmo de a Sra. Richards terminar de colocar creme em seu café, que enchia o copo de isopor biodegradável.

    Já concluíra duas páginas do dever de casa da aula de poesia quando o sinal tocou, e estava tão satisfeita com a pequena vitória que nem notou quando uma sombra familiar cobriu sua carteira.

— Eu lhe trouxe um presentinho — disse Chloe.

Lilith olhou para ela. A veterana abriu a bolsa com estampa zebrada e sacou um objeto branco, depois o colocou com força sobre a mesa de Lilith. Era uma fralda geriátrica, dessas que idosos incontinentes usavam.

— Para o caso de você cagar nas calças de novo — disse Chloe. — Experimente, vai.

Lilith sentiu o rosto corar, depois atirou a fralda longe, fingindo não ligar para o fato de que agora ela estava no chão e os outros alunos teriam de pisoteá-la para chegar às carteiras. Olhou de relance para ver se a Sra. Richards havia notado alguma coisa, mas, para seu pavor, Chloe agora levava um *tête-à-tête* com a sorridente professora.

— Nossa! Quer dizer que dá pra reciclar as embalagens do meu xampu *e também* do condicionador? — dizia Chloe. — Uau, não sabia! Agora, por favor, a senhora poderia me dar uma dispensa? Preciso falar com o diretor Tarkenton.

Cheia de inveja, Lilith observou a Sra. Richards entregar a dispensa a Chloe, que apanhou o papel e saiu da sala toda saltitante. Suspirou. Os professores entregavam dispensas para Chloe como entregavam detenções para Lilith.

Então o sinal tocou, e o intercomunicador da sala zumbiu de volta à vida:

— Bom dia, Bulls! — disse Tarkenton. — Como sabem, hoje revelaremos o esperadíssimo tema do baile de formatura deste ano.

Os alunos em torno de Lilith soltaram vivas e aplaudiram. Ela, mais uma vez, sentiu-se solitária entre eles. Não que se achasse mais esperta nem com gosto mais refinado que aquela gente, tão interessada em uma festa de escola. Algo mais profundo e mais importante a apartava de todo mundo que ela já havia conhecido na vida. Não sabia o que era, mas fazia sentir-se uma alienígena praticamente o tempo inteiro.

— Vocês votaram, nós computamos — continuou a voz do diretor.

— E o tema do baile de formatura deste ano é... Batalha de Bandas!

Lilith franziu o cenho, sem acreditar. *Batalha de Bandas?*

Ela não votou no tema da formatura, mas achava difícil acreditar que seus colegas tivessem selecionado um tema que, para falar a verdade, *quase* chegava a ser interessante. Então se lembrou de que Chloe King tinha uma banda e de que aquela garota sempre dava um jeito de fazer uma lavagem cerebral em todos os alunos para que julgassem qualquer coisa feita por ela sensacional. Na primavera anterior, ela conseguiu transformar os jogos de bingo num programa regular da galera descolada toda terça à noite. É óbvio que Lilith jamais colocara o pezinho num dos Bingo Babes, como o evento ficou conhecido, mas... que pessoa entre 8 e 80 anos realmente curte jogar bingo?

Sim, o tema da formatura podia ter sido pior, mas Lilith tinha certeza de que Tarkenton e seus capangas dariam um jeitinho de avacalhar o que poderia ser legal.

— E agora um recado da organizadora da formatura, Chloe King — avisou Tarkenton.

Ouviu-se um farfalhar no intercomunicador quando o diretor passou o microfone para ela.

— Oi, Bulls! — cumprimentou Chloe, a voz ao mesmo tempo animada e sexy. — Comprem logo os ingressos para a festa e se preparem para dançar a noite toda com músicas *sensacionais* tocadas por seus amigos *sensacionais*. É isso aí: a festa de formatura vai ser meio Coachella e meio *reality show*; com direito a jurados sarcásticos e tudo o mais. Tudo isso patrocinado pela King Media. Valeu, papai! Portanto reservem já a data na agenda: quarta-feira, dia 30 de abril; daqui a apenas quinze dias! Eu já inscrevi a *minha* banda na batalha, então o que estão esperando, galera?

Depois de um clique, o intercomunicador ficou em silêncio. Lilith nunca havia ido a nenhum show de Chloe, mas gostava de pensar que aquela garota tinha tanto talento musical quanto uma lagosta.

Pensou no garoto que conheceu na antevéspera no riacho da Cascavel. Do nada ele sugeriu que ela montasse uma banda. Lilith tentou não pensar naquele encontro, mas, depois que Chloe incitou as bandas a se inscreverem para tocar na festa da formatura, ficou surpresa ao perceber que lamentava não ter banda nenhuma.

Então a porta da sala se abriu e... o garoto do riacho da Cascavel entrou. Perambulou pela fila ao lado da dela e sentou-se no lugar de Chloe King.

Lilith sentiu uma onda de calor atravessar seu corpo ao analisar sua jaqueta de couro e a camiseta vintage da banda The Kinks colada ao corpo. Onde se vendiam roupas assim em Crossroads? Em nenhuma loja que ela conhecia. Jamais conhecera ninguém que se vestisse como ele.

Ele afastou o cabelo negro dos olhos e a encarou.

Lilith gostava da aparência de Cam, mas não gostava do jeito como ele olhava para ela. Havia uma centelha em seus olhos que a deixava incomodada. Como se ele conhecesse todos os seus segredos. Provavelmente olhava para todas as garotas assim, e algumas provavelmente adoravam, mas Lilith não. Nem um pouco. Porém, ela se obrigou a sustentar seu olhar: não queria que Cam pensasse que ele a deixava tensa.

— Em que posso ajudar? — perguntou a Sra. Richards.

— Sou novo na escola — respondeu Cam, ainda encarando Lilith. — Qual é a boa?

Quando ele apresentou sua carteirinha de aluno da Trumbull, Lilith ficou tão espantada que teve um ataque de tosse. Lutou para se controlar, mortificada.

— Cameron Briel. — Leu a Sra. Richards, depois olhou para Cam de cima a baixo. — A boa é que o senhor se sente ali e fique calado. — Ela apontou para a carteira mais distante de Lilith, que continuava a tossir.

— Lilith — chamou a Sra. Richards. — Está ciente do aumento de casos de asma devido à maior emissão de carbono na atmosfera na última década? Quando terminar de tossir, quero que escreva uma carta para sua representante no Congresso exigindo as medidas cabíveis.

Sério mesmo? Ela estava encrencada porque *tossiu*?

Cam deu leves batidinhas nas costas de Lilith, do mesmo jeito que a mãe fazia quando Bruce tinha um de seus ataques de tosse. Então ele se abaixou, apanhou a fralda geriátrica, ergueu uma sobrancelha para Lilith e guardou-a dentro da bolsa de Chloe.

— Acho que ela pode precisar disto aqui mais tarde — comentou, e sorriu para Lilith enquanto caminhava até o outro lado da sala.

A Trumbull não era uma escola grande, mas era grande o bastante para Lilith ficar surpresa ao encontrar Cam também em sua aula de poesia. E mais surpresa ainda quando o Sr. Davidson o acomodou na carteira ao lado dela, pois Kim Grace faltara por motivo de doença.

— Oi — cumprimentou ele ao se sentar-se.

Lilith fingiu não ouvir.

Dez minutos depois, enquanto o Sr. Davidson lia um soneto de amor do poeta italiano Petrarca, Cam se inclinou e colocou um bilhetinho na mesa de Lilith.

Ela olhou para o papel, depois para Cam, depois para sua direita, certa de que era para outra pessoa. Mas Paige não esticou a mão para apanhar o bilhetinho, e Cam sorria, meneando a cabeça para o papel, onde havia escrito com caneta preta numa caligrafia caprichosa: *Lilith*.

Ela abriu o bilhete e sentiu uma onda estranha, do tipo que sentia quando mergulhava na leitura de um livro muito bom, ou quando ouvia uma canção maravilhosa pela primeira vez.

Em dez minutos de aula, o Prof encarou o quadro-negro
por surpreendentes oito minutos e quarenta e oito segundos.
Pelos meus cálculos, nós dois poderíamos dar o fora de
fininho tranquilamente na próxima vez em que ele se
virar, e só vão notar nossa falta quando a gente já estiver
no riacho da Cascavel. Pisque duas vezes se topar.

Lilith não sabia nem por onde começar. Piscar duas vezes? Seria mais fácil cair morta três vezes, pelo menos foi o que ela sentiu vontade de responder. Quando o fitou, o rosto dele exibia uma estranha expressão de tranquilidade, como se eles fossem o tipo de amigos que faziam coisas assim o tempo inteiro... como se fossem *amigos*, ponto final. O mais esquisito é que Lilith matava aula o tempo inteiro; ontem mesmo tinha matado aula duas vezes, a de biologia e a da Sra. Richards. Mas nunca fazia isso para se divertir. Matar aula era sempre sua única opção de fuga, um mecanismo de sobrevivência. Cam parecia achar que a conhecia e que sabia como era sua vida, e isso a incomodava. Lilith não o queria pensando nela de jeito algum.

Não, rabiscou ela em resposta, bem em cima das palavras dele. Aí amassou o papel e atirou a bolinha para Cam assim que o Sr. Davidson deu as costas para a classe.

O restante do dia foi longo e horrendo, mas pelo menos Cam parou de importuná-la. Ela não o viu na hora do almoço, nem nos corredores, nem em nenhuma outra de suas aulas. Lilith achava melhor assim. Já que era para os dois estarem juntos em duas aulas, que então fossem nas duas primeiras do dia, assim ela se livrava logo da sensação de inquietude que o garoto lhe causava. Por que ele ficava tão à vontade com ela? Parecia achar que ela gostava de sua presença. Algo nele, porém, a deixava com muita raiva.

Quando o último sinal tocou, Lilith arrastou-se até a sala de detenção — quando tudo que mais queria era poder sentar-se sozinha embaixo das alfarrobeiras do riacho da Cascavel para tocar violão.

A sala tinha poucos móveis: somente algumas carteiras e um cartaz na parede, mostrando a foto de um gatinho pendurado num galho de árvore. Pelo que para ela parecia ser a trimilésima vez, Lilith leu as palavras impressas embaixo da cauda rajada do bichano:

SÓ SE VIVE UMA VEZ.
MAS, SE VOCÊ FIZER DIREITO, UMA VEZ É O BASTANTE.

A única maneira de sobreviver à detenção era entrando numa espécie de transe. Lilith ficou olhando para o pôster do gatinho até ele assumir uma característica transcendental. O gatinho parecia apavorado, pendurado ali com as garras cravadas no galho. A intenção era mesmo fazer com que ele personificasse o que significava "viver direito"? Nem mesmo a decoração daquela escola fazia o menor sentido.

— Checagem! — declarou o Treinador Burroughs ao entrar pela porta. Ele vinha verificar a sala a cada quinze minutos, pontualmente.

O assistente do treinador do time de basquete penteava o cabelo grisalho para trás com brilhantina, como se fosse um cover velho do Elvis. Os alunos o chamavam de "Torturador Burroughs", porque era uma tortura encarar sua virilha, exposta por causa dos shorts beirando a indecência que ele usava.

Muito embora Lilith fosse a única aluna na sala de detenção hoje, Burroughs se pôs a caminhar de um lado a outro, como se estivesse disciplinando uma sala cheia de delinquentes invisíveis. Ao chegar em Lilith, colocou um envelope fechado com grampo com força sobre sua carteira.

— Sua nova prova de biologia, Alteza. É diferente daquela que você matou ontem.

Igual ou diferente, tanto fazia, porque Lilith também se daria mal naquela. Ela se perguntava por que não havia sido chamada à sala de aconselhamento pedagógico: por que ninguém se mostrara interessado no fato das notas horríveis ameaçarem suas chances de um dia cursar uma faculdade?

Quando a porta se abriu e Cam entrou, Lilith deu um tapa na própria testa, literalmente.

— É brincadeira, né? — murmurou ela baixinho, quando ele entregou sua folha de detenção para Burroughs.

Burroughs assentiu para Cam, mandou que se sentasse numa carteira do outro lado da sala e disse:

— Você tem alguma tarefa para se ocupar?

— Não sei nem como listar tudo que tenho a fazer — respondeu Cam.

Burroughs revirou os olhos.

— Os adolescentes de hoje em dia acham tudo tão difícil. Vocês não sabem o que é trabalho duro de verdade. Volto daqui a quinze minutos. O intercomunicador está ligado, por isso a diretoria está ouvindo tudo que acontece aqui dentro. Entendido?

Da sua carteira, Cam piscou para Lilith. Ela virou o rosto para a parede. Não tinham intimidade para piscadelas.

Assim que a porta da sala se fechou, Cam foi até a mesa do professor, desligou o intercomunicador e sentou-se na cadeira na frente de Lilith. Depois apoiou os pés na carteira dela, roçando seus coturnos nos dedos da garota.

Ela deu um safanão nos pés dele.

— Ei! Preciso fazer uma prova — disse Lilith. — Dá licença.

— Tenho uma ideia melhor. Cadê seu violão?

— Como é que você conseguiu parar na detenção no primeiro dia de aula? Quer bater um novo recorde? — perguntou ela, para não dizer o que realmente pensava: *Você é o primeiro aluno novo que me lembro de ter visto por aqui. De onde é? Onde compra suas roupas? Como é o resto do mundo?*

— Ah, não encane com isso — retrucou Cam. — Agora, o violão. Não temos muito tempo.

— Coisa estranha pra se dizer a alguém que passa a eternidade na detenção.

— Então essa é sua ideia de eternidade? — Cam olhou ao redor, e os olhos verdes pararam sobre o cartaz do gatinho. — Não seria minha primeira opção — disse, por fim. — Além disso, você não percebe o tempo passar quando está se divertindo. O tempo só existe nos esportes e no sofrimento.

Cam a encarou até que ela sentisse um arrepio correr a pele. Lilith sentiu o rosto corar; não sabia se de constrangimento ou de raiva. Percebeu o que ele tentava fazer: adoçá-la, falando de música. Será que ele achava que ela era assim tão fácil? Sentiu mais uma onda inexplicável de raiva. Ela *odiava* aquele garoto.

Ele retirou da mochila um objeto negro, do tamanho de uma caixinha pequena de cereal, e o colocou sobre a carteira de Lilith.

— O que é isto? — perguntou ela.

Cam balançou a cabeça.

— Vou fingir que você não fez essa pergunta. É um amplificador de guitarra em miniatura.

Ela assentiu, como se dissesse: *claro*.

— É que eu nunca tinha visto um, assim, tão...

— Quadrado? — sugeriu Cam. — Agora a gente só precisa de um violão para plugar aí.

— Burroughs vai voltar daqui a quinze minutos — retrucou Lilith, olhando de relance para o relógio na parede. — Doze. Não sei como é a detenção de onde você vem, mas aqui a gente não pode tocar violão.

Cam era novato, mas andava pela escola como se fosse o dono do pedaço. Lilith passara a vida inteira ali, presa; ela é quem sabia como as coisas funcionavam e o quanto aquela escola era uma bosta. Por isso, era melhor Cam começar a baixar a bola.

— Doze minutos, hein? — Ele enfiou o miniamplificador na mochila, levantou-se e estendeu a mão para ela. — Melhor a gente correr, então.

— Não vou com você... — protestava Lilith, enquanto se deixava arrastar porta afora. Então os dois se viram no corredor, silencioso, e ela calou-se. Mas por um segundo olhou para sua mão agarrada à dele, antes de puxá-la.

— Viu como foi fácil? — comentou Cam.

— Nunca mais ponha a mão em mim.

Aquelas palavras pareceram um soco no estômago para ele. Cam franziu a testa e depois disse:

— Vem.

Lilith sabia que era melhor voltar à sala de detenção, mas gostou da ideia de uma travessurazinha; mesmo não gostando de seu parceiro no crime.

Resmungando, seguiu Cam, andando junto à parede, como se pudesse se fundir aos pôsteres feitos pelos alunos para apoiar o horrendo time de basquete da Trumbull. Cam sacou um marcador da mochila e acrescentou as palavras SE FERRAR bem no meio de uma mensagem que dizia: *VAI, BULLS!*

Lilith ficou surpresa.

— Que foi? — Ele levantou uma sobrancelha. — Estão indo para onde merecem.

No segundo andar, toparam com uma porta onde se lia SALA DE MÚSICA. Para alguém que só estava ali há um dia, Cam com certeza parecia conhecer bem o lugar. Quando segurou a maçaneta, Lilith perguntou:

— E se tiver alguém aí dentro?

— A banda ensaia na primeira aula. Eu verifiquei.

Mas *tinha* alguém ali dentro. Jean Rah era um cara meio francês, meio coreano que, assim como Lilith, também era um pária social. Os dois deviam ter feito amizade: como ela, ele também era obcecado por música, era desprezível e era bizarro. Mas eles não eram amigos. Lilith não queria ver Jean Rah nem pintado de ouro, e, pelo que percebia nos olhos do garoto, ele desejava a mesma coisa em relação a ela.

Jean olhou para os dois. Estava afinando a caixa de uma bateria. Ele sabia tocar todos os instrumentos que existiam.

— Caiam fora! — ordenou ele. — Senão mando um SMS para o Sr. Mobley.

Cam sorriu. Lilith percebeu que ele gostou instantaneamente daquele garoto raivoso com óculos estilo Buddy Holly, e isso fez com que ela odiasse os dois ainda mais.

— Vocês se conhecem? — perguntou Cam.

— Faço questão de não conhecer esse cara — retrucou Lilith.

— Eu sou incognoscível para idiotas como vocês — declarou Jean.

— Quem fala merda, toma porrada para aprender a se calar — argumentou Lilith, feliz por ter um alvo a quem dirigir sua raiva. Seu corpo se enrijeceu, e, quando se deu conta, já estava investindo para cima de Jean...

— Ei, ei, ei, ei — disse Cam, segurando-a pela cintura.

Ela se debateu contra os braços fortes que a seguravam, sem saber em qual dos dois garotos queria bater primeiro. Cam a tinha irritado, perturbando uma detenção tranquila para trazê-la até ali... E aquela piscadela! Ela ficava enlouquecida só de pensar no jeito como ele piscara para ela.

— Me. Solta! — vociferou.

— Lilith — disse Cam, baixinho. — Está tudo bem.

— Cale essa boca! — rebateu ela, desvencilhando-se. — Não quero sua ajuda nem sua pena, ou sei lá o que você está tentando fazer.

Cam balançou a cabeça.

— Eu não...

— Ah, quer sim — disse Lilith. — E é melhor parar agora.

Sua palma coçava de vontade de estapear Cam. Nem mesmo a expressão do garoto, uma mistura desconcertante de confusão e mágoa, era capaz de acalmá-la. Ela só não enfiara a mão na cara de Cam porque Jean estava olhando.

— Hum... — Jean levantou as sobrancelhas e olhou para Lilith, depois para Cam. — Vocês dois estão meio que me enchendo o saco. Vou ligar para Mobley.

— Beleza, pode ligar — disse Lilith. — Liga mesmo.

Mas o garoto ficou tão espantado que não fez nada.

O primeiro instinto de Lilith era sair da sala de música o mais depressa possível, mas — estranhamente — percebeu que, na verdade, queria ficar. Não sabia por que nunca havia entrado ali. Era reconfortante ficar rodeada por todos aqueles instrumentos. Embora eles não tivessem nada de mais: os trompetes estavam amassados, a pele dos tambores, tão fina que chegava a ser translúcida, e os triângulos, enferrujados; não existia nada de tão interessante quanto aquilo em toda a escola.

Um sorriso suave cruzou o rosto de Cam.

— Tive uma ideia.

— Provavelmente a primeira de sua vida — zombou Jean.

— Perdoe se não estamos interessados em saber qual é — disse Lilith, surpresa ao se ver do lado de Jean.

— Vocês dois têm um inimigo em comum — declarou Cam.

Lilith fez um muxoxo.

— Não leva muito tempo para as pessoas odiarem você. Agora demorou o quê, dez minutos?

— Não estava falando de mim — retrucou Cam. — Estava falando da escola. Da cidade. — Ele fez uma pausa. — Do mundo.

Lilith não conseguia concluir se Cam era sábio ou um clichê ambulante.

— Onde está querendo chegar?

— Por que vocês não se unem e canalizam toda essa raiva? — sugeriu Cam. Então tirou um violão do suporte e o entregou a Lilith, depois pousou a mão no ombro de Jean. — Lilith e eu estamos montando uma banda.

— Não estamos, não — retrucou ela. Qual era o problema desse cara?

— Estamos sim — disse Cam para Jean, como se aquilo já estivesse decidido. — A formatura é daqui a quinze dias, e precisamos de um baterista se quisermos vencer a Batalha de Bandas.

— Como é o nome da banda de vocês? — perguntou Jean, cético.

Cam deu uma piscadela para Lilith. *De novo.*

— Os Diabretes.

Lilith gemeu.

— Nem pensar que vou entrar numa banda chamada Os Diabretes. Se um dia eu tiver uma banda, vai se chamar Vingança.

Ela disse aquilo sem querer. Era verdade, há tempos ela guardava aquele nome em segredo, desde o dia em que concluíra que a melhor maneira de se vingar de todos os babacas daquela escola seria ficando famosa, arranjando uma banda com músicos de verdade e sumindo da vista de todo mundo em Crossroads, a não ser nos shows com ingressos esgotados que a galera dali seria obrigada a assistir online porque ela nunca, jamais, tocaria em sua cidade-natal.

Porém, ela não planejara revelar o nome assim.

Cam arregalou os olhos.

— Uma banda com esse nome precisa de um sintetizador pra ninguém botar defeito. E de um globo espelhado.

Jean semicerrou os olhos.

— Eu adoraria botar um sintetizador pra quebrar nesta escola — disse ele depois de algum tempo. — Tô dentro.

— Tô fora — disse Lilith.

Cam sorriu para ela.

— Ela está dentro.

Sorria também, Lilith. Qualquer outra garota teria lhe espelhado a expressão, mas Lilith não era como as outras garotas que conhecia. Uma onda gigantesca de raiva se acomodou na boca de seu estômago, latejando por causa da arrogância de Cam, de sua confiança inabalável. Ela soltou um muxoxo e saiu da sala de música sem dizer nem uma só palavra.

❄❄

— Tô morrendo de fome — disse Cam, enquanto a seguia para fora da escola.

Os dois tinham conseguido voltar à sala de detenção a tempo de religar o intercomunicador, pouco antes de Burroughs fazer sua varredura final. Ela lhe entregou a prova, basicamente em branco, e os dois foram dispensados.

Por que Cam não a deixava em paz?

Na mão direita, ele levava o estojo do violão que pegara emprestado da sala de música e, no ombro, a mochila de lona.

— Onde é que você curte comer por aqui?

Lilith deu de ombros.

— Tem um lugarzinho ótimo chamado *não é de sua conta*.

— Parece bem exótico — disse Cam. — Onde fica? — Enquanto eles caminhavam, as pontas macias de seus dedos roçaram nos dedos calejados de Lilith. Ela os puxou rapidamente, instintivamente, com um olhar que dizia que, se aquilo não fora um acaso, era melhor ele não tentar de novo.

— Vou pra lá. — Ela apontou em direção ao riacho da Cascavel, mas se arrependeu por revelar seus planos, afinal não era uma sugestão para que Cam a acompanhasse.

No entanto, foi exatamente isso que ele fez.

※

Na entrada do bosque, ele afastou um galho de alfarrobeira para que ela pudesse passar por baixo. Lilith o observou avaliar o galho, como se nunca tivesse visto aquele tipo de árvore.

— Não tem alfarrobeira de onde você vem? — perguntou ela. Aquelas árvores estavam em toda parte em Crossroads.

— Sim e não — respondeu Cam.

Ele resmungou algo enquanto ela ia até a árvore de sempre e se sentava. Depois ela ficou observando a água gotejar sobre as pedras do leito do riacho. Um instante depois, Cam juntou-se a ela.

— De *onde* você vem, afinal? — perguntou Lilith.

— Meio que de todo lugar? — Cam enfiou a mão entre os galhos retorcidos, onde Lilith guardava seu violão. Às vezes ela vinha ali tocar quando não almoçava; isso a ajudava a esquecer a fome.

— Misterioso? — disse ela, imitando o tom de Cam e pegando o violão das mãos dele.

— Não é tão bacana quanto parece ser — retrucou Cam. — Na noite passada dormi na frente de uma assistência técnica de televisões.

— A O'Malley's na Hill Street? — perguntou Lilith, afinando a corda do Mi maior. — Que esquisito. Dormi ali uma vez, quando estava de castigo e queria fugir de Janet. — Sentiu os olhos de Cam sobre si, desejando que ela explicasse mais. — Janet é minha mãe. — Como aquele era um assunto que não levava a nada, ela mudou o tema. — Como veio parar aqui?

A mandíbula de Cam se retesou, e uma veia surgiu em sua testa, entre os olhos. Obviamente era a última coisa sobre a qual ele desejava conversar, o que deixou Lilith desconfiada. Ele escondia alguma coisa, exatamente como ela.

— Chega de saber dos bastidores. — Cam abriu o estojo da guitarra emprestada da sala de música e sacou uma Fender Jaguar verde, propriedade da Trumbull. — Vamos tocar alguma coisa.

Lilith espirrou e abraçou a barriga. A fome a cortava por dentro, como uma tesoura enferrujada.

— Hum, espirro de fome — disse Cam. — Eu não devia ter deixado você me dissuadir da refeição. Sorte sua que está comigo.

— Por quê?

— Porque a gente forma uma boa dupla. — Ele afastou o cabelo negro dos olhos. — E porque eu sempre ando com os lanches mais deliciosos do mundo.

Da mochila de lona ele sacou um pacote de biscoitos e um pote pequeno e gorducho com rótulo escrito num outro idioma. Ele pousou a mão na tampa e tentou girá-la, mas nada. Tentou uma vez mais. A veia em sua testa reapareceu.

— Deixe comigo. — Lilith pegou o pote e o deslizou entre as cordas do violão, deixando que uma delas rompesse o lacre a vácuo. Tinha feito isso em casa certa vez, quando Bruce estava com fome e a única coisa que tinham para comer era um pote de picles.

A tampa se abriu nas mãos dela.

Cam passou a língua sobre os dentes e assentiu ligeiramente.

— Eu já tinha afrouxado pra você.

Lilith espiou o que havia no pote: uns ovinhos pequenos, negros e úmidos.

— Ossetra — disse Cam. — O mais fino caviar.

Lilith não tinha ideia de como se comia caviar. Onde ele havia conseguido aquilo, ainda mais dormindo na rua? Cam abriu o pacote de biscoitos e, com um deles, apanhou um pouco da pasta negra cintilante.

— Abra a boca e feche os olhos — pediu ele.

Ela não queria, mas a fome era tanta que cedeu.

O biscoito era crocante, o caviar, macio. Então o sal dos ovinhos a assaltou, e no início Lilith achou não ter gostado. Mas, quando permitiu que o caviar se demorasse um pouco em sua língua, uma sensação deliciosa espalhou-se pela boca, uma textura amanteigada com uma pontinha de intensidade. Ela engoliu: estava viciada.

Quando abriu os olhos, Cam sorria para ela.

— É caro? — perguntou Lilith, sentindo-se culpada.

— O gosto é melhor quando se come bem devagar.

Um silêncio tranquilo caiu entre os dois enquanto comiam. Ela sentia-se grata pela comida, mas incomodada por aquele sujeito agir como se fossem mais íntimos que realmente eram.

— É melhor eu voltar pra casa — avisou Lilith. — Estou de castigo.

— Nesse caso, você devia se demorar o máximo possível. — Cam inclinou a cabeça e olhou para ela do jeito que os caras dos filmes olhavam para as garotas pouco antes de um beijo. Ficou assim por um momento; depois apanhou o violão da garota.

— Ei! — protestou Lilith, quando um acorde preencheu o ar.

Aquele violão era sua posse mais valiosa. Ninguém além dela poderia pôr as mãos nele. Entretanto, quando os dedos de Cam dedilharam as cordas e ele começou a cantarolar, ela ficou encantada. Era uma canção linda... e ao mesmo tempo familiar. Lilith não sabia onde já a tinha ouvido.

— Você compôs isso? — Ela não conseguiu evitar perguntar.

— Talvez. — Ele parou de tocar. — Precisa de uma voz feminina.

— Ah, tenho certeza de que Chloe King deve estar disponível — disse Lilith.

— Falando nela — começou Cam. — O que você achou do tema da formatura? Batalha de Bandas? — Ele atirou a cabeça para trás. — Pode ser bacana.

— Bacana é a última coisa que essa festa vai ser — retrucou ela.
— Se você se inscrever, eu me inscrevo também.
Lilith explodiu numa gargalhada.
— Nossa! Isso deveria me seduzir? Alguém já lhe disse que você é um tiquinho convencido?
— Não nos últimos cinco minutos — respondeu Cam. — Pense nisso. Temos duas semanas para montar uma banda decente. A gente dá conta. — Ele fez uma pausa. — *Você* dá conta. Além disso, bem sabe o que costumam dizer por aí sobre a Vingança.
— O quê? — indagou ela, esperando ouvir mais alguma coisa que a tiraria do sério.
Ele olhou para o longe, para alguma coisa que pareceu entristecê-lo. Quando respondeu, seu tom foi dócil:
— Que ela é doce.

QUATRO

AGUENTANDO FIRME

CAM

Catorze dias

Na manhã seguinte, quando o sol irrompeu acima das colinas, Cam se levantou do telhado da quadra esportiva da Trumbull, onde havia dormido na noite anterior. O pescoço estava duro, e ele precisava de uma chuveirada quente para aliviar a dor. Olhou em torno, para ter certeza de que a costa estava vazia, depois voou até a altura das janelas da quadra. Encontrou uma destrancada e entrou de fininho.

Estava silencioso no vestiário masculino, e Cam parou por um instante para olhar seu reflexo no espelho. O rosto parecia... mais velho. Os traços, mais angulosos, os olhos, mais fundos. Ao longo dos milênios ele mudara de aparência diversas vezes para se misturar ao ambiente, deixando que o sol bronzeasse sua pele clara ou acrescentando massa muscular à figura esbelta, mas sempre intencionalmente: nunca era *por acaso*. Ele jamais se espantara diante do próprio reflexo.

O que estaria acontecendo?

Aquela pergunta não o deixou em paz enquanto tomava banho, roubava uma camiseta branca limpa do armário de algum cara, vestia a calça jeans e a jaqueta de couro, e saía para aguardar a chegada do ônibus de Lilith.

Perto do beco sem saída onde os ônibus escolares estacionavam, Cam encostou-se num painel envidraçado que divulgava as diversas atividades extracurriculares da escola. Haveria um encontro do clube de alemão às três da tarde. APRENDA COMO CONVIDAR SEU AMOR PARA A FORMATURA EM ALEMÃO!, sinalizava o aviso. Outro dava detalhes sobre os testes para participar do clube de corrida e atletismo. FIQUE EM FORMA E ARRASE NO VESTIDO DE FORMATURA!, prometia. No centro havia um pequeno pôster cintilante anunciando um show da banda de Chloe King, a Desprezos Nítidos, o qual ocorreria na semana seguinte. Elas abririam o show de uma banda local chamada Ho Hum. VOCÊ VAI PODER DIZER QUE AS VIU TOCAR ANTES DE SEREM AS CAMPEÃS DA BATALHA DE BANDAS NA FORMATURA!

Embora Cam só estivesse em Crossroads há um dia, ele já sentia que ali rolava uma verdadeira obsessão pela formatura. Ele fora a um baile de formatura uma vez, décadas atrás, com uma garota bacana de Miami, a qual era apaixonada por ele. Embora eles tivessem desligado o alarme de incêndio e passado a maior parte da noite no telhado admirando estrelas cadentes, também dançaram algumas músicas agitadas e Cam gostara da experiência. Claro, ele fora obrigado a sair voando antes que a coisa ficasse séria demais.

Ele se perguntava o que Lilith achava do baile de formatura da escola, se teria alguma vontade de ir. Cam se deu conta de que precisaria convidá-la. A ideia era estimulantemente antiquada. Ele precisaria fazer a coisa toda de um jeito especial. Teria de fazer tudo bonitinho.

No momento, conquistar seu amor parecia uma aposta perdida. Lúcifer tinha razão: ela o odiava. Mas a garota que se apaixonara por ele um dia continuava ali dentro, em algum lugar, enterrada embaixo de todo aquele sofrimento. Ele só precisava encontrar um modo de alcançá-la.

Uma guinada de freios o assustou, e, ao se virar, Cam percebeu a caravana de ônibus amarelos estacionando. Os alunos começaram a descer, e a maioria se pôs a andar em direção à escola em grupinhos de dois ou de três.

Somente Lilith ia sozinha. Seguia de cabeça baixa, o cabelo ruivo cobrindo seu rosto, os fios brancos dos fones de ouvidos balançando de um lado a outro. Os ombros estavam encurvados para a frente, o que a fazia parecer menor do que era de fato. Quando Cam não conseguia identificar aquele fogo ardente nos olhos de Lilith, ela ganhava um ar tão derrotado que mal conseguia suportar. Ele a alcançou quando ela entrava no corredor principal da escola, e lhe cutucou o ombro. Ela virou-se.

— Oi — disse ele, subitamente sem fôlego.

Depois de tanto tempo afastado, não estava mais acostumado a vê-la tão de perto. Ela parecia diferente da garota que ele amara em Canaã, mas tão impressionante quanto. Quando fizera a aposta com Lúcifer, Cam não previra como seria difícil ficar sem tocar Lilith da maneira com a qual estava costumado. Ele se via constantemente obrigado a reprimir todos os impulsos de se aproximar da garota, de acariciar seu rosto, de abraçá-la, de beijá-la e nunca mais soltá-la.

Lilith olhou para Cam e estremeceu. Contorceu o rosto com nojo ou algo pior ao retirar os fones de ouvido. Ele não lhe fizera nada naquela vida, mas ela estava programada para desprezá-lo.

— Que foi? — perguntou Lilith.

— O que está escutando? — perguntou Cam.

— Nada que você curta.

— Você não tem como saber antes de me dizer.

— Não, obrigada — retrucou ela. — Posso ir agora, ou você ainda quer bater mais desse papinho chato esquisito?

Os olhos de Cam pousaram em outro cartaz do show da Desprezos Nítidos, colado num armário ali perto. Ele o arrancou e o mostrou para Lilith.

— Esta banda vai tocar na semana que vem — disse ele. — Quer ir comigo ao show?

Ela olhou rapidamente para o cartaz e balançou a cabeça.

— Não é meu estilo de música, pra ser sincera. Mas, se você gosta de pop chiclete, divirta-se.

— A Desprezos só vai abrir o show. Ouvi dizer que a banda Ho Hum é ótima — mentiu ele. — Acho que poderia ser legal. — Ele fez uma pausa. — Acho que seria bacana ir com você.

Lilith semicerrou os olhos e ajeitou a alça da mochila no ombro.

— Tipo, como um encontro?

— Agora você está sacando onde quero chegar — disse Cam.

— Eu não estou sacando absolutamente *nada* de onde você quer chegar — retrucou ela, afastando-se. — A resposta é não.

— Ah, por favor — insistiu Cam, seguindo Lilith. Os corredores eram um caos de alunos diante de seus armários, se preparando para as aulas do dia, apanhando e guardando livros, passando *gloss* labial e fofocando sobre o baile de formatura. — E se eu conseguir um passe para o *backstage*?

Cam duvidava que houvesse algum *backstage* naquele show, mas precisava tentar de tudo para que Lilith aceitasse o convite.

— Alguém aí disse "*backstage*"? — perguntou uma voz sibilante.

— Tenho passes para o *backstage* do show que vocês quiserem.

Lilith e Cam pararam e viraram-se. Atrás deles, no meio do corredor, estava um rapaz com cabelo acaju e um sorriso afetado estampado no rosto quadrado e quase belo. Usava calça jeans rasgada, camiseta com padronagem de losangos com caveirinhas dentro de cada um deles e uma corrente de ouro fina no pescoço. Trazia um tablet numa das mãos.

Lúcifer não deveria estar ali. Aquilo não fazia parte do acordo.

— Sou Luc — disse ele. — Trabalho para a King Media. Fizemos uma parceria com a Trumbull para organizar o melhor baile de formatura que esta escola já viu. Sou apenas o estagiário, mas acho que um dia vou ser contratado de verdade e...

— Eu não vou à formatura — disse Lilith secamente. — Está perdendo seu tempo.

— Mas você *curte* música, né? — perguntou Lúcifer.

— Como você sabe? — perguntou Lilith.

Luc sorriu.

— Ah, porque você tem todo o jeito. — Ele digitou uma senha no tablet e surgiu um formulário eletrônico na tela. — Estou ajudando no processo de inscrição dos alunos para a Batalha de Bandas. — Ele olhou de relance para Cam. — Você vai se inscrever, cara?

— Por acaso esse golpe não é baixo demais, até mesmo pra você? — retrucou Cam.

— Ah, Cam — disse Luc. — Se você excluir as baixezas, jamais chegará muito longe nesse mundo.

Lilith observou Cam.

— Você conhece o cara?

— Somos velhos amigos — disse Luc. — Mas, minha nossa, onde estão meus bons modos? — Ele estendeu a mão. — Muito prazer, Lilith.

— Você sabe meu nome? — Lilith olhou para Luc com uma expressão igualmente maravilhada e enojada. Cam conhecia muito bem a sedução perversa do diabo: era o que conservava o movimento do inferno.

— E que outro nome você poderia ter? — perguntou Luc. — Sei seu nome por esse motivo ou... porque a King Media faz suas pesquisinhas — acrescentou ele, com um sorriso, enquanto Lilith lhe apertava a mão, incomodada.

Cam ficou tenso. Aquilo não era justo. Ele tinha duas semanas para fazer Lilith se apaixonar; não havia tempo para as interferências de Lúcifer.

— O que está fazendo aqui? — perguntou para o demônio, sem conseguir esconder o veneno na voz.

— Digamos que eu não estava me sentindo desafiado o bastante — retrucou Luc. — Então arrumei esse estágio na King Media e...

— Não faço a menor ideia do que você está falando — disse Cam.

O sorrisinho de Luc se intensificou.

— Todas as dúvidas e questões relativas ao baile da formatura ou à Batalha de Bandas precisam passar por mim. Quero que os alunos me conheçam, que me vejam como um amigo, não como uma figura de autoridade. Quando chegar o dia da festa, já seremos unha e carne.

O intercomunicador fez um clique, enchendo o corredor de ainda mais barulho.

— Bom dia, Bulls!

Luc apontou um dedo para o teto.

— Olhe, vocês dois deviam escutar esse aviso.

— Às seis da tarde de hoje — disse Tarkenton — teremos um sarau no refeitório. Todos podem participar, mas a participação é obrigatória para os alunos da aula de poesia do Sr. Davidson.

Lilith gemeu.

— Ah, não, prefiro morrer a ler uma porcaria de poema na frente de todo mundo — disse ela, arrasada. — Mas a aula do Sr. Davidson é a única na qual estou me saindo bem. E por um triz.

— Você ouviu o que Tarkenton disse — falou Cam para Lilith. — É um *sarau*. Você não precisa declamar um poema; pode *cantar* um. A gente poderia transformar a noite de hoje no primeiro show da Vingança.

— *A gente* não vai fazer coisa alguma, porque *a gente* não tem uma banda — argumentou Lilith.

Àquela altura os corredores estavam basicamente vazios. Mais um minuto e eles chegariam atrasados na aula. Cam, entretanto, parecia grudado no chão: perto o bastante de Lilith para sentir o cheiro de sua pele, o que o deixava tonto de desejo.

— Dane-se a primeira aula! — exclamou ele. — Vamos dar o fora e ensaiar.

Há muito tempo, em Canaã, a música unira Lilith e Cam; Cam precisava que ela fizesse sua magia pela segunda vez, aqui, em Crossroads. Se tocassem juntos, a química entre os dois quebraria as defesas de Lilith por tempo suficiente para Cam conseguir lhe conquistar o coração de novo. E, se para isso fosse necessário ir a um baile de formatura do ensino médio, que assim fosse.

— Eu adoraria ouvir você cantar, Lilith. — Luc fez coro.

— Fique fora disso — disse Cam. — Você não tem mais o que fazer, não? Corromper alunos do primeiro ano e coisas do tipo?

— Claro — disse Luc. — Mas antes preciso incluir Lilith em minha lista. — Ele ofereceu o tablet novamente e esperou que ela digitasse seu e-mail, depois fechou a capa protetora e seguiu em direção à porta. — Até mais, perdedor — falou de longe para Cam. — E espere notícias minhas, Lilith.

※

O dia passou depressa. Depressa até demais.

Lilith ignorou Cam na primeira aula e na aula de poesia, e ele não a viu mais durante o restante do dia. Foi até o riacho da Cascavel na hora do almoço, esperando vê-la ali, tocando violão, mas a única coisa que encontrou foi o gotejar dissonante das águas de abril sobre o leito do riacho.

Nada de Lilith.

Ficou esperando em frente à sala de música depois que o sinal tocou, na esperança de que ela fosse para lá depois das aulas.

Ela não foi.

O sol se punha quando ele atravessou o campus da escola e seguiu para o sarau da Trumbull, no refeitório, tossindo por causa do ar enfumaçado. O fogo nos morros — as chamas quase imperceptíveis do

Inferno de Lilith — circundava toda Crossroads, mas ninguém parecia dar a mínima. De manhã Cam tinha visto um caminhão de bombeiros seguindo em direção às queimadas, e percebeu a expressão vazia no rosto dos bombeiros. Provavelmente jogavam água nas árvores em brasa todos os dias, sem se atentar ao fato de que o fogo jamais se extinguia.

Todas as pessoas daquela cidade eram peões de Lúcifer. Nada nem ninguém mudaria em Crossroads, a menos que por vontade do demônio.

Exceto, Cam tinha esperanças, Lilith.

Quando chegou ao refeitório, Cam segurou a porta para um casal passar de mãos dadas. O garoto sussurrou alguma coisa ao ouvido da garota, que riu e o puxou para um beijo. Cam olhou para o outro lado, sentindo uma pontada no peito. Enfiou as mãos nos bolsos da jaqueta, abaixou a cabeça e entrou.

A aparência diurna sem graça do refeitório se fora. Um palco improvisado fora montado numa das extremidades do ambiente, tendo como fundo cortinas negras esfarrapadas, presas entre dois postes. O Sr. Davidson ocupava o centro do palco, atrás de um microfone.

— Sejam bem-vindos — cumprimentou ele, ajustando os óculos sobre o nariz. Parecia estar na faixa dos 30 anos, com uma profusão desalinhada de cabelo castanho-escuro e uma magreza que irradiava ansiedade. — Não há nada mais empolgante que descobrir novos talentos. Mal posso esperar para vê-los compartilhando seus trabalhos esta noite.

Por cima dos resmungos e gemidos da plateia, ele acrescentou:

— Além do mais, vocês são obrigados a fazer isso, senão ganham um zero. Portanto, sem mais delongas, aplausos para nossa primeira apresentação da noite: Sabrina Burke!

Enquanto a plateia aplaudia, desanimada, Cam sentou-se no assento vazio ao lado de Jean Rah e os dois se cumprimentaram com um soquinho mútuo. Jean tinha um estilo que agradava a Cam: sombrio, engraçado, dono de uma bondade não óbvia. O que ele teria feito para ir parar nos domínios de Lúcifer?, perguntou-se Cam. Alguns dos mortais — e dos anjos — mais interessantes tinham certa habilidade em irritar o Trono.

No palco, as mãos de Sabrina tremiam enquanto ela segurava o microfone. Ela sussurrou um "Obrigada" e desdobrou um papelzinho com um poema escrito a mão.

— Este poema se chama... "Matrimônio". Obrigada, Sr. Davidson, pela ajuda. Você é o melhor professor do mundo. — Ela pigarreou e começou a ler:

Um casamento é um ritual pré-histórico entre duas pessoas
um homem e uma mulher
BABOSEIRA!

Ela ergueu os olhos do papel:

NÃO SE PODE ARRANCAR MINHA LIBERTAÇÃO!
LIBERTA? AÇÃO!
Sou mulher; asas, vento e poeira!

Ela olhou para baixo.
— Obrigada.
O restante dos alunos aplaudiu.
— Que coragem — comentou uma garota ao lado de Cam. — É tão verdadeiro.

Os olhos de Cam correram pela plateia até encontrarem Lilith na terceira fila, roendo as unhas. Ele sabia que ela estava se imaginando ali em cima, sozinha. A Lilith da qual se lembrava era uma artista nata, depois que superava o medo inicial do palco.

Aquela Lilith de agora, entretanto, era diferente.

Naquele momento a plateia batia palmas para um altíssimo garoto negro, que subira no palco cheio de confiança. Ele não se deu ao tra-

balho de ajustar a altura do microfone, que estava baixa demais para sua estatura, simplesmente abriu o caderno e começou a recitar:
— Este aqui é uma espécie de haicai — explicou.

Pássaros nas alturas.
Fazem sempre nas nuvens
todas as coisas suas.

Um batalhão de meninas no fundão começou a berrar e a soltar urras, gritando o nome do rapaz.
— Você é demais, James!
Ele acenou para elas, como se estivesse acostumado a esse tipo de reação sempre que comprava um refrigerante ou saía do carro, aí desceu do palco.
Uma performance recitada aos berros e três poetas depois, o Sr. Davidson assumiu novamente o comando.
— Bom trabalho, pessoal. A próxima é *Lilith*!
Algumas vaias ecoaram no refeitório, e o Sr. Davidson tentou contê-las. Lilith tomou seu lugar no palco. Os holofotes deixavam seu cabelo mais brilhante e seu rosto, ainda mais pálido enquanto ela segurava o caderninho de capa preta sob o braço, preparando-se para ler seu poema. Pigarreou. Ganhou uma microfonia em resposta.
Vários alunos cobriram os ouvidos, e um deles gritou:
— Sai do palco! Bizarrona!
— Ei, calma aí! — gritou o Sr. Davidson. — Isso não é legal.
— Hum... — Lilith tentou ajustar o microfone, mas só conseguiu uma nova microfonia.
Àquela altura Cam já tinha se levantado e corrido para o palco. Lilith olhou de cara feia quando ele se aproximou.
— O que você tá fazendo aqui? — sussurrou ela.
— *Isto* — respondeu ele. Com um movimento preciso, ele ajeitou o microfone para que ficasse a distância perfeita dos lábios de

Lilith. Agora ela não precisaria mais ficar curvada, e poderia falar com seu tom normal e ser ouvida com clareza por todos os alunos do refeitório.

— Saia daqui. — Ela cobriu o microfone com a mão. — Você está me constrangendo. — Ela virou-se para a plateia. — Hum, oi, sou Lilith e...

— E você é bizarra! — berrou uma garota nos fundos.

Lilith suspirou e folheou seu caderno. Para Cam, ficou claro o quanto os outros alunos odiavam Lilith e como ela ficava péssima com isso. Ele não queria ser mais uma fonte de aborrecimentos para ela.

Começou a se afastar do palco, mas o olhar dela o fez parar.

— O que foi? — perguntou ele.

— Não consigo — articulou ela.

Cam aproximou-se mais uma vez e parou antes que seu instinto o levasse a abraçá-la.

— Consegue, sim.

— Prefiro tirar zero. — Ela recuou do microfone, segurando o caderno com força. — Não consigo ler na frente de toda essa galera que me odeia.

— Então não leia — disse Cam. Ao pé da cadeira onde ela estivera sentada, Cam viu o estojo de seu violão. Por sorte Lilith não o guardara no riacho aquele dia.

— Hã? — perguntou Lilith.

— Lilith — chamou o Sr. Davidson dos fundos do refeitório. — Algum problema?

— Sim — disse Lilith.

— Não — falou Cam ao mesmo tempo.

Ele afastou-se do palco, abriu as travas prateadas do estojo do violão e sacou o adorável instrumento rachado. Ouviu risinhos da plateia e notou o flash de alguém fotografando Lilith no palco, apavorada de medo.

Cam ignorou tudo aquilo. Colocou o violão entre as mãos de Lilith e passou a alça no torso dela, tomando o cuidado de não prender os longos cabelos ruivos. Apanhou o caderno de suas mãos e sentiu o calor no local onde ela o estivera segurando.

— Que desastre — disse ela.

— A maioria das coisas começa assim — disse ele, baixinho, para que somente ela pudesse ouvir. — Agora feche os olhos e imagine que está sozinha. Imagine que o sol está se pondo e que você tem a noite inteira pela frente.

— Vão para um motel! — gritou alguém. — Vocês dois são uns merdas!

— Isso não vai dar certo — disse Lilith, mas Cam notou como os dedos dela se posicionaram naturalmente na posição de dedilhado. O violão era um escudo contra a plateia. Ela já estava mais confiante que um instante atrás.

Portanto, Cam continuou:

— Imagine que você acabou de compor uma música nova que te deixou muito orgulhosa...

Lilith tentou interromper:

— Mas...

— Permita-se sentir orgulho — continuou Cam. — Não porque você acha que essa música seja melhor que as outras, mas porque, mais que qualquer coisa, ela é o atalho para expressar seus sentimentos agora, o que você é.

Lilith fechou os olhos e se inclinou para o microfone. Cam prendeu a respiração.

— Buuuuu! — vaiou alguém.

Lilith abriu os olhos de repente, e seu rosto ficou lívido.

Cam viu Luc no meio da plateia, as mãos em concha sobre a boca, zombando de Lilith. Cam nunca dera um soco no diabo, mas naquela noite não tinha nenhum receio de inovar. Olhou com frieza para a plateia, levantou os dois punhos e mostrou os dedos médios.

— Já chega, Cam — disse o Sr. Davidson. — Por favor, saia do palco.

O som das risadas baixas fez Cam virar-se para Lilith. Ela o estava observando, sufocando um risinho, exibindo um espectro de um sorriso.

— Tá mostrando pra eles quem é que manda no pedaço? — perguntou ela.

Ele balançou a cabeça.

— Manda ver nesse violão e mostre você mesma.

Lilith não respondeu, mas Cam percebeu pela mudança em sua expressão que tinha dito a coisa certa. Ela voltou a se inclinar para o microfone e falou com uma voz suave e clara:

— Esta aqui se chama "Exílio".

E começou a cantar.

É o amor que incita
Pra onde levo minhas rimas
Minhas rimas, minhas rimas
Que seguem minha mente aflita
Aflita, aflita.
O que vem agora, o que virá depois?
Irei morrer, irei morrer
Sozinha ou a dois?

A canção fluía dela, como se Lilith tivesse nascido só para cantá-la. Ao microfone, de olhos fechados, ela não parecia mais tão consumida pela ira. Ali estava um vislumbre da garota que fora um dia, da garota por quem Cam se apaixonara.

Da garota por quem ainda estava apaixonado.

Quando ela terminou, Cam tremia de emoção. A canção de Lilith era uma versão daquela que ele estivera cantarolando ao deixar Troia. Ela ainda a conhecia. Algum resquício da história de amor de ambos continuava vivo dentro dela. Exatamente como ele achava que seria.

Os dedos de Lilith se ergueram das cordas do violão. A plateia estava em silêncio. Ela aguardou pelos aplausos, os olhos cheios de esperança.

Mas a única coisa que recebeu foram risadas.

— Caramba! Sua música consegue ser pior que você! — berrou alguém, atirando uma lata vazia de refrigerante no palco. A lata atingiu Lilith nos joelhos, e a esperança morreu nos olhos dela.

— Parem com isso! — disse o Sr. Davidson, voltando ao palco. Virou-se para Lilith: — Bom trabalho.

Lilith, porém, já fugia do palco e do refeitório. Cam foi atrás dela, mas ela era veloz demais e estava tão escuro lá fora que não dava para ver para que lado ela havia ido. E além disso, ela conhecia aquele lugar melhor que ele.

A porta do refeitório se fechou atrás de Cam, silenciando o som distante de mais um aluno que lia seu poema. Cam suspirou e encostou-se na parede de gesso. Lembrou-se de Daniel, de quantos períodos ruins ele havia sofrido quando a saudade de Luce o consumia de tal maneira que o fazia desejar morrer e escapar daquela maldição, só então para ser recompensado por um único roçar dos dedos da amada na vida seguinte, antes de Luce morrer mais uma vez.

Isso vale a pena?, perguntara Cam tantas vezes ao amigo.

Agora ele entendia a resposta sempre igual de Daniel. *Claro que vale*, dizia ele. *É a única coisa que dá sentido à minha existência.*

— Erro de principiante.

Cam virou a cabeça e viu Luc sair das sombras.

— O quê?

— Já tão cheio de si logo no primeiro dia — zombou Lúcifer. — Temos mais duas semanas juntos, e há várias maneiras de você pôr tudo a perder.

A última coisa que Cam se sentia era cheio de si. Se o diabo vencesse, Cam não seria o único a sair perdendo.

— Aumente as apostas quando quiser — disse ele a Lúcifer, entre dentes. — Estou preparado.

— Vamos ver o tamanho de seu preparo — provocou Lúcifer, com um risinho, antes de desaparecer, deixando Cam sozinho.

INTERLÚDIO

FAÍSCAS

TRIBO DE DÃ, NORTE DE CANAÃ

Aproximadamente 1.000 A.E.C.

Sob a luz da lua, o garoto loiro mergulhou no rio Jordão. Chamava--se Dani, e, embora estivesse no vilarejo há apenas um mês, sua beleza já era lendária desde aqui até o sul de Bersebá.

Das margens do rio, uma garota de cabelos negros o observava, mexendo em seu colar. No dia seguinte, faria 17 anos.

E — fora da vista de todos — Cam a observava. Ela parecia mais bonita agora que se enamorara pelo banhista noturno. É claro, Cam sabia qual seria o destino da garota, mas nada podia impedi-la de amar Dani. O amor dela, pensou Cam com seus botões, era puro.

— Ele é como uma religião — disse uma voz suave, vindo de trás. Cam se virou e deparou-se com uma ruiva deslumbrante. — Ela lhe tem verdadeira devoção.

Cam deu um passo em direção à garota na margem do rio. Jamais vira uma mortal como ela. Seus cabelos, na altura da cintura, reluziam como uma pedra granada. Era tão alta quanto ele e graciosa mesmo quando imóvel. Seus ombros delgados e bochechas aveludadas eram salpicados de sardas. Ele admirou-se com a intimidade presente em seus olhos azuis, como se os dois já fossem cúmplices em alguma forma de travessura deliciosa. Quando ela sorriu, a pequena fenda entre seus incisivos lhe despertou um tremor inédito.

— Você os conhece? — perguntou Cam. Esta garota maravilhosa só estava falando com ele porque o flagrara observando Daniel e Lucinda.

Sua risada era límpida como a água da chuva.

— Eu cresci com Liat. E todo mundo conhece Dani, embora ele só tenha chegado à nossa tribo no finalzinho da lua passada. Há algo de inesquecível nele, não acha?

— Talvez — respondeu Cam. — Se é esse o seu tipo...

A garota avaliou Cam.

— Você veio para cá na estrela gigante que caiu do céu na noite passada? — perguntou. — Minhas irmãs e eu estávamos sentadas perto da fogueira e achamos que a estrela tinha o espantoso formato de um homem.

Cam sabia que ela o estava provocando, flertando, mas ficou impressionado com aquela suposição certeira. Suas asas o haviam trazido até ali na noite anterior; e ele perseguia o rabo de uma estrela cadente.

— Qual é o seu nome? — perguntou.

— Meus amigos me chamam de Lilith.

— E seus inimigos, como a chamam?

— *Lilith* — rosnou ela, cerrando os dentes. Depois, riu.

Quando Cam riu também, Liat deu meia-volta alguns metros abaixo.

— Quem está aí? — perguntou ela, em direção à escuridão.

— Vamos embora daqui — sussurrou Lilith para Cam, estendendo-lhe a mão.

A garota era incrível. Imponente, cheia de vida. Ele segurou sua mão e a deixou guiá-lo, um pouco receoso de acabar o fazendo para sempre, de segui-la aonde quer que fosse.

Lilith o conduziu a um renque de íris mais adiante no rio curvilíneo; depois enfiou a mão no tronco oco de uma enorme alfarrobeira, de onde tirou uma lira. Sentada entre as flores, ela afinou o instrumento de forma intuitiva, com tanta destreza que Cam percebeu que fazia isso todos os dias.

— Você tocaria para mim? — perguntou ele.

Ela confirmou com a cabeça.

— Se quiser escutar... — Então começou a tocar uma série de notas que se enredavam como amantes, serpenteando como as margens do rio. Milagrosamente, a melodia gloriosa e contínua assumiu a forma de palavras.

Ela entoou uma canção triste de amor que fez tudo o mais desaparecer da mente de Cam.

Concentrado em sua música, ele não dava a mínima para Lúcifer ou o Trono, Daniel ou Lucinda. Só havia a canção lenta e impressionante de Lilith.

Será que ela a compusera ali, entre as íris na beira do rio? O que viera primeiro, a melodia ou a letra? Quem a havia inspirado?

— Alguém partiu seu coração? — perguntou ele, esperando mascarar o ciúme. Pegou a lira das mãos dela, mas seus dedos eram desajeitados. Nem de longe conseguiria tocar algo tão belo quanto a música que fluíra de Lilith.

Ela inclinou-se, aproximando-se de Cam, baixando as pálpebras enquanto fitava seus lábios.

— Ainda não. — Ela pegou o instrumento novamente e dedilhou uma corda cintilante. — Também não quebraram minha lira ainda, mas, quando se é uma garota, todo cuidado é pouco.

— Me ensina a tocar? — pediu Cam.

Ele queria passar mais tempo com Lilith... uma sensação que lhe era estranha. Queria sentar-se a seu lado e ver a luz do sol brilhando em seus cabelos, memorizar os ritmos graciosos de seus dedos à medida que ela extraía beleza das cordas e da madeira. Queria que ela o olhasse da mesma forma que Liat olhava para Dani. E queria beijar aqueles lábios bonitos todos os dias, a toda hora.

— Alguma coisa me diz que você já sabe tocar — retrucou ela.
— Encontre-me aqui amanhã à noite. — Lilith olhou para o céu. — Quando a lua estiver no mesmo lugar, *você* deverá estar no mesmo lugar.

Daí ela riu, guardou a lira novamente na árvore e foi embora, saltitante, deixando um anjo de cabelos negros e olhos verdes loucamente apaixonado, pela primeira vez na vida.

CINCO

MARCADA

LILITH

Treze dias

Lilith não esperava que seu mundo fosse mudar após a apresentação no sarau. E não mudou mesmo. Não muito.

A vida ainda era uma porcaria.

— Lilith? — gritou a mãe, antes mesmo de o despertador tocar. — Cadê aquele meu cardigã alaranjado com cotoveleiras de estampa de oncinha?

Lilith resmungou qualquer coisa e enterrou a cabeça sob o travesseiro.

— O esquadrão da moda passou ontem aqui pra dar um fim nele — murmurou para si. — Esse cardigã era uma ameaça à sociedade.

Três pancadas rápidas na porta aberta do quarto fizeram a cabeça de Lilith emergir. Era seu irmão.

— E aí, Bruce! — disse ao garoto de cabelo revolto, que mastigava um waffle congelado.

— Mamãe tá achando que você roubou aquele suéter amarelo vagabundo superchique. E tá ficando meio parecida com o Incrível Hulk por causa disso.

— Ela acha mesmo que eu ia pagar o mico de sair por aí com um troço que parece uma calêndula ambulante? — perguntou Lilith, e Bruce riu. — Como é que estão as coisas, carinha?

Bruce deu de ombros.

— Tudo indo.

As pessoas geralmente chamavam o irmão caçula de Lilith de frágil porque ele era muito magro e pálido. Mas Bruce era a força mais poderosa na vida de Lilith. Ele não perdia as esperanças nunca. Era divertido simplesmente ficar com ele no sofá, vendo o tempo passar. Ela gostaria que Bruce tivesse uma vida melhor.

— Só indo? — perguntou, sentando-se na cama.

Bruce deu de ombros.

— Nada de mais. Meu nível de oxigênio está baixo hoje, então tenho de ficar em casa de novo — suspirou ele. — Você tem sorte.

Uma risada brutal escapou dos lábios de Lilith.

— Eu tenho sorte!?

— Você pode ir pra aula todo dia, ficar com seus amigos.

Bruce era tão franco que Lilith não conseguia nem pensar em lhe dar uma descrição completa de todas as formas como a escola inteira a odiava.

— Meu único amigo é Alastor — acrescentou Bruce, e, ao ouvir seu nome, o cachorrinho apareceu trotando no quarto de Lilith. — E tudo que ele faz é cocô no tapete.

— *Não, não, não!* — Lilith afugentou o vira-latas antes que ele arruinasse uma pilha de roupas limpas que ainda não haviam sido dobradas. Seu único par de jeans limpo estava ali. A caminho do banheiro, ela tocou no ombro do irmão.

— Talvez seu nível de oxigênio melhore amanhã. Sempre existe esperança!

Quando entrou debaixo do chuveiro — a água tinha voltado, mas desde o fechamento do registro geral, fedia a ferrugem — pensou no que dissera a Bruce. Desde quando Lilith acreditava que *sempre existia esperança* de que amanhã seria melhor?

Provavelmente ela falou isso porque tentava levantar o astral dele. Seu irmão aflorava o lado humano de Lilith, um que todas as outras pessoas desconheciam. Bruce tinha um coração tão bom e saía de casa tão raramente que só Lilith e sua mãe sentiam sua ternura. Para Lilith, era virtualmente impossível sentir pena de si mesma quando estava com ele.

Enquanto se vestia, Lilith fechou a porta e cantarolou a música que havia entoado na noite anterior. O que, sem querer, a fez pensar no desejo que notou nos olhos de Cam quando ele lhe entregou o violão. Como se ela tivesse alguma importância para ele. Como se ele precisasse dela... ou de algo dela.

Lilith fez uma careta. Independentemente do que Cam quisesse, ela não iria ceder.

※

— Sai da frente, *poser*! — Um jogador de futebol americano cabeçudo empurrou Lilith para o lado, sobre uma fileira de armários velhos de metal. Ninguém nem ao menos piscou.

— Ai! — Lilith esfregou o braço.

A lâmpada fluorescente piscava e zunia acima dela, que se ajoelhou no azulejo verde-catarro para inserir sua senha e pegar os livros do dia. A alguns armários dali, Chloe King exibia o ombro direito e sua nova tatuagem de asa de anjo ao namorado mais recente e aos muitos amigos que se aglomeravam ao redor.

Quando Chloe percebeu a presença de Lilith, deu um sorriso largo e suspeito.

— Bela apresentação ontem à noite, Lil! — cantarolou.

Era impossível que Chloe estivesse de fato sendo legal. Lilith sabia que devia sair de cena antes de as coisas piorarem.

— Hum, valeu — respondeu, apressando-se para destrancar o armário.

— Ai, meu Deus! Você achou mesmo que eu estava falando sério? Isso foi uma piada! Assim como sua apresentação. — Chloe soltou uma gargalhada, acompanhada por toda a sua panelinha.

— E... mais um dia horrível — sussurrou Lilith, voltando a atenção para o armário.

— Não precisa ser.

Lilith ergueu o olhar.

Luc, o estagiário que ela conhecera no dia anterior, estava parado ao seu lado. Ele se encostou nos armários, lançando uma estranha moeda dourada no ar.

— Ouvi falar que você sempre chega atrasada na escola — disse ele.

Para Lilith, seu atraso crônico não parecia ser uma fofoca fascinante. Além de Tarkenton, de alguns professores, Jean e, agora, Cam, ninguém em Trumbull jamais dera a mínima para Lilith.

— Se achava que eu ia chegar atrasada, por que estava esperando por mim antes do sinal?

— E não é isso que se faz no ensino médio? — Luc olhou em volta do corredor. — Ficar esperando uma aluna perto de seu armário na esperança de ser convidado para o baile de formatura?

— Você não é aluno! E espero que não esteja tentando me fazer convidá-lo para o baile. Pode esperar sentado! — Lilith abriu o armário e atirou alguns livros dentro. Luc apoiou os cotovelos na porta do armário e olhou para baixo em sua direção. Lilith o fitou, irada, esperando que ele saísse do caminho para que pudesse fechar a porta.

— Já ouviu falar nos Quatro Cavaleiros? — perguntou Luc.

— Todo mundo já ouviu falar neles! — Chloe King se afastou de seus admiradores para ficar frente a frente com Luc. O delineador prateado brilhava contra a pele negra perfeita e o cabelo tinha sido arrumado em centenas de tranças minúsculas. Ela baixou o olhar para Lilith. — Até lixo que nem ela.

— Desde quando você curte os Quatro Cavaleiros? — perguntou Lilith.

Os Quatro Cavaleiros eram perturbadores e intensos; suas baladas de rock, inteligentes e tristes, e, como cada álbum diferia do anterior, os fãs de verdade conseguiam enxergar a verdadeira evolução em seu estilo. Foram as músicas compostas pelo líder da banda, Ike Ligon, que levaram Lilith a querer ser musicista. Era impossível que uma garota como Chloe pudesse entender a dor que aqueles caras expressavam em sua música.

— Que crueldade dar esperanças a ela — disse Chloe a Luc, e começou a cantarolar o refrão do último single dos Quatro Cavaleiros, *Lantejoulas de acontecimentos*.

Lilith fechou o armário e ficou de pé.

— Dar esperanças em relação a quê?

— Se você não cabulasse tanto as aulas — disse Luc a Lilith — saberia da novidade.

— Que novidade? — perguntou Lilith.

— Os Quatro Cavaleiros vão fazer o show de encerramento do baile — disse Chloe. Atrás dela, suas três amigas soltaram um gritinho estridente. Uma delas trazia um estojo de violão pendurado ao ombro, e Lilith percebeu que essas meninas provavelmente eram as integrantes da banda de Chloe.

O sangue de Lilith latejava nos ouvidos.

— Impossível!

— Vou tatuar o nome de Ike bem aqui. — Chloe se virou de novo para o namorado e seus amigos, desabotoando o decote para ostentar o futuro lugar da tattoo. — Bem acima do coração. Está vendo?

Os garotos definitivamente viram.

— Os Quatro Cavaleiros vão tocar em Crossroads? — perguntou Lilith. — Mas *por quê*?

Chloe deu de ombros, como se não conseguisse imaginar por que uma banda incrível não desejaria visitar sua cidade horrível.

— Eles vão ajudar Tarkenton a julgar a Batalha de Bandas.

— Espera aí! Quer dizer que os Quatro Cavaleiros vão ver as bandas desta escola tocar? — perguntou Lilith baixinho. — No baile de formatura?

Luc assentiu, como se entendesse o quanto a notícia era importante.

— Eu mesmo dei a ideia a Ike.

— Você conhece Ike Ligon? — Lilith piscou para Luc.

— A gente estava trocando umas mensagens de texto ontem à noite — respondeu ele. — Espero que não fique constrangida, mas sua apresentação no sarau me fez pensar no quanto seria maravilhoso se os Quatro Cavaleiros tocassem uma música composta por um aluno da Trumbull.

Luc estivera lá na noite anterior? Lilith estava prestes a perguntar por quê, mas tudo o que saiu de sua boca foi:

— Caramba!

A ficha finalmente caiu: os Quatro Cavaleiros *viriam para cá*, para Crossroads. Para Trumbull. Era o mais próximo que ela já havia chegado de tietar em público.

— Ike adorou a ideia — continuou Luc. — A partir de hoje, aceitaremos letras e até arquivos em MP3 com material composto pelos alunos, e Ike vai cantar a música vencedora no encerramento do baile.

— Meu pai acha que é um jeito de tornar a formatura mais inclusiva — acrescentou Chloe. — Exceto para malucas como você.

Mas Lilith mal ouvia Chloe. Em sua mente, ela imaginava o rosto desmazelado de Ike Ligon se iluminando diante de suas letras. Por uma fração de segundo, ela até imaginou conhecê-lo, e sua fantasia logo a levou para um estúdio de gravação de verdade, onde Ike produziria seu primeiro álbum.

Chloe olhou para Lilith, desconfiada.

— Desculpe, mas você está, tipo, imaginando que uma de suas músicas vai ser escolhida? — Chloe se voltou para as amigas e riu.

Lilith sentiu-se corar.

— Eu não...

— Você nem mesmo tem uma *banda*! — exclamou Chloe. — Já a minha tem três *singles*, e Ike vai amá-los! — Fechou a porta de seu armário com força. — Vai ser maravilhoso ser a rainha do baile *e* vencer a batalha *e* ver os Quatro Cavaleiros fazendo um *cover* de uma de minhas músicas.

— Você quer dizer uma de *nossas* músicas, não? — questionou a garota do violão para Chloe.

— É — disse Chloe, bufando. — Tanto faz. Vamos embora! — Ela estalou os dedos e começou a descer pelo corredor, acompanhada pelas amigas.

— Ela não vai vencer — sussurrou Luc no ouvido de Lilith, enquanto Chloe ia embora.

— Ela vence tudo — murmurou Lilith, colocando a alça da mochila no ombro.

— *Isso* ela não vai ganhar. — Algo no tom de voz de Luc fez Lilith parar e se virar. — Você tem grandes chances de ganhar, Lilith, só que... Ah, esquece.

— Só que o quê?

Luc franziu o cenho.

— Cam. — Ele olhou para os outros alunos que passavam por eles em direção às salas de aula. — Sei que ele fez pressão para você montar uma banda com ele ontem. Não faça isso.

— Eu não estava pensando em montar banda alguma com ele — respondeu Lilith. — Mas por que você se importa?

— Você não conhece Cam como eu.

— Não — concordou Lilith. — Mas não preciso conhecê-lo para saber que o odeio. — Dizer isso em voz alta a fez perceber o quanto parecia estranho. Ela *realmente* odiava Cam, mas nem sabia por quê.

Ele não havia lhe feito nada, e, no entanto, só de pensar nele, já ficava tensa e tinha vontade de quebrar alguma coisa.

— Não diga a ninguém que lhe falei isso. — Luc se inclinou para a frente. — Mas, um tempo atrás, Cam fazia parte de uma banda com uma gata que cantava e...

— *Gata que cantava?* — Lilith semicerrou os olhos. Os homens não valiam nada mesmo.

— Quero dizer, vocalista — explicou Luc, revirando os olhos de leve. — Ela compunha todas as músicas e estava completamente apaixonada por ele.

Lilith não estava interessada em Cam, mas não ficou tão surpresa ao saber que outras meninas estavam. Ela entendia: Cam era sexy e carismático, mas não era seu tipo. Suas tentativas de seduzi-la só a faziam desprezá-lo ainda mais.

— Quem se importa com isso? — perguntou.

— *Você* deveria... — respondeu Luc. — Principalmente se for para a cama com ele. Musicalmente falando, claro.

— Eu não vou pra cama com Cam em nenhum sentido! — respondeu Lilith. — Só quero ficar na minha.

— Ótimo — disse Luc, com um sorriso misterioso. — Pois Cam é... como posso dizer? Ele faz mais o tipo que usa-e-joga-fora.

Lilith achou que fosse vomitar.

— E daí? O que aconteceu?

— Então um dia, quando tudo estava indo de vento em popa, ou ao menos era o que essa garota achava, Cam simplesmente sumiu. Ninguém soube dele por meses, embora a gente tenha ouvido falar *sobre* ele. Lembra aquela música, *A morte das estrelas*?

— Do Dysmorfia? — confirmou Lilith. Ela só tinha ouvido aquele único *single* da banda, mas o adorava. — Tocou no rádio sem parar no verão passado.

— É por causa de Cam. — Luc franziu o cenho. — Ele roubou a letra da garota, disse que era dele e vendeu a música para a Lowercase Records.

— Por que ele faria isso? — perguntou Lilith. Ela relembrou o dia anterior, quando ele gentilmente a convenceu a não deixar que o medo do palco a paralisasse. Ela o detestava, mas, apesar disso... aquela fora uma das coisas mais legais que alguém já fizera por ela.

O sinal tocou, e a multidão no corredor foi diminuindo à medida que os alunos entravam nas salas. Por cima do ombro de Luc, Lilith viu Tarkenton inspecionando os corredores em busca de alunos atrasados.

— Preciso ir — falou ela.

— Só estou dando um toque — avisou Luc, e começou a se afastar. — Suas canções são boas. Boas demais para deixar Cam atacar de novo.

※

Lilith caminhou em direção à sala de aula. Sua mente girava. Como podia perder tempo numa sala quando haveria uma competição de composições julgada por Ike Ligon? Ela não dava a mínima para o fato de que isso ocorreria num baile de formatura. Ela poderia aparecer só na hora da Batalha de Bandas. Não precisava de companhia ou vestido. Só precisava estar no mesmo lugar em que Ike Ligon estivesse.

Ela deveria estar ensaiando agora. Deveria estar escrevendo mais canções.

Quando se deu conta, seus pés a levaram à sala de música.

Cam estava sentado no chão, afinando a guitarra verde fininha que ela o vira tocar no dia anterior. Jean Rah batucava na calça jeans, usando as baquetas. O que faziam ali?

— A gente estava justamente falando de você! — exclamou Jean Rah.

— Vocês não deveriam estar aqui! — retrucou Lilith.

— Nem você! — rebateu Cam, dando-lhe mais uma piscadinha irritante.

— Você tem algum tipo de tique? — perguntou Lilith. — Algum espasmo no músculo do olho?

Cam pareceu confuso.

— Isso se chama piscadinha, Lilith. Tem gente que acha charmoso.

— E tem gente que acha que te faz parecer um grande pervertido — argumentou Lilith.

Cam olhou para ela. Lilith achou que ele fosse dar uma resposta cáustica, mas, em vez disso, disse:

— Desculpe. Não vou fazer de novo.

Lilith suspirou. Ela precisava focar em sua música e Cam era uma distração. Tudo nele lhe roubava o foco, desde a forma como dedilhava a guitarra até o sorriso inescrutável, que formava ruguinhas nos olhos verdes quando ele a fitava. Lilith não gostava disso.

E ela jamais gostara de Jean. Queria que os dois caíssem fora. Sua boca virou uma carranca.

— Por favor, caiam fora — pediu. — Os dois.

— A gente chegou primeiro — retrucou Jean. — Se alguém tem de sair, este alguém é você.

— Calma aí, vocês dois — falou Cam. — Vamos só improvisar. Espere só até ouvir essa melodia que eu e Jean acabamos de compor.

— Não! — respondeu Lilith. — Eu vim trabalhar numa coisa. Sozinha. Eu nem trouxe meu violão.

Cam já estava dentro do armário de instrumentos, tirando um violão do estojo. Ele caminhou em direção a Lilith e pôs o violão nas mãos dela, passando a alça pela cabeça, ao longo dos ombros. Era um *Les Paul*, com braço fino e um leve spray prateado nas casas. Ela nunca havia segurado um violão tão legal antes.

— E agora, qual a desculpa? — perguntou Cam baixinho. Suas mãos se demoraram na nuca de Lilith por mais tempo que o necessário, como se ele não quisesse tirá-las dali.

Então ela mesma as tirou.

O sorriso de Cam desapareceu, como se ela o tivesse magoado de alguma forma.

Se tinha mesmo, não estava nem aí, disse a si. Não sabia por que ele estava sendo tão atrevido, qual era sua intenção ao incentivá-la com a música.

Pensou em Chloe King, no quanto havia sido grosseira sobre sua apresentação no sarau. Tinha sido a única vez que Lilith se apresentara em público. Ao segurar aquele violão, percebeu que não queria que fosse a última.

Mas isso não significava que eles iam formar uma banda. Podiam apenas, como disse Cam, *improvisar*.

— O que eu faço? — perguntou ela, sentindo-se vulnerável. Não gostava de estar sob as rédeas dos outros; muito menos das de Cam.

Silenciosamente, Cam conduziu a mão dela até o braço morno do violão. Sua mão direita levou a dela até as cordas. Ela vacilou um pouco.

— Você sabe o que fazer — disse ele.

— Não sei. Nunca... com outras pessoas... eu...

— Comece a tocar, só isso — falou Cam. — A gente te acompanha.

Ele fez um sinal com a cabeça para Jean, que bateu uma baqueta na outra quatro vezes enquanto Cam pegava o esguio baixo *Jaguar* verde, com alavanca tremolo.

E então, como se não fosse nada demais, Lilith deixou os dedos se soltarem.

O som de seu violão encaixou-se na percussão de Jean Rah, como o pulsar do coração. O som das cordas rascantes de Cam cruzava-se com o ritmo pesado, que nem uma mistura de Kurt Cobain com Joe Strummer. Vez ou outra, Jean mexia no pequeno e preto sintetizador *Moog*, que ficava ao lado de sua bateria. Os acordes do sintetizador zuniam como abelhas gordas e simpáticas, suas vibrações encontrando abrigo nos espaços deixados pelos outros instrumentos.

Depois de um tempinho, Cam levantou a mão. Lilith e Jean silenciaram. Todos podiam sentir alguma coisa valiosa no ar.

— Vamos fazer uns vocais — disse Cam.

— Tipo agora? — perguntou Lilith. — Assim, do nada?

— Do nada. — Cam apertou um interruptor e testou o microfone com a ponta dos dedos; depois direcionou-o para Lilith e recuou. — E se você cantasse a música que cantou ontem?

— *Exílio* — disse Lilith, com o coração acelerado. Ela pegou o caderno, o que continha todas as letras de suas músicas, mas depois pensou no dia anterior, no quanto todos haviam odiado sua apresentação. O que estava fazendo? Apresentar-se na frente dos outros só lhe traria mais humilhações.

Mas aí imaginou Ike Ligon cantando sua música diante de toda a escola.

— Estou pronta — respondeu.

Baixinho, Cam disse:

— Um, dois, três, quatro!

Ele e Jean começaram a tocar. Cam fez sinal para Lilith começar a cantar.

Ela não conseguiu.

— O que foi, algo errado? — perguntou Cam.

Tudo!, ela quis dizer. A única coisa que Lilith conhecia era a frustração. Nada em sua vida jamais dera certo. O que, na maioria das vezes, não era um problema, pois ela nunca se permitia esperar por coisa alguma, sendo assim, nunca se importava de fato.

Mas isto? Música?

Isso era importante para ela. Se cantasse e se saísse mal, ou se sua música não fosse escolhida para a batalha, ou se ela, Cam e Jean montassem uma banda e tudo desse errado, Lilith perderia a única coisa que lhe importava. Os riscos eram muito grandes.

Era melhor recuar agora.

— Não posso — disse ela.

— Por que não? — perguntou Cam. — A gente toca bem junto. Você sabe disso...

— Eu *não* sei disso. — Seus olhos cruzaram os de Cam, e ela ficou tensa como um fio prestes a arrebentar. Lembrou-se da conversa que tivera com Luc naquela manhã, e o refrão de "A morte das estrelas", do Dysmorfia, começou a tocar em sua mente:

Esta noite, as estrelas estão no seu rosto
Esta noite, não há espaço sideral

— O que foi? — Quis saber Cam.

Será que ela deveria lhe perguntar sobre a canção? E sobre a garota? Seria loucura fazer isso?

E se Cam fosse *mesmo* um ladrão de letras? E se esta fosse a verdadeira e secreta razão pela qual ele queria formar uma banda com ela? Além do violão, as músicas de Lilith eram as únicas coisas que lhe importavam. Sem elas, não tinha nada.

— Preciso ir — declarou Lilith. Ela pôs o violão no chão e pegou a mochila. — E não vou inscrever minhas letras na competição. Acabou!

— Espere! — chamou Cam, mas ela já havia saído da sala de música.

Lá fora, Lilith atravessou o estacionamento da escola em direção à floresta enfumaçada. Tossiu, tentando não pensar no quanto tinha sido bom tocar com Cam e Jean. Foi idiotice improvisar com eles, esperar por alguma coisa, porque ela era Lilith, e tudo era sempre uma droga, e ela nunca, nunca conseguia o que queria na vida.

Os outros adolescentes não hesitavam quando eram perguntados sobre seus sonhos. "Faculdade", diziam, "depois seguir carreira no ramo financeiro". Ou "mochilar pela Europa por dois anos", ou "entrar na Marinha". Era como se todos, exceto Lilith, tivessem recebido um e-mail explicando em que faculdades se matricular e como conseguir vaga numa fraternidade estudantil uma vez que estivessem lá, e o que fazer caso quisessem se tornar médicos.

Lilith queria ser artista, uma cantora com composições próprias, mas não era idiota a ponto de acreditar que isso era possível.

Ela sentou no seu cantinho perto do riacho e abriu a mochila para pegar seu caderno. Os dedos procuraram o caderninho. Enfiou a mão mais fundo, empurrando para o lado o livro de história, o estojo, o chaveiro. Onde estava o caderno? Ela abriu bem a mochila e tirou tudo o que havia ali dentro, mas o caderno preto de espiral não estava lá.

Então se lembrou de que o havia tirado da mochila na sala de música quando achou que fosse começar a cantar. O caderno ainda estava lá. Com Cam.

Em um piscar de olhos, Lilith se levantou e correu de volta para a sala de música, indo mais rápido que jamais imaginou que conseguiria. Escancarou a porta, arfando.

A sala de música estava vazia. Cam e Jean — e seu caderno preto — não estavam mais ali.

SEIS

POR ÁGUA ABAIXO

CAM

Doze dias

Na manhã seguinte, o caderno preto de Lilith estava aberto sobre um banco no vestiário masculino enquanto Cam se vestia para ir à escola. Quando ela saíra correndo da sala de música no dia anterior, sua intenção fora devolver o caderno imediatamente. Ele chegou a ir atrás dela no riacho da Cascavel, mas não a encontrou, e Cam não teve como deixá-lo na casa de Lilith, porque não sabia onde ela morava.

Entretanto, quanto mais tempo passava com aquele caderno em mãos, maior era a tentação de abri-lo. Ao pôr do sol, ele não aguentou mais e passou a noite inteira no telhado do ginásio Trumbull, lendo e relendo cada uma das brilhantes letras devastadoras à luz do telefone celular.

Sabia que aquilo era errado, uma violação de privacidade. Mas não conseguiu se conter. Era como se alguém tivesse suspendido a corda de veludo que dava acesso ao coração da garota, dando-lhe entrada VIP. Certa vez, há muito tempo, Cam tocara esse lado vulnerável e delicado de Lilith, mas agora podia entrevê-lo apenas por suas canções.

E que canções! Elas o aniquilaram. Cada uma delas — desde "Amores de mágoa" a "Na beira do despenhadeiro", até a favorita de Cam, "Blues de outro alguém" — era cheia de sofrimento, humilhação e traição. O pior de tudo era saber exatamente de onde vinha toda aquela dor. Carregar as lembranças pelos dois era uma tortura.

A forma como Lilith o olhava agora, como se ele fosse um desconhecido, também era uma tortura. Cam podia finalmente sentir empatia por Daniel, que fora obrigado a começar do zero com Lucinda toda vez que se reencontraram.

Enquanto se vestia com outra camiseta roubada e os jeans e a jaqueta de couro de sempre, Cam sentia tanto remorso pela dor infligida a Lilith que tinha dificuldade para se encarar no espelho. Ajeitou os cabelos molhados com os dedos e ficou surpreso ao descobrir que pareciam mais ralos. Aliás, agora que pensava no assunto, suas calças estavam um pouco mais apertadas na cintura.

Inclinou-se para a frente para ver seu reflexo e ficou surpreso com algumas manchas senis perto do couro cabeludo — que, notou, havia recuado um centímetro e meio. O que estava acontecendo?

Até que a ficha caiu: *Lúcifer* estava acontecendo, manipulando a aparência mortal de Cam para dificultar ainda mais a conquista pelo amor de Lilith. Como se já não fosse difícil o bastante.

Se o demônio estava aos poucos retirando a beleza que Cam achou que possuiria para sempre, que vantagem restaria a ele? Teria de melhorar sua atuação. Seu olhar pousou no caderno de Lilith, e, de repente, ele soube o que fazer.

A triste e empoeirada biblioteca era o único lugar em Trumbull que tinha *wi-fi* confiável. Cam acomodou-se numa cadeira perto da janela para que pudesse ver o ônibus de Lilith chegando. Era um sábado de manhã. Em outras circunstâncias, Lilith poderia ainda estar dormindo, mas o sábado não significava nada em Crossroads. Lúcifer se gabara de que, neste Inferno, os fins de semana não existiam. Nenhum dos outros alunos atentava ou dava a mínima, por exemplo, para o fato de que o baile de formatura aconteceria numa quarta-feira.

Cam tinha pena deles. Não faziam a mínima ideia do que era a alegria especial de uma sexta-feira às quatro da tarde, ou da empolgação hedonista de uma balada agitadíssima na madrugada do sábado, e cuja recuperação levava um domingo inteiro... Jamais saberiam como é.

Pela janela da biblioteca, Cam via a luz alaranjada emitida pelas queimadas ao redor de Crossroads. Sabia que o humor de Lilith ficaria igual àquelas labaredas se ela descobrisse o que estava prestes a fazer, mas precisava assumir o risco.

Digitou os Quatro Cavaleiros no Google e logo descobriu um endereço de e-mail para Ike Ligon. As chances de sua mensagem chegar até o líder da banda, e não a algum assistente, eram minúsculas, mas a única outra forma de entrar em contato com Ike — por meio de Lúcifer — estava fora de cogitação.

Todas as outras canções inscritas na competição do baile de formatura seriam avaliadas por Luc. Cam sabia que os Quatro Cavaleiros não julgariam nada e que, ontem, Lilith decidira não participar do concurso. Ela era dotada de mais talento que todas as pessoas de Crossroads juntas, e Cam queria que seu cantor favorito ouvisse sua música — sem ser influenciado pelo demônio.

Ele recostou-se na cadeira e, pensando como Lilith, escreveu um e-mail no celular.

Prezado Sr. Ligon,
  Espero que não se incomode com meu contato direto, mas suas músicas sempre foram uma inspiração para mim; sendo

assim, eu gostaria de compartilhar uma de minhas canções com você. Mal posso esperar para vê-lo tocar em sua visita a Crossroads. Minha biografia e letra para a competição da Batalha de Bandas estão em anexo. Obrigada por tudo.

O caderno preto estava no colo de Cam, mas ele descobriu que nem precisava abri-lo. Digitou a letra de sua composição favorita, "Blues de outro alguém", de cor.

*Sonhei que a vida era um sonho
Que alguém sonhava nos meus olhos
Eu estava de fora olhando para dentro
E tudo o que vi foram mentiras
Não é minha vida, não é minha vida
Não sou eu que não está se divertindo*

Cam digitou o restante da letra, impressionado com a força de Lilith como compositora. Escrever a biografia foi mais complicado. Nenhum músico era sincero numa bio. Eles listavam seus álbuns, talvez uma influência, mencionavam se haviam tido sorte o bastante para chegar às paradas de sucesso, depois onde viviam, e pronto.

Mas Cam achou impossível escrever sobre a vida de Lilith e sobre a situação singular em que se encontrava a partir de um ponto de vista objetivo. Em vez disso, portanto, escreveu:

Fiz esta canção no riacho atrás da minha escola, onde me escondo quando o mundo me sufoca. Vou lá todos os dias. Se pudesse, moraria lá. Escrevi essa música depois de ter meu coração partido. A dor foi tão grande que demorei muito até conseguir expressar a experiência em palavras. Ainda tem algumas coisas nesse meu coração partido que não entendo, e não sei se jamais vou conseguir entender. Mas a música me ajuda. É por isso que escrevo e é por isso que fico ouvindo música o tempo todo. Na minha opinião, suas canções são minhas favoritas. Não espero vencer essa competição. Aprendi a nunca esperar nada. É uma honra apenas pensar em você lendo algo que compus.

Enquanto escrevia as palavras finais, a vista de Cam foi ficando embaçada. Seus olhos se encheram de lágrimas.

Ele não chorara quando fora afastado da presença do Trono nem quando caíra no Vazio. Não chorara quando perdera Lilith pela primeira vez, há tantos milênios.

Mas agora não conseguia se conter. Lilith havia sofrido tanto. E Cam fora a causa desse sofrimento. Sabia que ela ficara bem magoada quando terminaram — como poderia não saber? —, mas jamais poderia imaginar que a dor e a raiva permaneceriam com ela por tanto tempo, que prevaleceriam sobre ela como prevaleciam em Crossroads. O espírito da garota que ele amava ainda estava lá, mas havia sido torturado, impiedosamente.

As lágrimas chegaram, árduas e incessantes. Ficou contente por estar sozinho na biblioteca.

Fssssss.

Uma das lágrimas de Cam caiu sobre a mesa e emitiu um chiado de fritura. Ele a viu abrir um buraco na fórmica e, depois, no carpete. Uma fumaça preta subiu do chão em espiral.

Cam se levantou num sobressalto, enxugando os olhos com a manga da jaqueta de couro — e observou as lágrimas corroerem o couro também. O que estaria havendo?

— Demônios nunca devem chorar.

Cam virou-se e encontrou Luc com um *headset* sem fio, jogando *Doom* no seu tablet em uma mesa atrás dele. Há quanto tempo estaria ali?

O diabo tirou o *headset*.

— Não sabe do que são feitas as lágrimas de um demônio?

— Jamais tive motivo para saber — respondeu Cam.

— Coisas horríveis — disse Luc. — Tóxicas ao extremo. Então tenha cuidado. Ou não; a escolha é sua.

Cam conferiu o celular, feliz porque suas lágrimas não haviam caído ali. Então rapidamente apertou "Enviar". Lúcifer assoviou baixinho.

— Você está perdendo a cabeça — disse o diabo. — Lilith vai odiar o que você acabou de fazer.

— Se você se meter nisso — retrucou Cam —, vai invalidar nossa aposta.

Lúcifer deu uma risadinha.

— Você já está fazendo besteira o bastante por conta própria, colega. Não precisa da minha ajuda. — Ele fez uma pausa. — Na verdade, sua atuação até agora tem sido tão patética que tenho até pena de você. Por isso vou te dar uma colher de chá.

O demônio estendeu um *post-it*, o qual Cam arrancou de sua mão.

— O que é isto?

— O endereço de Lilith — respondeu Luc. — Ela vai te dar uma surra quando você devolver o caderno. Talvez seja melhor fazer isso em particular, não na frente da escola inteira.

Cam pegou sua bolsa-carteiro, empurrou o demônio para o lado e saiu da biblioteca. Faltava uma hora para o sinal tocar. Talvez Lilith ainda estivesse em casa.

Ele correu até o terreno que ficava atrás da escola, esperou o caminhão de lixo passar e então libertou suas asas. Era bom soltá-las. Seu cabelo podia ficar ralo e sua cintura aumentar sob os caprichos de Lúcifer, mas as asas sempre seriam sua mais bela característica. Amplas, fortes e brilhantes sob a luz enevoada e...

Cam estremeceu quando viu que as pontas de suas asas estavam finas e cheias de membranas, mais parecidas com as de um morcego que com as gloriosas asas de um anjo caído. Mais um ataque de Lúcifer à sua vaidade. Cam não podia deixar que isso o paralisasse. Ele ainda tinha doze dias com Lilith, e coisas demais a fazer.

Nuvens de cinzas flutuaram sobre suas asas enquanto ele subia aos céus. Sentiu o calor das colinas em chamas lambendo seu corpo, e voou mais alto, até que, de repente, o céu pareceu curvar-se sobre ele e uma barreira translúcida surgiu à sua frente, como o vidro que revestia os globos de neve que Lúcifer lhe mostrara em Aevum.

Havia chegado aos limites do Inferno de Lilith.

Dali, conseguia ver tudo. Não havia muito a ver, porém. As estradas principais da cidade — até mesmo a rodovia ao lado da escola — eram todas circulares, fazendo com que os carros rodassem em círculos inúteis. Para além do mais amplo rodoanel havia o círculo dos montes em chamas.

A claustrofobia fez suas asas se contraírem. Precisava libertar Lilith deste lugar.

Cam inclinou-se para a esquerda e desceu planando, em direção a um bairro miserável perto do fim da estrada High Meadow. Parou de repente, planando a uns 5 metros acima da casa de Lilith. O telhado tinha buracos em alguns lugares e o paisagismo parecia ter sido abandonado havia uma década. O ar era particularmente enfumaçado naquela área da cidade. Deve ter sido péssimo crescer ali.

Ouviu a voz dela. Parecia raivosa. Ela sempre parecia raivosa. Cam rapidamente recolheu as asas e pousou na amarronzada grama morta do quintal.

Lilith estava sentada no alpendre com um garotinho que devia ser seu irmão. Ao ver Cam dobrar a esquina, ela se levantou e cerrou os punhos.

— Cadê meu caderno!?

Sem nada dizer, Cam enfiou a mão na bolsa e entregou-lhe o caderninho preto. Seus dedos se tocaram quando ela o recebeu, e Cam sentiu uma descarga elétrica em todo seu corpo.

De repente, desejou poder ficar com o caderno. Tê-lo consigo na noite anterior foi quase como ter Lilith com ele. Hoje, ele dormiria sozinho outra vez.

— Quem é ele? — perguntou o irmão dela, meneando a cabeça para Cam.

Cam estendeu a mão para o garoto.

— Sou Cam. Qual seu nome?

— Bruce! — O menino se apresentou, animado, antes de ter um acesso de tosse. Suas mãos e pés eram grandes em comparação ao restante do corpo, como se ele devesse ser muito maior, mas não tivesse conseguido crescer.

— Não fale com ele — disse Lilith ao irmão, segurando Bruce com um braço e o caderno com o outro. Ergueu o olhar para Cam. — Viu só o que você fez?

— Está tudo bem com ele? — perguntou Cam.

— Como se você desse a mínima. — Ela olhou para seu caderno. — Você não o leu, não é?

Ele havia memorizado cada palavra.

— Claro que não! — respondeu Cam. Não queria tornar as mentiras para ela um hábito, mas isso era diferente. Lilith merecia vencer aquele concurso. Se conseguisse, Cam queria que fosse uma surpresa para ela. Se não, por causa das armações de Lúcifer, não queria que ela se frustrasse.

— Então por que o pegou? — perguntou a garota.

— Para te devolver — respondeu ele, e era verdade. — Sei que é importante pra você. — Ousou dar um passo em direção a ela e observou a forma como seu cabelo refletia a luz do sol. — Já que estou aqui, também queria pedir desculpas.

Lilith inclinou a cabeça, desconfiada.

— Não tenho tempo para todas as coisas pelas quais você precisa se desculpar.

— É provável que seja verdade — respondeu Cam. — Sei que posso dar a impressão de ser agressivo às vezes. Mas quando fico insistindo para a gente formar uma banda, é porque acredito em você e na sua música. Gosto de tocar com você. Mas vou me afastar. Ao menos, vou tentar. Se você quiser. — Olhou nos olhos dela. — Você quer?

Por um instante, Cam pensou ter visto um raio de luz entrando nos olhos de Lilith. Mas talvez tivesse sido apenas uma ilusão.

— Achei que nunca fosse perguntar — disse ela, com frieza. — Vamos, Bruce! Está na hora de aferir seu nível de oxigênio.

Àquela altura, o menino tinha parado de tossir. Estava acariciando um cachorrinho branco que saíra da casa.

— Você é o namorado de Lilith?

Cam sorriu.

— Gostei desse menino!

— Cale a boca! — respondeu Lilith.

— E aí? É ou não é? — perguntou Bruce a Lilith. — Porque, se ele for seu namorado, vai precisar me conquistar também. Tipo, com jogos de fliperama e sorvete, e, tipo, me ensinando a jogar beisebol.

— Por que parar aí? — perguntou Cam. — Vou te ensinar a jogar futebol americano, a dar socos, a jogar uma partida de pôquer e até — ele olhou para Lilith — a atrapalhar as jogadas da garota mais bacana no seu jogo favorito.

— Pôquer — sussurrou Bruce.

— Que tal ensinar a bela arte de cair fora? — perguntou Lilith a Cam.

Cam ouviu uma mulher gritando o nome de Lilith, de dentro da casa. Ela se levantou e conduziu Bruce até a porta.

— Prazer em conhecê-lo, Bruce.

— Foi um prazer também, Cam — respondeu o menino. — Nunca ouvi esse nome antes. Vou me lembrar dele.

— Nem se dê ao trabalho — aconselhou Lilith, lançando um olhar fulminante para Cam antes de conduzir o menino de volta para dentro. — Você não vai vê-lo mais.

SETE

O AMOR VAI NOS DESTRUIR

LILITH

Onze Dias

Há muito tempo Lilith havia concluído que o refeitório de Trumbull não passava de uma câmara de tortura, mas, na manhã seguinte, Cam enfiou um bilhete em seu armário pedindo que ela o encontrasse na sala de música na hora do almoço — sendo assim, nem pensar em aparecer lá. E embora o riacho da Cascavel fosse sempre uma opção atraente, naquele dia estava com muita fome.

Então acabou indo ao refeitório. Pouco antes do meio-dia, entrou no labirinto barulhento de mesas grudentas. As conversas silenciaram, e os bancos rangeram no momento em que ela entrou.

Por um instante, ela se viu pelos olhos deles. A carranca hostil que lhe contraía os lábios. Os olhos azuis ferinos. O jeans preto vagabundo, tão surrado que tinha mais buracos que brim. O vistoso cabelo ruivo emaranhado, que nenhuma escova conseguiria domar. Nem mesmo Lilith gostaria de almoçar com Lilith.

— Achou um dólar na rua? Ou veio mendigar pelos restos? — zombou Chloe King, que apareceu no caminho de Lilith. Chloe segurava sua bandeja com uma das mãos, de forma descontraída. As unhas estavam pintadas de lilás e sua juba de tranças sacudia quando ela andava.

— Me deixe em paz! — Lilith a empurrou para o lado, derrubando a bandeja das mãos de Chloe. Seu hambúrguer e batatas fritas caíram no chão, e uma caixinha de leite se esparramou pelo minivestido apertado de camurça branca.

— Ainda bem que esse vestido é branco, senão a falida da sua mãe estaria no banco pegando um empréstimo para me dar um novo!

As garotas de sua banda, as Desprezíveis, foram para o lado de Chloe, cada uma com um minivestido de uma cor pastel diferente. De repente, como se um holofote as tivesse iluminado, Lilith visualizou a banda no palco. Elas provavelmente nem sabiam tocar nada, mas venceriam a batalha porque todo mundo as acharia gostosas. Lilith nem sequer tinha uma banda, mas pensar em Chloe sendo vitoriosa a deixava enfurecida.

— Está escutando? — perguntou Chloe. — Alo-ou?! — Ela afastou o hambúrguer com a ponta da bota. — Talvez a gente devesse agradecer a Lilith por nos lembrar de não comer o lixo servido aqui.

Suas amigas riram, como era de se esperar.

De soslaio, Lilith viu Cam entrando no refeitório, carregando o estojo do violão.

— Nem morta eu iria ao baile de formatura! Não vou entrar na Batalha de Bandas, assim até alguém que cante mal como você tem chance.

— Uma noite dessas, sua mãe deu uma passadinha em minha casa, procurando trabalho — disse Chloe. — Papai ficou com pena dela. Eu lhe ofereci limpar minha privada...

— Mentira! — rosnou Lilith.

— Alguém tem de pagar as despesas médicas daquele seu irmão doente e raquítico.

— Cale a boca! — ordenou Lilith.

— Claro que meu pai não deu nem um centavo à sua mãe. — Chloe poliu as unhas no vestido. — Ele reconhece um mau investimento quando o vê e todo mundo sabe que aquele menino é um caso perdido.

Lilith pulou em cima de Chloe, agarrou suas tranças e as puxou com força.

A cabeça de Chloe inclinou-se para trás, e seus olhos se encheram de água quando ela caiu de joelhos.

— Pare — pediu ela. — Por favor, pare!

Lilith puxou com mais força. As pessoas podiam dizer o que quisessem *dela*, mas ninguém humilharia seu irmão.

— Solte, seu animal! — gritou a loira, Kara, equilibrando-se na ponta dos pés, como se tivessem molas.

— Será que eu devia filmar isso para ter, tipo, provas? — perguntou a amiga de Chloe, June, pegando o celular.

— Lilith... — Cam pôs a mão em sua nuca. Ao sentir o toque, algo percorreu seu corpo, imobilizando-a.

Aí seu cérebro engrenou. Cam não deveria se meter. Lilith soubera desde o dia em que o vira que ele era o tipo de cara que machuca as pessoas. Ela descarregou sua fúria na cabeça de Chloe, puxando suas tranças com mais força ainda.

— Sai daqui, Cam!

Ele não saiu. *Você é melhor que isso*, a mão dele parecia lhe dizer.

Cam não conhecia a dor, o estresse e a humilhação com os quais Lilith tinha de lidar diariamente. Ele não a conhecia de verdade.

— O que foi? — inquiriu, olhando para ele. — O que você quer?

Ele fez um sinal com a cabeça em direção a Chloe.

— Dê uma surra nela.

June largou o celular e pulou sobre Lilith, mas Cam se colocou entre elas e a segurou. June mordeu seu braço, como um peixe piranha.

— Solte ela! — gritou Kara para Cam. — Diretor Tarkenton!? Alguém? Socorro!

Lilith não sabia se Tarkenton estava no refeitório. Era difícil enxergar muito além do círculo apertado de mais ou menos vinte alunos aglomerados ao redor deles.

— Porrada! Porrada! Porrada! — entoava o grupo.

E então, de repente, tudo aquilo pareceu ridículo.

Meter a mão na cara de Chloe não mudaria nada. Não tornaria a vida de Lilith melhor. No máximo, iria piorá-la. Ela podia ser expulsa, e podiam encontrar um lugar ainda pior onde matriculá-la. Lilith afrouxou os dedos e soltou Chloe, que desabou no chão, passando a mão no couro cabeludo.

Kara, June e Teresa correram para ajudá-la a se levantar.

— Querida, você se machucou? — perguntou Kara.

— Como está a mão que você usa pra tocar? — perguntou Teresa, erguendo e flexionando a mão com a qual Chloe tocava guitarra.

Chloe se levantou, mostrando os dentes para Lilith e Cam.

— Por que vocês dois não vão embora e começam a vidinha desprezível de vocês juntos? Estou ouvindo um laboratório de metanfetamina chamando o nome de vocês! — Ela tocou sua têmpora e recuou.

— Vocês são os primeiros em minha lista negra! É melhor ficarem espertos.

Chloe e sua banda foram embora de cara fechada. A aglomeração se dispersou lentamente, frustrada porque não ter havido uma luta de fato.

Lilith estava ao lado de Cam e não sentia vontade de dizer nada. Devia ter simplesmente deixado os insultos de Chloe pra lá, como vez por outra fazia. A mãe ficaria furiosa quando soubesse o que tinha acontecido.

Cam puxou Lilith contra a mesa mais próxima para dar passagem a alguns alunos. Mas, quando foram embora, ele não a soltou. Ela sentiu a mão dele em sua lombar e não a afastou.

— Não deixe essas vadias te botarem pra baixo — disse ele.

Lilith revirou os olhos.

— Superar garotas que se acham melhores que eu fingindo que sou melhor que elas? Valeu pelo conselho.

— Não foi o que eu quis dizer — respondeu Cam.

— Mas você acabou de chamá-las de vadias!

— Chloe está atuando — disse Cam. — Como uma atriz.

— O que você está fazendo, Cam? — perguntou, sentindo-se cansada. — Por que está me estimulando a confrontar Chloe? Por que tentar me animar agora? Por que fingir interesse por minha música? Você não me conhece, então por que se importa?

— Será que já passou pela sua cabeça que *quero* te conhecer? — perguntou Cam.

Lilith cruzou os braços e olhou para baixo, incomodada.

— Não tem nada pra conhecer.

— Duvido! — retrucou ele. — Por exemplo... no que você pensa antes de adormecer à noite? O quão tostada você gosta da torrada? Aonde você iria se pudesse viajar para qualquer lugar do mundo? — Aproximou-se, e sua voz era quase um sussurro quando ele estendeu a mão para tocar seu rosto, abaixo da maçã esquerda. — Onde arrumou esta cicatriz? — Ele deu um sorrisinho. — Está vendo? Há vários segredos fascinantes aí dentro.

Lilith fez menção de responder. Calou-se. Ele estaria falando sério?

Ela analisou o rosto dele. Suas feições estavam relaxadas, como se ele não estivesse tentando persuadi-la a fazer nada daquela vez, como se estivesse feliz só por estar ao seu lado. Concluiu que ele falava sério. E ela não fazia ideia de como reagir.

Sentiu algo se agitar dentro de si. Uma lembrança, um instante de reconhecimento, não sabia ao certo. Mas algo em Cam de súbito lhe pareceu estranhamente familiar. Ela olhou para baixo e percebeu que as mãos dele tremiam.

— Pode confiar em mim — pediu ele.

— Não! — falou Lilith baixinho. — Não pratico a confiança.

Cam inclinou-se mais para perto, até que a ponta de seus narizes quase se tocassem.

— Nunca vou machucar você, Lilith.

O que estava acontecendo? Lilith fechou os olhos. Sentiu vontade de desmaiar.

Quando os abriu, Cam estava ainda mais perto. Seus lábios se aproximaram dos dela...

E então a voz de Jean Rah quebrou o encanto entre os dois.

— E aí, galera!

Lilith deu um passo para trás, tropeçando nos próprios pés. Seus joelhos estavam bambos e o coração trotava. Ela olhou para Cam, que limpou a testa com as costas da mão e expirou. Jean Rah não tinha sacado nada do que poderia ter rolado ali.

Ele ergueu o celular.

— A sala de música vai ficar aberta até uma da tarde. Só estou falando...

Uma mensagem de texto apitou no celular de Jean, e ele arqueou as sobrancelhas.

— Você arrancou os apliques de Chloe King e eu perdi isso?

Lilith gargalhou, e, depois, uma coisa maluca aconteceu. Jean caiu na risada e Cam também, e, de repente, os três riam tanto que estavam chorando, como se isso fosse a coisa mais natural do mundo.

Como se fossem amigos.

Seriam amigos? Era gostoso rir, era a única coisa que Lilith sabia. Era leve, como a primavera, quando se saía de casa sem casaco pela primeira vez. Ela olhou para Jean e não conseguiu lembrar por que um dia o odiara.

E aí acabou. Eles pararam de rir. Tudo voltou à triste normalidade.

— Lilith! — exclamou Cam. — Posso falar com você a sós?

Algo no pedido dele a fez sentir vontade de dizer sim. Mas de repente o *sim* parecia uma palavra perigosa. Lilith não queria ficar a sós com Cam. Não agora. O que quer que ele tivesse tentado fazer um instante atrás, tinha sido demasiado.

— Ei, Jean! — disse ela.
— Oi!
— Vamos lá fazer um som!

Jean deu de ombros e seguiu Lilith para fora do refeitório.

— Outra hora, Cam.

※

Na sala de música, um calouro esquelético de cabelo preto e camisa de *tie-dye* tentava encaixar um tímpano de cobre gigantesco na base. O cabelo longo do menino quase lhe cobria os olhos, e sua pele tinha um tom amendoado. Jean observou o espetáculo com interesse, coçando o queixo.

— Ei, Luis. Quer uma mãozinha?
— Tô na boa — respondeu o garoto, arquejando.

Jean virou-se para Lilith, como se ela fosse um problema de cálculo que ele não soubesse resolver.

— Você queria mesmo tocar ou estava tentando deixar Cam com ciúme?
— Por que o fato de a gente tocar juntos deixaria Cam enciumado? — Lilith começou a falar, mas calou-se. — Eu quero tocar mesmo.
— Beleza — respondeu Jean. — Sabe, eu estava naquele sarau idiota. Sua música era legal.

Lilith sentiu-se corar.

— É, de fato agitou a galera — comentou, sombria.
— Dane-se esta escola — falou Jean, dando de ombros. — Eu aplaudi você. — Ele então apontou para Luis. — Nós três devíamos montar uma banda. Ainda dá tempo de inscrevê-la para o baile...

— Eu não vou ao baile — respondeu Lilith. Vinha sentindo-se confusa em relação a um monte de coisas ultimamente, mas *disso* tinha certeza.

Jean franziu a testa.

— Mas você precisa ir. Você é sensacional!

O elogio foi tão direto que Lilith não soube como reagir.

— Quero dizer, dane-se — ponderou Jean. — Pule a parte do *baile de formatura*, traga alguém pra te acompanhar ou se vire sozinha, mas pelo menos apareça pra batalha. Eu vou ter de aguentar a coisa toda porque a maluca da minha namorada está obcecada por um vestido longo vermelho-cereja desde a primeira vez que a gente saiu. Tá vendo? Ela está me mandando uma mensagem neste exato instante.

Ele exibiu o celular. O bloqueio de tela mostrava uma foto de Kimi Grace, a ousada garota meio coreana, meio mexicana que sentava ao lado de Lilith na aula de poesia. Lilith não sabia que ela namorava Jean, mas agora isso parecia fazer todo sentido.

Na foto, Kimi estava radiante e segurava uma folha de papel que dizia, em letras garrafais: ONZE DIAS ATÉ A MELHOR NOITE DE NOSSAS VIDAS.

— Ela é uma fofa — disse Lilith. — Toda animada.

— Ela é maluquinha em todos os sentidos — respondeu Jean. — A questão é que todo mundo faz o maior estardalhaço sobre como o baile de formatura é uma noite épica. Bem, na verdade pode ser ainda mais do que alardeiam se você aparecer e tocar algumas músicas que vão ficar pra história.

Lilith revirou os olhos.

— Nada em relação a Trumbull é "épico"... Isso eu garanto.

Jean arqueou uma das sobrancelhas.

— Talvez ainda não. — Ele deu um tapinha no ombro de Luis. O calouro jogou a cabeça para trás, tirando o cabelo do rosto. — O Luis aqui toca bateria e não é dos piores.

— Isso aí — falou Luis. — Ele tá certo.

— Luis — disse Jean —, você já tem companhia para o baile de formatura?

— Estou avaliando minhas opções — respondeu ele, corando. — Sei de umas garotas mais velhas que talvez me convidem. Mas, se não me convidarem, estarei lá pra tocar. Com certeza. Posso mandar bem na bateria.

— Tá vendo? Ele é dedicado! — exclamou Jean Rah. — Então, Luis na bateria... — Jean vasculhou os instrumentos no armário e pegou um sintetizador *Moog* preto. — Você canta e toca violão, e eu entro com o sintetizador. Já tem cara de banda.

Realmente parecia uma banda. E Lilith sempre sonhara em ter uma, mas...

— Por que você está na dúvida? — perguntou Jean. — Tá na cara que vai dar certo.

Talvez Jean tivesse razão. Talvez fosse apenas uma decisão simples. Uns garotos. Uns instrumentos. Uma banda. Ela mordeu o lábio para que Jean não a visse sorrir.

— Beleza — concordou. — Vamos nessa!

— Aí, sim! — gritou Luis. — Quero dizer... beleza.

— Sim — falou Jean. — Beleza. Agora, pegue uma guitarra no armário.

Lilith seguiu suas instruções, observando enquanto Jean Rah colocava a guitarra no suporte e depois o puxava para o lado do microfone. Jean desapareceu no armário e saiu com uma mesinha de jogos marrom. Colocou-a ao lado de Lilith, e, em cima dela, pôs o teclado *Moog*.

— Faça um teste — pediu o garoto.

Com a mão esquerda, ela tocou um Dó no teclado. Sua guitarra rosnou uma nota enérgica. Seus dedos dançaram num *riff* rápido e ascendente no teclado MIDI, e a guitarra respondeu com perfeição.

— Legal, né? — perguntou Jean. — O público vai enlouquecer.

— É — respondeu Lilith, impressionada com a inteligência musical de Jean Rah. — Com certeza.

— Ei, qual o nome da nossa banda? — perguntou Luis. — A gente não é uma banda de verdade se não tiver um nome.

Lilith inspirou e disse:

— Vingança.

Sorriu porque, de repente, pela primeira vez, era parte de algo maior que ela mesma.

— Irado! — Luis ergueu as baquetas, depois tamborilou numa tarola com toda a força.

O som ainda reverberava pela sala de música quando a porta se abriu e o diretor Tarkenton entrou. Seu olhar era furioso.

— Lilith, para a minha sala. Agora!

※

A mãe de Lilith entrou apressada na sala de Tarkenton, ignorou a filha e abraçou o diretor.

— Sinto muitíssimo, Jim.

Como sua mãe já estava na escola a fim de substituir o professor de francês, chegou em cinco minutos na sala de Tarkenton para aquela reunião emergencial de pais e mestres.

— Não é culpa sua, Janet — disse o diretor, endireitando a gravata. — Já trabalhei com tantos adolescentes difíceis que reconheço quando vejo um.

Lilith olhou ao redor. As paredes da sala estavam cobertas com fotos de suas excursões de pesca no único lago horroroso de Crossroads.

— Sua filha começou uma briga com uma de nossas alunas mais promissoras — disse Tarkenton. — Motivada pela inveja, imagino.

— Fiquei sabendo. — Sua mãe ajeitou a echarpe cor-de-rosa com estampa floral que estava bem amarrada ao pescoço. — E Chloe é uma garota tão boazinha...

Lilith olhou para o teto e tentou não demonstrar o quanto a magoava o fato da mãe nem ter ao menos cogitado ficar ao seu lado.

— E, sendo o pai de Chloe tão influente na cidade, espero que ele não julgue o restante da família com base nisto — continuou sua mãe. — Meu Bruce não precisa de mais problemas, coitadinho.

Se Bruce estivesse ali, teria revirado os olhos. Havia passado a vida inteira sendo tratado como um fantasma por todo mundo, menos Lilith, e odiava isso.

— A detenção não parece mais afetá-la — prosseguiu Tarkenton. — Mas existe opção: uma escola especial para alunos problemáticos. — Ele deslizou um folheto sobre a mesa, na direção da mãe de Lilith. A garota leu os dizeres impressos em letras góticas: *Escola Reformatória Sword & Cross*.

— Mas e a formatura? — perguntou Lilith.

Tinha acabado de formar uma banda, e, embora ainda não tivesse se inscrito para tocar na festa, era o que queria fazer. Há tempos não desejava algo tanto assim. Talvez nunca em toda sua vida. Desejou ter uma mãe capaz de entender isso, uma mãe a quem pudesse confidenciar seus sonhos e medos. Em vez disso, tinha Janet, que ainda estava certa de que Lilith pegara seu ridículo cardigã amarelo.

— E desde quando você vai para a formatura? — Quis saber sua mãe. — Algum garoto a convidou? Foi o garoto com quem vi você conversando ontem na frente de casa? Aquele que nem tocou a campainha para se apresentar?

— Mãe, por favor — gemeu Lilith. — A questão não é garoto nenhum, é a Batalha de Bandas. Quero tocar.

Tarkenton olhou para a ficha de inscritos da competição que estava no canto de sua mesa.

— Não estou vendo seu nome aqui, Lilith.

Ela apanhou a ficha e rapidamente escreveu o nome de sua banda. Agora sim, era verdadeiro. Ficou olhando para o nome e engoliu em seco.

— Vingança? — zombou Tarkenton. — Parece algo anarquista.

— Eu não... a banda não é isso — disse Lilith. — Por favor, me dê outra chance.

A única coisa que ela queria era a oportunidade de tocar sua música, de ver os Quatro Cavaleiros, de subir num palco e cantar e, durante alguns minutos, esquecer sua vida horrível. Ela nem mesmo soubera como era tocar numa banda antes de fazer amizade com Jean Rah e Luis, mas agora era a única coisa na qual conseguia pensar.

Depois disso, Tarkenton e sua mãe podiam fazer o que quisessem com ela.

Enquanto discutiam o futuro de Lilith e possíveis medidas disciplinadoras, ela olhava pela janela da sala do diretor, para o estacionamento, onde Luc se dirigia a um Corvette vermelho encostado próximo ao prédio da escola.

O que ele fazia ali? Ele deslizou para trás do volante e ligou o motor ruidosamente.

— O que é isso? — inquiriu Tarkenton, e girou o corpo em direção ao barulho.

— Nossa, que barulheira — reclamou a mãe, fazendo uma careta. — Isso aí é um... Corvette?

Lilith olhou para Luc, cheia de curiosidade. Será que ele conseguia vê-la pela janela?

— Quem é aquele garoto? — perguntou sua mãe. — Parece velho demais para estar no ensino médio. Você sabe quem é ele, Lilith?

Lilith olhou para a mãe, sem saber como responder àquela pergunta. Quando tornou a olhar para o estacionamento, não havia o menor sinal de Luc: era como se ele jamais tivesse estado ali.

— Não — respondeu ela, voltando a atenção para a ficha de inscritos sobre a mesa de Tarkenton. — Agora, será que eu poderia, por favor, participar da batalha?

Ela viu sua mãe e o diretor se entreolharem. Então Tarkenton recostou-se na cadeira e disse:

— Só mais uma chance. Mas basta a menor pisada de bola e pronto, você já era — avisou ele. — Entendeu?

Lilith assentiu.

— Obrigada.

Seu coração batia como um louco. Agora ela era oficialmente uma artista.

INTERLÚDIO

ISOLAMENTO

TRIBO DE DÃ, NORTE DE CANAÃ

Aproximadamente 1000 A.E.C.

Cam estivera observando a lua durante horas, desejando que ela viajasse mais depressa pelo céu deserto. Quase um dia havia se passado desde que se despedira de Lilith na alfarrobeira. Quando ela convidara Cam para encontrá-la novamente no rio, ao luar, soara extremamente encantador, mas aguardar todas aquelas horas para vê-la revelou-se, na verdade, uma nova forma de tortura.

Não era do feitio de Cam se deixar desacelerar por uma garota mortal.

— Que ridículo — murmurou ele, abrindo as asas brancas e experimentando uma sensação de liberdade quando elas se esticaram em direção ao céu.

Quem era ele? Daniel Grigori?

Ele desprezava a sensação de se ver ligado a qualquer coisa ou pessoa, mas pelo visto, no caso de Lilith era diferente. Ela o fazia sentir vontade de ficar.

Cam lançou-se aos céus e voou em direção ao vilarejo de Lilith. Aterrissou depressa e dobrou as asas, escondendo-as, depois entrou numa tenda perto do oásis, o último lugar onde poderia encontrá-la. Pensava em não comparecer ao encontro. Sentou-se num canto escuro e entabulou uma conversa com dois homens da região, que dividiram com ele o conteúdo de sua jarra de cerâmica.

Quando por fim Cam e seus novos amigos secaram a jarra, a lua estava baixa no céu. Ele esperara sentir alívio: agora não havia mais nada a fazer. Lilith poderia até perdoá-lo, mas nunca mais confiaria nele, ou se apaixonaria por ele.

Era isso que ele queria, não era?

※ ※

De manhã, Lilith abriu os olhos e sentou-se na cama, depois foi assaltada pela lembrança. Por que Cam havia concordado em encontrar com ela se sua intenção não era comparecer? Será que tinha acontecido alguma coisa que o impedira? A única coisa que Lilith sabia era que, quando a lua estava no meio do céu, ela aparecera no lugar marcado... mas ele não.

Só lhe restava perguntar a ele o que tinha acontecido, e o único lugar onde ela poderia encontrar Cam era no poço, pensou Lilith. Uma hora ou outra todos de sua tribo apareciam por lá. Começou a cantarolar enquanto caminhava pela trilha estreita e empoeirada que levava ao centro do vilarejo. O céu estava limpo, a grama alta roçava a ponta de seus dedos, e o ar abafado fazia pressão em seus ombros.

O poço da vila ficava no ponto exato onde a trilha do norte se encontrava com a trilha do oeste. Era feito de terra batida, com um cesto de palha trançada que descia pela boca, amarrado por uma corda grossa e áspera. A água era gelada e limpa, mesmo no mais quente verão.

Lilith ficou surpresa ao notar duas pessoas que jamais vira tirando água do poço: uma garota magra de cabelos cor de ébano e um brilho intenso no olhar, e um garoto de pele escura que tocava uma estranha melodia numa pequenina flauta de osso.

— Vocês devem ter vindo de longe — disse Lilith, requebrando ao som da flauta. — Nunca ouvi uma música como essa.

— Qual o lugar mais distante no qual você consegue pensar? — perguntou a garota magra, bebericando uma concha d'água.

Lilith olhou para ela.

— Consigo pensar em mundos feitos somente de música, onde nossos corpos pesados jamais sobreviveriam.

— Uma artista, hein? — O garoto ofereceu a flauta a ela. — Veja o que consegue tirar disto aqui.

Lilith segurou a flauta e a analisou, encaixando os dedos sobre os buracos. Levou o instrumento aos lábios, fechou os olhos e soprou.

Uma canção estranha pareceu tocar espontaneamente, como se um espírito estivesse respirando através dos pulmões de Lilith, movimentando seus dedos. No começo ela ficou assustada, mas logo relaxou ao som da melodia, seguindo seu caminho sinuoso. Quando terminou, abriu os olhos. Os dois desconhecidos estavam boquiabertos.

— Eu nunca... — disse a garota.

— Eu sei — concordou o garoto.

— O que foi? — perguntou Lilith. — Esta flauta obviamente é mágica. Todos que a tocam devem tocar assim.

— Isso mesmo — disse a garota. — Jamais conhecemos ninguém, além de Roland, que fosse capaz de tocar esta coisa.

Roland fez que sim.

— Você deve ter uma alma e tanto.

A garota passou um braço em torno dos ombros de Lilith e encostou-se junto ao poço.

— Permita que eu me apresente. Sou Ariane. Estamos viajando há muito tempo.

— Eu me chamo Lilith.

— Lilith, por acaso você viu um rapaz loiro por aí? — perguntou Roland. — Novo por essas bandas?

— Meio arrogante e vaidoso? — acrescentou Ariane.

— Dani? — disse Lilith. Ela olhou para o rio no oeste, onde o vira pela última vez, nadando. As alfarrobeiras balançaram com a brisa, fazendo com que suas doces sementes caíssem sobre a grama e se espalhassem ao redor.

— Ele mesmo! — exclamou Ariane, com um gritinho. — Onde podemos encontrá-lo?

— Ah, ele deve estar em algum lugar aqui perto — respondeu Lilith. — Provavelmente junto de Liat.

Roland estremeceu.

— Espero que ele tenha um plano.

Ariane deu um soco no braço de Roland.

— O que ele quis dizer é que esperamos que Dani esteja se enturmando... você sabe, prosperando. Entre os seus, quero dizer. Preciso de um gole d'água. — A garota mergulhou o cesto no poço e bebeu mais um gole.

Lilith olhou para os desconhecidos e franziu a testa.

— Vocês dois são... amantes?

Ariane cuspiu a água num jato.

— Amantes? — disse Roland, rindo enquanto sentava-se na beirada do poço. — Por que pergunta?

Lilith suspirou.

— Porque preciso de um conselho.

Roland e Ariane trocaram um olhar.

— Vamos fazer o seguinte — propôs Roland. — Você me ensina a tocar aquela música, e veremos o que dá para fazer.

A lira de Lilith estava na margem do rio, ao lado da flauta, que jazia perto da maior parte das roupas usadas pelos três ao se encontrarem no poço.

Eles mergulharam no rio Jordão, boiaram de costas e observaram a luz do sol dançando sobre a superfície das águas. A música e a conversa tinham feito sua mágica, e os desconhecidos agora eram amigos. Lilith conseguiu relatar com facilidade os incidentes da noite anterior.

— Um cara assim... — disse Ariane, antes de lançar um jato d'água num arco alto. — Finja que ele não existe. Uma mulher inteligente sabe que é melhor não tentar impedir um homem imprestável de sumir.

Roland deixou que a corrente o carregasse até Lilith.

— Há muitos outros peixes no rio. E você é um ótimo partido. Melhor esquecer esse homem.

— Sábias palavras — concordou Ariane. — Muito sábias.

Lilith observou a luz do sol brilhar nos ombros de Roland e no rosto de Ariane. Ela nunca havia conhecido alguém como aqueles dois, exceto talvez Cam.

Justamente nesse momento, algo agitou-se na margem do rio.

— Ora. Não é romântico? — disse uma voz, vinda dos arbustos.

Cam caminhou até a beira da água e franziu a testa para Lilith.

— Você traz todas as suas conquistas para cá?

— Espere aí — disse Ariane. — É *este* o rapaz de quem você estava falando?

Lilith ficou ao mesmo tempo arrasada e felicíssima.

— Vocês o conhecem?

— Essa história não tem nada a ver com você, Ariane — disse Cam.

— Achei que estivéssemos falando de um rapaz cheio de profundidade e complexidades — disse Ariane. — Imagine qual não foi minha surpresa ao descobrir que ele era *você*.

Cam soltou um muxoxo e mergulhou no rio, o corpo arqueando alto no ar antes de encontrar a água. Quando emergiu, estava tão perto de Lilith que seus rostos quase se tocaram. Ela olhou para as gotículas de água no lábio superior dele. Queria tocá-las. Com seus lábios. Estava zangada com ele, mas aquela raiva empalidecia diante da intensidade da atração que sentia.

Ele segurou a mão dela e a beijou.

— Desculpe por ontem à noite.

— O que aconteceu? — perguntou ela baixinho, embora já o tivesse perdoado só de sentir o toque de seus lábios na pele.

— Nada que se repetirá novamente. Vou compensar as coisas, prometo.

— Como? — perguntou Lilith, sem ar.

Cam sorriu e olhou ao redor, para o rio, depois para o céu azul brilhante. Sorriu para seus dois amigos, que balançavam as cabeças. Então sorriu para Lilith, um sorriso sedutor e complexo, que atraiu o corpo dela, sob as águas, para junto do dele, dizendo-lhe numa língua silenciosa que sua vida jamais seria a mesma.

— Uma festa. — Cam a abraçou e começou a rodopiá-la nas águas. A sensação de tontura foi tão deliciosa que Lilith não conseguiu reprimir a vontade de rir. — Diga que virá!

— Sim — respondeu ela, sem fôlego. — Eu irei.

Ariane inclinou-se para Roland.

— Isso não vai acabar bem.

OITO

A CANÇÃO DA LAMÚRIA

CAM

Dez Dias

— Bom dia, alunos.

Cam recostou o corpo na cadeira ao ouvir a voz do diretor zumbir pelo intercomunicador durante a primeira aula, no dia seguinte.

— O destaque dos anúncios do dia é que o time de futebol americano organizou uma lavagem de carros depois das aulas. Por favor, compareçam e ofereçam seu apoio. Como vocês sabem, os ingressos para o baile de formatura estão à venda no refeitório até sexta-feira, e em breve irei divulgar os nomes dos indicados a rei e rainha do baile.

A turma, que um segundo antes estava imersa em conversas frenéticas, caiu em silêncio. Fazia tempo que Cam não presenciava esse tipo de atenção total num grupo de adolescentes. Para eles, o baile de formatura era realmente importante. Ele olhou para Lilith do outro lado da sala e se perguntou se uma parte escondida bem no fundinho dela também não sentia o mesmo.

Quando Jean Rah tinha dito a Cam, na véspera, que Lilith havia se inscrito para tocar na festa, Cam ficou tão empolgado que deu soquinhos e saltos no ar, perdendo a pose por três segundos inteiros.

— Caramba, meu irmão — disse Jean, com uma risada. — Você tá sabendo que não está na banda, né?

— Ainda não — disse Cam, afastando o cabelo para o lado.

Jean encolheu os ombros, em simpatia.

— Isso você precisa decidir com a chefe. A Vingança é, na verdade, a banda de Lilith.

— Por mim tudo bem — disse Cam.

Naquele dia, perguntaria a Lilith não apenas se ele poderia entrar na banda, como também se ela aceitaria ser seu par na festa de formatura. Na véspera, no refeitório, logo depois de ela brigar com Chloe, Lilith pareceu amolecer um pouco. Deixou que Cam entrasse um pouco em seu mundo, sem fechar as portas totalmente, nem mesmo quando ele se atrevera a agir de modo um pouco mais romântico com ela.

Ele desejava que ela o olhasse nos olhos agora, do outro lado da sala, mas ela estava imersa em seu caderno preto.

— As candidatas a rainha da formatura são... — disse Tarkenton pelo intercomunicador. — Chloe King, June Nolton, Teresa Garcia e Kara Clark.

Chloe, que agora usava o cabelo raspado nas laterais, imediatamente deu um pulo da carteira.

— U-huuu! As gatas da Desprezos Nítidos atacam novamente!

Chloe e suas colegas de banda se abraçaram, rindo e chorando ao mesmo tempo, fazendo os minivestidos em tons pastel subirem pelas coxas.

A Sra. Richards atravessou a sala e as separou, pedindo que voltassem a se sentar.

— Quanto ao rei da formatura — continuou Tarkenton —, os indicados são Dean Miller, Terrence Gable, Sean Hsu e Cameron Briel.

Cam estremeceu quando alguns adolescentes em torno dele assoviaram e bateram palmas. Lilith, obviamente, não olhou para eles. Cam não tinha feito o menor esforço para conhecer aluno algum na Trumbull, fora Lilith e Jean. Estava na cara que aquela indicação para rei da formatura tinha sido obra de Lúcifer; ele deve ter apostado que Lilith odiaria qualquer um que fizesse parte daquele grupo.

Tarkenton continuou, listando algumas das responsabilidades dos "membros da corte" enquanto Cam imaginava a quantas reuniões idiotas teria de comparecer ao longo daqueles dez dias. De repente a porta da sala foi aberta, atraindo sua total atenção.

Luc, com o tablet sob o braço, caminhou até a Sra. Richards e sussurrou algo em seu ouvido.

Para horror de Cam, mas não surpresa, a professora apontou para Lilith.

— É aquela ali, na segunda fileira.

Luc sorriu em agradecimento, depois abordou Lilith como se eles não se conhecessem.

— Srta. Foscor?

— Sim? — disse Lilith, assustada ao ver aquele rapaz alto na sua frente. Cobriu com a mão suas anotações no caderninho.

— Este é o comprovante de que sua inscrição foi recebida. — Luc colocou o envelope sobre a mesa dela.

— Inscrição para o quê? — Enquanto Lilith abria o envelope, Luc, divertido, fez sinal de positivo para Cam e seguiu porta afora.

Cam inclinou-se para a frente enquanto ela desdobrava o papel. Estava desesperado para lê-lo, para anular qualquer trauma que o diabo estivesse disposto a causar em Lilith. Inclinou-se tanto que a garota na frente dele olhou para trás, torceu o nariz e empurrou a carteira dele alguns centímetros para trás.

— Seu tarado. — Cam sentiu o olhar dela analisando sua pele, as manchas senis próximas de sua testa. — Eca. Quantas vezes você bombou no primeiro ano? Tipo, quinze?

Ele a ignorou. Observou os dedos de Lilith começarem a tremer, e o sangue fugir de seu rosto. Ela se levantou da cadeira, apanhou suas coisas e saiu apressada da sala.

Cam partiu em disparada atrás dela, ignorando as ameaças da Sra. Richards de suspendê-lo e enviar um comunicado a seus pais. Alcançou Lilith no corredor e a agarrou pelo cotovelo.

— Ei...

Ela afastou a mão dele com um safanão.

— Cai fora.

— O que aconteceu?

— Bem que ele me avisou sobre você.

— Ele quem?

— Luc. — Lilith fechou os olhos. — Como sou idiota.

Quando ela mostrou o papel para Cam, ele viu que era uma cópia impressa do e-mail que tinha mandado a Ike Ligon, com a letra de "Blues de outro alguém". A única coisa que não estava incluída era a biografia de Lilith que Cam escrevera, as palavras que o haviam feito chorar.

— Você roubou minha letra e a inscreveu no concurso — acusou ela.

Cam respirou fundo.

— Não é assim tão simples.

— Ah, não? — perguntou Lilith. — Você apanhou ou não apanhou meu caderno, copiou a letra de minha música e a inscreveu nesse concurso?

Como ele poderia explicar que havia feito tudo aquilo para ajudá-la? Que Lúcifer estava tentando causar problemas entre os dois? Observou o rosto da garota se contorcer de nojo.

— Sei que não foi o certo...

— Cara, você é inacreditável! — berrou Lilith. Parecia prestes a estrangulá-lo.

Ele tentou segurar as mãos dela.

— Fiz isso por você.

Ela lhe deu um safanão novamente.

— Vou fingir que você não disse isso. E *tire as mãos de mim*.

Ele levantou as mãos, num gesto de rendição.

— Mandei a letra em *seu* nome, não no meu.

— O quê?

— Essa música é sensacional — disse ele. — E você mesma falou que não iria se inscrever no concurso. É uma grande oportunidade de mostrar seu trabalho para todo mundo, Lilith. Eu não podia deixar passar.

Ela ficou olhando para a folha de papel.

— Mas Luc disse que...

— Não escute o que Luc diz, tá legal? A única coisa que ele quer na vida é colocar você contra mim — interrompeu Cam.

Lilith o encarou, desconfiada.

— E por quê isso?

Cam soltou um suspiro.

— É difícil explicar. Olhe, você tem todo direito de ficar brava comigo, mas, por favor, não deixe isso atrapalhar sua carreira. Você tem como vencer esse concurso, Lilith. Você *deveria* vencer esse concurso.

Cam percebeu então o quanto eles estavam próximos um do outro. Meros centímetros separavam seus ombros; ele conseguia lhe ouvir a respiração. Havia tanto sofrimento nos olhos de Lilith! Cam faria qualquer coisa para que ela tornasse a ser a garota feliz e despreocupada que havia conhecido um dia.

— Você prometeu ficar longe de mim — disse ela.

Cam engoliu em seco.

— E vou. Mas, por favor, pense no que acabei de dizer. Você é talentosa demais para não tentar.

Lilith corou e desviou os olhos, como se não estivesse acostumada a ouvir elogios. Ele conseguia enxergar todas aquelas coisinhas que formavam a pessoa que ela era: as manchas de tinta em suas mãos, os calos nas pontas dos dedos. Ela era talentosíssima, uma estrela brilhante. A música era um dos fios que a conectava a Lilith por quem ele

havia se apaixonado tanto tempo atrás, e era por esse motivo que ele precisava fazê-la entender que suas intenções ao inscrever sua música no concurso eram boas.
— Lilith — sussurrou Cam.
O sinal tocou.
Ela recuou um passo, e Cam percebeu que o momento entre eles havia passado. O corpo dela tinha voltado a ficar tenso, seus olhos tornando-se a encher de ódio.
— Por que eu deveria escutar os conselhos de alguém capaz de fazer uma coisa tão baixa? — Ela arrancou a folha de papel da mão dele e saiu, apressada, enquanto as portas das salas se abriam e os alunos se espalhavam pelos corredores.
Cam bateu a cabeça num armário. E isso porque ele desejara convidá-la para a festa hoje.
— Ai — disse Luc, passando casualmente por ali. — E justamente quando achei que ela estava começando a amolecer. É quase como se existisse uma força invisível trabalhando contra você a cada movimento. — A gargalhada rouca do demônio continuou a ecoar nos ouvidos de Cam até muito depois de Luc desaparecer, virando uma esquina.

※

Na hora do almoço, Cam descobriu por Jean, que tinha descoberto por Kim, que, na terceira aula, Lilith recebera mais um bilhete, o qual misteriosamente a dispensava de assistir ao restante das aulas do dia. Cam deveria fazer uma prova besta de matemática na quarta aula, que não hesitou em matar.
Escapou pela saída dos fundos, subiu na moto que havia apanhado no dia anterior e seguiu em direção à parte mais perigosa da cidade. Logo estava batendo na porta da casa de Lilith. Na frente da garagem havia uma minivan roxa caindo aos pedaços, a porta dos fundos aberta.
— Mas o que... — disse Lilith, ao atender a porta.
— Está tudo bem? — perguntou ele.

— Que pergunta idiota — disse ela.

A linguagem corporal de Lilith gritava para ele se afastar. Cam tentou respeitar isso, mas era difícil. Odiava ver a ira que se fluía dela todas as vezes que o olhava.

Era ainda pior porque, no bolso de trás de sua calça, estavam os ingressos que havia comprado para os dois irem à festa.

— Tem uma coisa que eu queria te perguntar — disse ele.

— Você ouviu falar da Vingança e veio perguntar se pode entrar na banda.

Cam não podia se deixar abalar por aquela franqueza. Levaria as coisas com tranquilidade, tentaria até mesmo ser romântico, tal como tinha planejado.

— Antes de mais nada, quero dizer que estou muito feliz que tenha se inscrito para tocar na formatura...

— Será que a gente poderia, por favor, não chamar esse baile de "formatura"? — cortou Lilith.

— Quer chamar a formatura por outro nome? — perguntou ele.
— Por mim tudo bem, mas acho que isso pode provocar um motim em Trumbull. Porque, olhe, aquela gente está bem empolgada. "Faltam só dez dias para a melhor noite de nossas vidas" e toda essa baboseira.

— Eles vão chutar você da corte da formatura se o pegarem tirando sarro desse jeito — disse Lilith. — É heresia escolar.

Cam sorriu de leve. Quer dizer então que ela *havia* escutado quando seu nome foi anunciado.

— Nossa, é só isso que preciso fazer para me chutarem da corte da formatura? — perguntou ele. — Ah. Desculpe, esqueci que não estávamos mais chamando o baile de *formatura*.

Lilith refletiu por um instante.

— Só para deixar claro: vou a essa festa porque quero tocar com a minha banda e ouvir os Quatro Cavaleiros, não porque quero usar um arranjo de flores maravilhoso ou um longo de cetim vermelho-cereja.

— Que alívio — disse Cam. — Porque vermelho-cereja é tão démodé.

Por um instante ele teve a impressão de que Lilith iria sorrir, mas então os olhos dela voltaram a ficar gélidos.

— Se você não veio por causa da banda, então por que veio?

Convide-a. O que está esperando? Ele sentiu os ingressos no bolso da calça, mas, por algum motivo, não conseguiu se mexer. O clima não era o ideal. Ela ia recusar. Era melhor esperar.

Depois de um instante de silêncio esquisito, Lilith o empurrou para o lado, atravessou o gramado e foi até a minivan caindo aos pedaços. Enfiou-se pela porta aberta, puxou uma alavanca e recuou quando uma plataforma de metal se desdobrou e abaixou-se até o nível do chão.

A mãe de Lilith apareceu no alpendre. Usava batom cor-de-rosa e um sorriso de um megawatt que não escondia em nada a exaustão dos olhos. Sua beleza havia desbotado, mas Cam percebeu que, um dia, ela havia sido de arrasar, exatamente como Lilith.

— Posso ajudar em alguma coisa? — perguntou ela a Cam.

Cam fez menção de responder, mas Lilith o interrompeu.

— Ele é só um cara lá da escola que veio me entregar um trabalho.

Sua mãe disse:

— A escola vai ter de esperar. Preciso da sua ajuda com Bruce, agora. — Ela deu as costas para a porta e reapareceu um segundo depois, empurrando uma cadeira de rodas, e, na cadeira, estava Bruce. Ele tremia e parecia frágil. Tossiu num pano de prato, os olhos marejados.

— Oi, Cam — cumprimentou Bruce.

— Não sabia que seu irmão estava doente.

Lilith o afastou, foi até Bruce e correu os dedos por seus cabelos.

— Agora sabe. O que você quer, Cam?

— Eu... — começou a dizer.

— Não importa. De todos os possíveis motivos para sua vinda até aqui, não consigo pensar em nenhum que tenha importância — retrucou Lilith.

Cam foi obrigado a concordar. Mas o que ele podia fazer? Abrir as asas e contar a verdade: que ele era um anjo caído que certa vez lhe partira o coração de tal maneira que ela jamais conseguira se recuperar? Que sua ira por ele era muito mais profunda que a raiva que sentia por uma letra de música roubada? Que ele perderia tudo se não conseguisse lhe conquistar o coração uma vez mais?

— Lilith, precisamos ir — declarou sua mãe, puxando a alavanca e depois contornando o carro para sentar no banco do motorista. Enquanto a cadeira de rodas era levantada para entrar no fundo da van, os olhos de Bruce se encontraram com os de Cam e ele deu uma piscadela, como se dissesse: *Não leve as coisas tão a sério.*

— Tchau, Cam — disse Lilith, ao fechar as portas traseiras da van e se acomodar no banco do passageiro.

— Para onde estão indo? — quis saber Cam.

— Para a emergência do hospital — gritou Lilith pela janela.

— Deixe eu ir com vocês. Posso ajudar...

Mas Lilith e a família já estavam dando ré na entradinha da casa. Ele esperou até a van virar a esquina, e então liberou as asas mais uma vez.

O sol se punha quando Cam os encontrou no pronto-socorro.

Lilith e sua mãe dormiam em um corredor, apoiadas uma na outra e sentadas em cadeiras alaranjadas e manchadas. Ele observou Lilith por um instante, maravilhado com sua beleza e sua paz roubada.

Aguardou até que o segurança saísse de seu posto e depois entrou escondido na ala dos quartos dos pacientes. Espiou por trás de várias cortinas até encontrar o garoto, sentado numa maca e sem camisa, com tubos de oxigênio nas narinas e um tubo intravenoso preso ao braço. Alguém tinha escrito *Bruce* com marcador azul num quadro branco pendurado acima de sua cabeça.

— Sabia que você viria — disse ele, ainda olhando pela janela, sem virar a cabeça.

— Como você sabia?

— Porque você ama minha irmã — respondeu ele.

Cam segurou a mão de Bruce, percebendo que estava segurando-a tanto pelo garoto como por si. Percebeu que, desde que entrara no Inferno de Lilith, não tinha visto nenhum rosto amigável. Vinha esforçando-se sem parar, sem receber o menor indício de que fazia algum progresso e sem ninguém para incentivá-lo a prosseguir. Apertou a mão do garoto, agradecido.

— Amo mesmo — disse por sobre o ruído suave dos bipes das máquinas às quais Bruce estava plugado. — Amo sua irmã mais que qualquer coisa de qualquer lugar, neste mundo ou em outro.

— Fácil. Afinal, é minha irmã. — Bruce deu um sorriso fraco. Por um instante sua respiração parou. Cam estava quase chamando uma enfermeira quando o peito do garoto assumiu um ritmo tranquilo. — Brincadeira. Ei, Cam?

— Sim?

— Você acha que vou durar o bastante pra sentir a mesma coisa por alguém algum dia?

Cam foi obrigado a desviar os olhos porque não conseguiu mentir para Bruce e dizer que sim, que um dia ele amaria uma garota tão profundamente quanto Cam amava Lilith. Dali a uma semana e meia, não sobraria mais nada de seu mundo. Independentemente do que Lilith escolhesse e do resultado do acordo entre Cam e Lúcifer, provavelmente Bruce e todas as infelizes almas de Crossroads seriam enviadas para futuras punições.

Apesar disso, Cam desejava que existisse um jeito de oferecer algum conforto ao menino no pouco tempo que lhe restava. Sentiu um nó na garganta e as asas queimando de vontade de se abrir, na base dos ombros. Uma ideia se formou em sua mente. Era arriscada, mas Cam era adepto dos riscos.

Olhou para o menino, que admirava a paisagem pela janela e parecia ausente agora. Provavelmente eles teriam poucos minutos antes de uma enfermeira entrar ali, ou de Lilith e sua mãe despertarem.

Respirou fundo, fechou os olhos, inclinou a cabeça em direção ao teto e desenrolou as asas. Em geral ele sentia uma deliciosa sensação de abandono ao fazer isso, mas, daquela vez, teve de tomar cuidado para não deixar as asas baterem em nenhum dos equipamentos médicos que mantinham Bruce estabilizado.

Quando Cam abriu os olhos, percebeu que suas asas tinham preenchido todo o pequeno espaço protegido pela cortina e que refletiam um brilho dourado nas paredes. Bruce olhava para ele com grande reverência e só um bocadinho de medo. A glória de um anjo era a visão mais incrível que um mortal poderia testemunhar — e Cam sabia que para Bruce devia ser especialmente notável porque, tirando Lilith, ele jamais vira nada de muito belo em sua breve existência.

— Alguma pergunta? — quis saber Cam. Era justo dar ao menino um tempo para se recuperar.

O garoto balançou a cabeça em negativa, de modo quase imperceptível, mas não gritou ou se consumiu em chamas. O fato de Bruce ainda ser jovem ajudava, pois seu coração e sua mente ainda se encontravam abertos à possibilidade da existência de anjos. Justamente o que Cam havia esperado. Agora poderia prosseguir.

Ele correu as mãos pela parte interna das asas, surpreso ao sentir como as novas penas brancas eram diferentes ao tato. Estavam mais grossas, rijas, e, percebeu Cam, perfeitas para o que tinha em mente.

Fez uma careta ao puxar uma imensa pena branca, com 30 centímetros de comprimento, e macia como um beijo. Era chamada de *galhardete*. Na base da pena, na extremidade de seu cálamo pontudo, havia uma única gota de sangue iridescente. Era impossível dizer de que cor era, porque exibia todas as cores ao mesmo tempo.

— Segure isto — instruiu ele, entregando a Bruce a pena com o cálamo apontado para cima.

— Uau — sussurrou Bruce, correndo os dedos pelas beiradas macias e brancas enquanto Cam ia até o tubo intravenoso gotejante enfiado em Bruce.

Desatarraxou o tubo na base da bolsa de soro, depois apanhou a pena da mão do garoto e mergulhou o cálamo no tubo. Ficou observando o líquido claro serpentear num trilhão de cores até o sangue angélico se mesclar a ele. Cam tornou a atarraxar o tubo e devolveu a pena a Bruce. Não precisava mais dela.

— Você por acaso acabou de salvar minha vida? — perguntou Bruce, guardando a pena embaixo do travesseiro.

— Por enquanto, sim — disse Cam, tentando parecer mais animado do que realmente se sentia. Dobrou as asas e voltou a escondê-las.

— Valeu.

— Segredo?

— Segredo — disse Bruce, e Cam começou a caminhar em direção à porta. — Ei, Cam — chamou o garoto, baixinho, quando Cam estava prestes a sair para o corredor.

— Sim?

— Não diga a ela que falei isso, mas você devia contar a Lilith que a ama — sussurrou o garoto.

— Ah, é? — disse Cam. — Por quê?

— Porque — respondeu Bruce — acho que ela ama você também.

NOVE

AMAR AINDA MAIS

LILITH

Nove Dias

A Vingança se reuniu na sala de música na manhã seguinte, antes do início das aulas.

Quando Lilith chegou, com fotocópias de sua canção mais recente, "Voando de cabeça para baixo", Jean testava alguns *riffs* malucos no sintetizador enquanto Luis detonava um saco gigantesco de Doritos. Ele ofereceu a embalagem para Lilith e sacudiu os salgadinhos ali dentro.

— Em geral tento segurar meu vício em queijo artificial até pelo menos às nove da manhã — disse ela, recusando.

— Isto aqui é alimento para o cérebro, Lilith — insistiu Luis. — Come aí, vai.

Jean meteu-se no meio e apanhou um punhado de salgadinhos enquanto seguia até o microfone de Lilith para ajeitá-lo.

— Ele está certo — disse, com a boca cheia.

Lilith cedeu e apanhou um salgadinho. Ficou surpresa com o gosto delicioso. Aceitou um segundo, depois um terceiro.

— Agora sim, você está pronta pra arrasar — disse Luis depois que ela devorou dois punhados caprichados de Doritos. Era verdade. Já não estava mais tão faminta e tão nervosa quanto antes.

Sorriu para Luis.

— Valeu.

— Tranquilo — disse ele, depois fez um sinal de aprovação para a roupa de Lilith. — Tá bacana seu visual hoje, falando nisso.

Lilith olhou para o próprio vestido. Naquela manhã, pela primeira vez desde que se recordava, não sentiu vontade de usar roupa preta. Assaltou o armário da mãe antes da escola e encontrou um vestido justo branco, com bolinhas verdes imensas e um cinto largo de courino roxo. Parou na frente do espelho de corpo inteiro, surpresa ao perceber o quanto a roupa ficara descolada com os coturnos velhos, e como o verde do vestido destacava seu cabelo ruivo.

Quando entrou na cozinha, Bruce desviou os olhos de seus cereais e assoviou.

Lilith ainda não sabia exatamente o que tinha acontecido, mas Bruce recebera alta antes do previsto, e, quando eles voltaram para casa na noite anterior, disse que há anos não se sentia tão bem. O médico não soube explicar por que a respiração de seu irmãozinho voltara ao normal de repente; só pôde dizer que havia muito o estado de Bruce não era tão bom.

— Quantas vezes tenho de dizer que meu armário não é seu playground? — perguntara a mãe, embora Lilith nunca tivesse assaltado o armário dela até então. Porém, pousou o café e arregaçou as mangas de seu cardigã amarelo (aquele mesmo que ela havia acusado a filha de surrupiar no dia anterior, mas que acabara encontrando no fundo da gaveta da cômoda).

— Sempre achei que este vestido ficava lindo em você — disse Lilith, com sinceridade. — Tudo bem se eu o pegar emprestado? É só por hoje. Vou tomar cuidado.

Janet retorceu a boca, e Lilith teve certeza de que um insulto se formava ali. Porém, em vez de descarregá-lo, sua mãe analisou o visual de Lilith e depois apanhou a bolsa que estava em cima da bancada da cozinha. Talvez o elogio da filha a tivesse desarmado.

— Vai ficar mais bonito com um batonzinho — disse ela, entregando a Lilith um batom cor-de-rosa fosco.

Agora, na sala de música, Lilith aguardava a deixa de Jean, tomando cuidado para não manchar o microfone de batom. Então inclinou-se para a frente e começou a cantar sua nova canção. Estava nervosa, portanto fechou os olhos e deixou que as batidas de Luis e os acordes psicodélicos de Jean a embalassem no escuro.

Sozinha em seu quarto tinha sido tão fácil imaginar como aquela música ficaria, inventar melodias. Mas, agora que a cantava na frente dos outros, sentia-se exposta. E se eles a odiassem? E se a música fosse ruim?

Sua voz tremeu. Pensou em parar, em fugir correndo dali.

Abriu os olhos e espiou Luis, que assentia para ela com um sorriso aberto, alternando as baquetas entre a caixa e o chimbau. Jean acompanhava com a guitarra, arrancando notas das cordas, como se cada uma delas contasse uma história.

Lilith sentiu uma explosão de energia atravessar o corpo. Aquela banda, que há dois dias nem sequer existia, encontrara uma sonoridade rica e ágil. De repente, Lilith cantava sua música como se esta fosse digna de plateia. Jamais cantara tão alto e com tanta liberdade em toda a vida.

Luis sentiu aquilo também e encerrou com uma batida forte e cataclísmica.

Depois os três se entreolharam com a mesma expressão: sorridente e meio tonta.

— Doritos mágicos — comentou Luis, olhando reverentemente para o saco de salgadinhos. — Vou precisar fazer um estoque antes da festa.

Lilith riu, mas sabia que era mais que Doritos. Era que os três tinham relaxado e embarcado na música juntos, não apenas como parceiros de banda, mas como amigos. E também era que Lilith mudara depois que Bruce havia retornado tão bem do hospital.

Depois da internação do irmão, a mãe sugeriu que os três saíssem para comer pizza, algo que só acontecia uma ou duas vezes por ano. Eles pediram uma pizza grande de pepperoni com azeitonas e deram risada jogando *pinball* na velha máquina do *Scared Stiff*.

Quando Lilith colocou Bruce para dormir, ele recostou o corpo no travesseiro e disse:

— Cam é muito legal.

— Do que está falando? — perguntou Lilith.

Bruce deu de ombros.

— Ah, ele foi me visitar no hospital para me dar uma força.

Seu instinto havia sido ficar brava com Cam por visitar Bruce sem lhe dizer nada. Mas demorou-se um instante a mais na cama do irmão, observando-o cair no sono. Ele parecia tão em paz, tão diferente do garoto doente com o qual se acostumara, que Lilith se deu conta de que não conseguia sentir nada além de uma gratidão imensa pelo que Cam havia feito.

— Que música você quer tocar agora, Lilith? — perguntou Jean. — Precisamos aproveitar o embalo.

Ela pensou por um instante. Queria ensaiar "Blues de outro alguém", mas, pensando melhor, e lembrando-se do que Cam tinha feito com a letra daquela música, hesitou.

— A gente podia tentar... — começou a dizer, mas três batidas altas na porta a fizeram parar. — O que é isso?

— Nada! — respondeu Luis. — Vamos continuar ensaiando.

— Pode ser Tarkenton — disse Jean. — Não deveríamos estar aqui.

Mais uma batida. Entretanto, não vinha da porta; vinha lá de fora. Da janela.

— Cara! — exclamou Jean Rah. — É Cam.

Os garotos correram até a janela, mas Lilith virou de costas. O rosto de Cam era a última coisa que desejava ver naquele momento. O que ela sentira ensaiando sua música instantes atrás fora tão simples, tão gostoso. Por outro lado, a sensação que experimentava sempre que olhava para Cam era tão complicada; ela não sabia nem por onde começar a desvendá-la. Era atração. Raiva. Gratidão. Desconfiança. Difícil sentir tantas coisas simultâneas por uma única pessoa.

— O que você está fazendo aí fora? — indagou Luis. — Estamos no segundo andar!

— Estou tentando despistar Tarkenton — respondeu Cam. — Ele quer me matar porque cabulei mais uma reunião da corte do baile de formatura.

Lilith não conseguiu evitar: riu zombeteiramente ao imaginar Cam naquelas reuniões com tanta gente metida. Quando sem querer seus olhos se encontraram com os dele, o garoto sorriu e estendeu a mão para ela, e, sem pensar, Lilith flagrou-se aproximando-se para ajudá-lo a entrar pela janela.

Cam ficou parado no meio da sala, sem soltar a mão de Lilith. Na verdade, até a apertou com mais força. Ela sentiu um frio no estômago e não soube por quê. Puxou a mão, mas antes olhou para Jean e Luis, se perguntando o que eles sentiam ao ver Cam ali, segurando sua mão, como um cara bizarro. Mas os garotos nem prestaram atenção. Tinham ido até o sintetizador de Jean e trabalhavam juntos em uma melodia.

— Oi — sussurrou Cam, quando os dois ficaram mais ou menos a sós.

— Oi — devolveu ela. Por que se sentia tão estranha? Ela olhou para Cam e se lembrou de que queria lhe dizer uma coisa. — Meu irmão já foi internado 16 vezes. Nunca ninguém, além de mim e minha mãe, lhe fez uma visita. — Ela fez uma pausa. — Não sei por que você fez isso, mas...

— Lilith, me deixe explicar...

— Mas obrigada — disse ela. — Aquilo animou Bruce. O que você falou para ele?

— Se quer mesmo saber, falamos de você — disse Cam.

— De mim? — perguntou ela.

— Pois é. É um pouco constrangedor — disse Cam, sorrindo, como se não estivesse nem um pouco constrangido. — Ele meio que adivinhou que eu gosto de você. Ele é bastante ciumento em relação à irmã, mas estou tentando não deixar que isso me intimide.

Cam gostava dela? Como ele podia dizer aquilo como se não fosse nada de mais? As palavras saíram de sua boca com tanta facilidade que Lilith se perguntou para quantas garotas ele dissera aquilo antes, quantos corações não haveria despedaçado.

— Você ainda está me escutando? — perguntou Cam, agitando a mão na frente do rosto da garota.

— Sim — respondeu Lilith. — Há... não subestime Bruce. Ele poderia lhe dar uma surra.

Cam sorriu.

— Estou feliz por ele ter melhorado.

— Parece um milagre — disse ela, porque era mesmo.

— Terra chamando Lilith. — A voz de Luis soou distorcida pelo microfone que Jean plugara ao *Moog*. — O sinal vai tocar daqui a quinze minutos. Temos tempo de trabalhar em mais uma música e depois precisamos marcar nosso próximo ensaio.

— Ah, falando nisso... — disse Cam, coçando a cabeça. — Vocês têm lugar na banda para mais um guitarrista que é capaz de se integrar numa harmonia de três partes?

— Não me leve a mal, cara — disse Jean, sorrindo. — Você é ótimo, mas a última notícia que tive foi que a vocalista não quer te ver nem pintado de ouro. Roubar o caderno dela foi mancada.

— É, mesmo que isso faça com que Lilith vença o concurso de letras de música — acrescentou Luis. — Pessoalmente, acho que foi um golpe de mestre.

Lilith deu um soco de brincadeira no amigo.

— Fique fora disso!

— Qual é? — perguntou Luis. — Confesse, Lilith. Você nunca teria entrado nesse concurso se não fosse por Cam. Se você ganhar, vai ser ótimo pra divulgar nossa banda.

— O que posso dizer? — disse Cam, dando de ombros. — Acredito em Lilith.

Ele disse aquilo com a mesma facilidade com que dissera que gostava dela, mas daquela vez pareceu diferente, mais palatável, como se ele não estivesse apenas tentando conquistá-la. Como se realmente acreditasse nela. Lilith sentiu o rosto corar quando Cam se abaixou e apanhou uma das páginas xerocadas que ela havia trazido para Jean e Luis. Leu a letra de "Voando de cabeça para baixo" e abriu um sorrisão.

— Esta é sua música mais recente?

Lilith parecia prestes a explicar as mudanças que desejava fazer, mas Cam a surpreendeu ao dizer:

— Adorei. Não mude nem uma palavra.

— Oh.

Cam abaixou o papel, abriu a mochila e sacou de lá um objeto grande e esférico, enrolado em papel pardo.

— É a cabeça de Tarkenton? — perguntou Luis.

Cam olhou para o baterista calouro.

— Que mórbido. Gostei. Pode ficar na banda.

— Sou um dos membros fundadores, mermão! — retrucou Luis.

— E você, quem é?

— O melhor guitarrista que esta escola já viu — disse Jean, dando de ombros e olhando para Lilith. — Desculpe, mas Cam poderia fazer nosso som ficar muito melhor.

— Um voto a favor, então — sugeriu Cam, ansiosamente. — Quem concorda em me deixar entrar na Vingança?

Os três garotos levantaram a mão.

Lilith revirou os olhos.

— Olhe, isso aqui não é uma democracia. Eu não... não...

— Você não tem um bom motivo para se opor? — perguntou Cam.

Era verdade. Ela não tinha. Tinha só um milhão de motivos bobos para expulsar Cam dos ensaios, para mandá-lo embora de vez. Mas não tinha nem um único motivo legítimo.

— Certo, faremos um período de teste — disse ela por fim, entre dentes. — Um ensaio. Aí eu decido.

— Por mim está ótimo — disse Cam.

Lilith desembrulhou o objeto misterioso e... se viu segurando um globo espelhado. Mesmo à luz fraca da sala de música, ele cintilava. Olhou para Cam e se lembrou da primeira vez em que dissera que queria chamar sua banda de Vingança: ele riu e disse que precisariam de um grande sintetizador e de um globo espelhado. Jean havia trazido o *Moog*, e agora Cam trazia o globo.

— Será que dá pra gente parar de ficar olhando para esse negócio e começar a ensaiar? — perguntou Luis.

Cam sacou o estojo da guitarra do armário e deu uma piscadela para Lilith. Era a mesma piscadela irritante, mas... daquela vez, ela não se importou tanto.

— Vamos nessa.

※

— Vadia, sai da minha frente.

Pela primeira vez, Lilith aguardou ansiosamente pelo horário de almoço no refeitório, porque teria com quem almoçar. Amigos. Sua banda.

Havia se esquecido de Chloe.

— Só estava admirando sua nova tattoo — disse Lilith, indicando o peito de Chloe, onde se via uma tatuagem recente. A pele ao redor do desenho ainda estava vermelha e inchada, mas ela reconheceu a caligrafia da assinatura de Ike Ligon logo acima do decote da camiseta. Lilith achou a tatuagem feia, mas, mesmo assim, sentiu acender uma centelha de inveja. Ela não tinha dinheiro para uma atitude puxa-saco tão óbvia quanto aquela. Aliás, mal tinha dinheiro para o sanduíche de peru em sua bandeja.

As três garotas da Desprezos Nítidos espalharam-se atrás de Chloe. Kara cruzou os braços, e os olhos de Teresa estavam ávidos, como se ela estivesse prestes a pular em Lilith caso ela ousasse atacar Chloe novamente. June era a única que não assumia o papel estereotipado de garota má: puxava distraidamente as pontas duplas de seu cabelo loiro.

Parte de Lilith queria atirar a bandeja longe e arrancar a tatuagem de Chloe da pele.

Mas, naquele dia, era uma parte menor e mais silenciosa de si. A parte mais significativa de Lilith estava preocupada com a própria banda: com as mudanças que desejava fazer num dos refrões, com ideias para um solo de bateria que queria propor a Luis, e até — precisava admitir — com uma pergunta que desejava fazer a Cam sobre sua técnica de guitarra. Pela primeira vez, tinha tanta coisa boa acontecendo com Lilith que a raiva não fora capaz de dominá-la.

Acredito em Lilith, dissera Cam naquela manhã, no ensaio. E aquela frase não saiu de sua cabeça. Talvez fosse hora de Lilith começar a acreditar em si também.

— Você é uma palhaça de marca maior, Lilith — disse Chloe. — Sempre foi e sempre será.

— O que você quer dizer com isso? — perguntou Lilith. — Não, deixe pra lá. — Ela engoliu em seco. — Desculpe se puxei seu cabelo. Achei que estivesse defendendo meu irmão, mas só estava sendo ridícula.

Kara cutucou June, que abandonou a ponta dupla e começou a prestar atenção.

— Eu sei — disse Chloe, meio espantada. — Obrigada por admitir isso. — E então, sem dizer mais uma palavra, ela convocou as amigas, assentiu para Lilith e saiu do refeitório, deixando Lilith a sós com a experiência nova de almoçar em paz.

Quando Lilith passou na sala da primeira aula depois do almoço, a Sra. Richards desviou os olhos de seu computador e assumiu um ar defensivo.

— Sua detenção é inegociável, Srta. Foscor.

— Não vim aqui para isso — disse Lilith, e puxou uma cadeira para sentar ao lado da professora. — Vim pedir desculpas por matar aula, por chegar atrasada tantas vezes e por ser o tipo de aluna da qual os professores, em geral, têm pavor.

A Sra. Richards piscou e retirou os óculos.

— O que provocou essa mudança de postura?

Lilith não sabia por onde começar. Bruce tinha voltado a frequentar a escola. Sua mãe a estava tratando como um ser humano. Sua banda ia de vento em popa. Ela tentara até mesmo uma reconciliação com Chloe King. As coisas estavam indo tão bem que Lilith queria que continuassem assim.

— Meu irmão esteve muito doente — disse ela.

— Eu sei — comentou a Sra. Richards. — Se precisar ser liberada de suas atribuições ou de mais prazo para cumpri-las, o corpo docente pode discutir o assunto, mas precisarei de documentos de sua mãe ou do médico. Você não pode simplesmente abandonar a aula sempre que lhe der na telha.

— Eu sei disso — concedeu Lilith. — Acho que a senhora poderia me ajudar com uma coisa. Bruce está se sentindo melhor e quero que continue assim. A senhora sabe tanto sobre o meio ambiente que pensei... talvez possa me ajudar a fazer algumas mudanças em minha casa.

Os olhos da Sra. Richards se suavizaram enquanto ela observava Lilith.

— Acredito piamente que podemos mudar o mundo para melhor, mas, às vezes, Lilith, as coisas não dependem só de nós. Sei o quanto Bruce padece. Não quero que você espere por um milagre. — Ela sorriu, e Lilith percebeu que a professora se compadecia verdadeiramente por ela. — Claro que não faria mal algum jogar fora produtos de limpeza tóxicos e começar a preparar refeições saudáveis para toda a família. Canja caseira, verduras verde-escuras ricas em ferro... esse tipo de coisa.

Lilith assentiu.

— Vou fazer isso. — Ela não sabia onde iria arrumar o dinheiro. Miojo era a ideia de refeição saudável da mãe. Mas ela daria um jeito. — Obrigada.

— Não tem de quê — disse a Sra. Richards, enquanto Lilith ia em direção à porta. Estava na hora da aula de história. — Você precisa comparecer à detenção esta tarde, mas quem sabe não podemos tentar fazer com que seja a última vez?

※

Quando Lilith saiu da escola depois da detenção, o enorme estacionamento dos alunos estava vazio, o que emprestava um ar fantasmagórico à escola. Havia cinzas reunidas no meio-fio, como neve cinzenta, e Lilith se perguntou se um dia chegaria a ver, cheirar ou provar neve de verdade. Colocou os fones de ouvido e se pôs a ouvir algumas canções antigas dos Quatro Cavaleiros, sobre corações partidos e sonhos frustrados, enquanto se afastava dos limites da escola.

Estava acostumada a ser uma das últimas alunas a sair — a detenção acabava depois dos treinos de futebol e dos ensaios do coral —, mas jamais havia parado para observar a escola de verdade ao fazê-lo. Um vento forte tinha arrancado diversos cartazes da corte da formatura das paredes. Eles agora rodopiavam pelo asfalto, como folhas caídas com o rosto dos colegas estampados.

O sol começara a se pôr, mas o calor ainda era grande. O fogo nas colinas parecia mais intenso que de costume quando Lilith se aproximou da alameda que formava a entrada da trilha para o riacho da Cascavel. Fazia alguns dias que não visitava seu lugar preferido, e desejava um canto silencioso para estudar para a prova de biologia antes de voltar para casa.

Ouviu um farfalhar nas árvores. Olhou ao redor, mas não notou ninguém. Então veio uma voz:

— Sabia que você não ia conseguir ficar longe daqui por muito tempo. — Luc apareceu por entre as alfarrobeiras. De braços cruzados, olhou para o céu, por entre os galhos.

— Agora não posso conversar — cortou Lilith. Havia algo de estranho naquele estagiário, e não apenas a lembrança dolorosa de abrir aquele envelope e ver a letra de sua música enviada por e-mail. Por que ele não saía da Trumbull? O estágio não devia requerer sua presença em tempo integral.

Luc sorriu.

— Vou ser breve. Acabei de falar ao telefone com Ike Ligon e achei que você pudesse se interessar pelo assunto de nossa conversa.

Contra a vontade, Lilith deu um passo em direção ao jovem.

— Como você sabe — disse Luc —, os Quatro Cavaleiros virão a Crossroads para tocar no baile de formatura e participar do júri da Batalha de Bandas. Bem, eu sei que, depois, toda a galera descolada vai à festa organizada por Chloe, mas...

— Eu não vou — disse Lilith.

— Ótimo! — Luc sorriu. — Porque eu estava pensando em chamar umas pessoas para minha casa depois. Algo íntimo. Quer vir?

— Não, obrigada...

— Ike Ligon vai — disse Luc.

Lilith respirou fundo. Como ela poderia ignorar a chance de passar um tempinho ao lado de Ike Ligon? Ela poderia perguntar onde ele arrumava as ideias para suas músicas, como era sua abordagem na criação das canções... seria um curso intensivo de como ser um roqueiro de sucesso.

— Certo, eu vou.

— Ótimo — disse Luc. — Mas só você. Cam não. Ouvi dizer que deixou ele entrar em sua banda. Se quer saber, acho que cometeu um erro de carreira.

— Sei que você odeia Cam. — Lilith agora queria saber como Luc ficara sabendo daquela notícia. As coisas tinham acontecido naquela manhã e ele nem mesmo frequentava a escola com eles.

— Ele tem má fama — continuou Luc. — Já deu seus pulinhos por aí. Pulinhos *para baixo*. Quero dizer, olha aquele cara! Sabe o ditado do *viva intensamente, morra jovem e deixe um lindo cadáver*? Acho que o velho Cam está provando que isso não passa de uma mentira. Seus pecados estão pesando sobre seus ombros, ele está até *parecendo* um pecador.

— Dizem que a verdadeira beleza vem de dentro — retrucou Lilith.

— Ah, no caso de Cam, espero que isso seja mesmo verdade. — Luc riu. — A King Media também teve conhecimento de que foi ele quem enviou sua letra ao concurso. Se ele fez isso sem sua autorização, é motivo para uma desqualificação.

— Não, tudo bem — disse Lilith, percebendo de repente que não queria ser desqualificada. — Ele... hã... teve minha aprovação. Posso perguntar uma coisa?

Luc levantou uma sobrancelha.

— Qualquer coisa.

— Parece que você e Cam têm uma longa história juntos. O que aconteceu entre vocês?

O olhar de Luc atravessou Lilith tal qual uma brasa, porém sua voz agora era fria como gelo.

— Ele acha que é a exceção para todas as regras. Mas algumas regras, Lilith, *devem* ser seguidas.

Lilith engoliu em seco.

— Parece que vocês se conhecem há muito tempo.

— O passado é passado — disse ele, suavizando novamente o tom. — Mas, se você se importa com o futuro, melhor chutar Cam da banda.

— Valeu pela dica. — Lilith deixou Luc. Então se abaixou para passar sob os galhos das árvores e entrar em seu lugar favorito, à margem do riacho. Ao se aproximar de sua alfarrobeira preferida, viu algo estranho: uma escrivaninha com porta movediça. Era feita de ferro forjado e devia pesar uma tonelada. Quem a havia trazido até ali? E como? Seja lá quem fosse, tinha coberto o topo da escrivaninha com pétalas de íris.

Lilith sempre adorara íris, apesar de só ter visto imagens daquelas flores na internet. Já fora inúmeras vezes à única floricultura da cidade, meio capenga, a *Kay's Blooms*, para comprar um buquê de cravos amarelos para Bruce sempre que ele adoecia. Era a flor preferida do irmão. A Sra. Kay e seus filhos gerenciavam o lugar, mas, desde que ela morrera, os filhos passaram a comprar apenas o básico. Rosas vermelhas, cravos, tulipas... Lilith nunca vira nada tão exótico quanto íris ali dentro.

Ela admirou os botões azuis e amarelos, depois sentou-se na cadeira de espaldar baixo e abriu o tampo da escrivaninha. Ali dentro havia um bilhete escrito a mão:

Todo compositor precisa de uma escrivaninha. Encontrei esta na rua, na frente do Palácio de Versalhes. Pour toi.

Ele devia ter encontrado aquela peça na rua de algum dos moradores da região chique de Crossroads, à espera da passagem do caminhão de lixo, isso sim. Mesmo assim, gostou que Cam tenha pensado nela ao ver a escrivaninha. Gostou que provavelmente ele a tivesse limpado, para que ela pudesse usá-la. Leu a última linha do bilhete:

Com amor, Cam

— Com amor — disse Lilith, contornando as letras com o dedo. — Cam.

Não conseguia se lembrar de nem uma única vez em que alguém lhe dissera aquelas palavras. Sua família não falava essas coisas e ela jamais se aproximara o suficiente de algum garoto a ponto de ouvir tal declaração. Será que Cam usara aquela palavra por acaso, como fazia com tantas outras coisas? Remexeu-se na cadeira, incomodada, quase sem conseguir olhar para a palavra no papel.

Queria perguntar a ele o que queria com aquele presente, aquele bilhete... mas a questão, na verdade, não era a escrivaninha, era a palavra, que acendera algo dentro dela, agitando as profundezas de sua alma, fazendo com que começasse a suar. Ela queria confrontar Cam, mas não sabia onde ele morava. Então sacou seu caderno preto e deixou que aqueles sentimentos se canalizassem numa música.

Aquela palavra. O que poderia significar?

DEZ

MERGULHO LENTO

CAM

Oito Dias

No alto do céu, acima de Lilith, Cam abriu as asas e a observou lendo o bilhete que ele havia deixado na escrivaninha antiga. Ele roubara a peça de Chloe King (justamente de quem!), do sótão da casa da garota, na região abastada de Crossroads. Cam teria ido a Versalhes por um presente para Lilith, teria ido a qualquer lugar... mas naquele momento estava preso no Inferno dela, sendo assim, aquilo teria de servir.

Ele observou o modo como ela correu os dedos pelo papel diversas vezes. Observou-a cheirar as íris — sua flor favorita, como ele bem sabia — e depois sacar o caderno da mochila. Quando ela começou a compor uma nova canção, Cam sorriu. Foi justamente por imaginar aquilo que ele lhe deu a escrivaninha.

Foi bom simplesmente observar Lilith por algum tempo. Cam tinha a impressão de que a única coisa que havia feito desde que chegara a Crossroads fora consertar o impacto das intervenções de Lúcifer, todas destinadas a fazer Lilith odiá-lo um pouco mais. Ele não deveria reclamar — afinal, Lilith sofrera muito mais e por muito mais tempo que ele —, mas era difícil se aproximar quando ela raramente demonstrava alguma outra coisa que não fosse ódio por Cam.

Olhou para baixo, por entre as nuvens, e se deu conta de que, mesmo que despejasse presentes e bilhetes de amor em cima de Lilith todas as horas e todos os dias, não seria o suficiente. De vez em quando ele conseguia quebrar-lhe a resistência — naquele dia, por exemplo, o ensaio da banda havia sido ótimo —, e valorizava tais momentos. Entretanto, sabia que não durariam, que, no dia seguinte, Lúcifer encontraria um jeito de minar seu progresso e que o ciclo continuaria assim até o Inferno de Lilith expirar.

Ele havia rasgado o primeiro rascunho daquele bilhete, o qual a convidava para ao baile de formatura. Lilith se retraía rapidamente sempre que Cam a abordava com muita veemência. Ele guardaria o convite para depois — prepararia algo especial e a convidaria pessoalmente. Murmurou as palavras memorizadas da versão definitiva do bilhete, torcendo para que a palavra *amor* não a houvesse assustado.

Pensou em Daniel e Lucinda. Eles haviam personificado a palavra *amor* por muito, muito tempo, pelo menos no entendimento dos anjos caídos. Desejou que estivessem ali agora, encenando o papel do casal feliz que oferece conselhos sábios para um amigo em sofrimento.

Lute por ela, diriam eles. *Mesmo quando tudo parecer perdido, não desista do amor.*

Como Luce e Daniel haviam conseguido sustentar aquilo por tanto tempo? Isso exigia uma força que Cam não tinha certeza de possuir. A dor que sentia quando ela o rejeitava — e até então ela praticamente só o rejeitara o tempo inteiro — era excruciante. Entretanto, ele continuava insistindo. Por quê?

Para salvá-la. Para ajudá-la. Porque ele a amava. Porque se desistisse...

Ele não podia desistir.

※

Quando o dia amanheceu, Cam disparou até a Trumbull. De asas abertas, pousou sobre uma alfarrobeira morta e viu o sol nascer por sobre uma nova estrutura gigantesca que havia sido montada no centro do campo de futebol americano. Sacudiu as cinzas que haviam caído em seu cabelo e se acomodou na ponta de um galho longo e resistente, a fim de ter uma visão mais privilegiada.

O anfiteatro semiconstruído fora inspirado no Coliseu romano. Apesar de ter apenas dois andares, possuía as mesmas características arquitetônicas: três fileiras de arcos de arquibancadas estilizadas circundando uma área tão grande quanto o refeitório. Cam entendeu no mesmo instante o que Lúcifer tinha em mente.

— Gostou? — perguntou Lúcifer, aparecendo na pele de Luc no galho atrás de Cam. Estava de óculos escuros para tolerar a luminosidade. Não enxergar os olhos do demônio deixava Cam inquieto.

— Aquilo ali é para o baile? — perguntou Cam.

— A King Media achou que os alunos mereciam um local grandioso para a batalha de gladiadores musicais — disse Luc. — É todo feito de cinzas, mas a *aparência* é monumental, não é? Nenhum arquiteto mortal seria capaz de projetá-lo. Que pena. Aquele tal de Gehry parecia promissor.

— Você quer ganhar um prêmio? — perguntou Cam.

— Ah, eu não recusaria um — disse Lúcifer. — E elogiar meu trabalho de vez em quando não o mataria. — O diabo tirou um espelhinho quadrado do bolso de trás da calça jeans e o mostrou a Cam.

Cam afastou o espelho. Não precisava olhar o próprio reflexo para saber o que veria. Àquela altura já conseguia sentir os efeitos da maldição que o demônio lançara em seu corpo. Ele estava horroroso, inchado, ridículo. As garotas da Trumbull, que no primeiro dia paravam de conversar só para olhá-lo passar no corredor, agora só percebiam a presença de Cam quando este parava no meio de seu caminho. Ele não estava acostumado a isso. Tal como ocorria a todos os outros anjos, a beleza sempre fora parte do pacote. Agora não mais.

Aquilo o incomodava, embora tentasse não demonstrar. Teria de enfrentar esse desafio e provar, de uma vez por todas, que era mais que apenas um rostinho bonito.

— Oooh. O bonitão está ficando acabado. — Lúcifer soltou uma gargalhada sombria. — Sempre fiquei na dúvida se você tinha alguma profundidade. Sem os músculos, o que as mulheres vão ver em você?

Cam tocou o local onde se acostumara a encontrar uma barriga firme e rija. Agora estava flácida, molenga. Sabia que o cabelo também rareava, que seu rosto estava inchado, e as bochechas, caídas. Nunca se considerara particularmente superficial; sua confiança sempre viera de dentro... mas será que ele seria capaz de atrair Lilith com aquela aparência?

— Lilith não se apaixonou por mim em Canaã por causa de minha beleza — disse Cam ao diabo. — Pode me deixar tão horrendo quanto quiser. Isso não vai impedi-la de se apaixonar por mim novamente. — Por dentro, no entanto, sentia-se mortalmente angustiado, temendo que aquilo não fosse verdade; mas jamais daria a Lúcifer a satisfação de saber que estava conseguindo desestabilizá-lo.

— Tem certeza? — A gargalhada irada do demônio fez um arrepio subir pela espinha de Cam. — Você tem oito dias para abrir o coração dela, e agora nenhum de seus antigos olhares sedutores vai fazer a cabeça de Lilith. Porém, se essa maquiagem amena que arquitetei não for um obstáculo, vai ficar feliz em saber que este não é o único truque que tenho guardado na manga.

— Claro que não é — murmurou Cam. — Seria fácil demais.

— Exato — disse Lúcifer, e semicerrou os olhos. — Ah, lá vem ela.

O diabo apontou por entre as árvores, para o local onde Lilith saltava do ônibus escolar, junto a uma garota que Cam não conhecia.

Lilith estava toda vestida de preto, exceto por uma echarpe colorida que trazia ao pescoço. Aquele dia tinha prendido o cabelo comprido numa trança colada à nuca, em vez de usá-lo solto, cobrindo o rosto. Desde que Cam chegara a Crossroads, jamais a vira tão feliz. Seu passo até estava mais lépido enquanto ela carregava o violão.

De início Cam sorriu, mas então um pensamento sombrio entrou em sua mente. E se ela se tornasse tão feliz aqui a ponto de perder a postura rebelde, o desejo de sair de Crossroads?

E se ela acabasse *gostando* dali?

Saltou da árvore, escondeu as asas e tirou a camiseta de dentro da calça para disfarçar a barriga. Conseguia sentir os olhares dos alunos enquanto atravessava correndo o estacionamento.

— Lilith...

Porém, antes que Lilith escutasse, um Escalade vermelho arremeteu para a frente e Chloe King saiu do banco de trás, com uma mochila de couro de aparência cara pendurada no ombro. Suas colegas de banda tomaram a retaguarda, cada qual com uma mochila e com uma expressão parecidas.

— Oi, Lilith — disse Chloe.

Quando Cam se aproximou das duas, sentiu o perfume de Chloe, que tinha cheiro de bolo de aniversário e se acentuava com o odor de velas acesas que pairava no ar.

— Chloe — respondeu Lilith, com cautela.

— Queria saber se você não está a fim de ser o suporte técnico de minha banda durante a festa — pediu Chloe. — Como rainha da formatura, eu...

— Hã. Chloe... — June pigarreou. — Você ainda não foi escolhida rainha da formatura.

— Tudo bem. — Chloe retesou o maxilar. — Como *membro da corte da formatura*, terei muitas outras responsabilidades, e por isso preciso de alguém que afine as guitarras de minha banda.

— Não, Lilith não vai... — começou a dizer Cam.

— O que você está fazendo aqui? — Lilith virou-se depressa, ao perceber a presença de Cam.

Cam começou a explicar, mas Chloe o cortou:

— Lilith já me disse que não vai à festa. Imagino que seja porque nenhum cara a convidou e ela tenha medo de parecer ridícula se der as caras sozinha. Estou lhe fazendo um favor. Ela vai conseguir participar de um baile de formatura, mas não precisa parecer uma fracassada.

Cam sentiu o corpo se retesar. Queria esganar aquela menina, mas se conteve por causa de Lilith e ficou observando seu rosto, só esperando o momento em que as palavras de Chloe incitariam uma explosão de fúria. Todos esperavam o mesmo.

— Que tédio — reclamou June, verificando o celular.

Lilith ficou olhando para os pés durante vários segundos. Quando voltou a olhar para Chloe, a expressão era serena e calma.

— Não vai dar — disse Lilith.

Chloe franziu a testa.

— Você não pode ou não quer?

— Eu me inscrevi para a Batalha de Bandas — explicou Lilith. — Minha banda se chama Vingança.

Chloe virou a cabeça para a esquerda, onde estava a amiga Teresa.

— Você estava sabendo disso?

Teresa deu de ombros de leve.

— Eles não são páreo para a gente, relaxe.

— Não me diga pra relaxar! — vociferou Chloe. — Sua função é me manter atualizada sobre tudo que acontece em relação à formatura. — Ela piscou rapidamente e se virou de novo para Lilith. — Bem, enfim, não tem importância. Você vai poder tocar na sua "banda" mesmo assim. Seria só um *freela* para arrumar uma grana extra. — Ela sorriu e passou o braço pelo ombro de Lilith. — O que me diz?

— Quanto é a grana? — perguntou Lilith, e Cam de repente entendeu por que Lilith estava se dando ao trabalho de ter aquela conversa com Chloe. Sua família precisava de toda e qualquer grana extra que pudessem arranjar, por causa de Bruce.

Chloe pensou por um instante.

— Cem pilas.

— E o que eu teria de fazer? — perguntou Lilith.

— Vir aos nossos ensaios, afinar minha guitarra e checar as cordas, só isso — explicou Chloe. — Hoje tenho aula de pilates, mas amanhã vamos ensaiar lá em casa depois da aula.

Você merece mais que isso, Cam sentiu vontade de dizer. *Você é talentosa demais para ser* roadie *de Chloe.*

— Não, obrigada — disse Lilith.

— Você está dizendo *não*? — perguntou Chloe.

— Você é minha rival na competição — disse Lilith. — Preciso me concentrar em minha música para derrotá-las.

Chloe estreitou os olhos.

— Vou destruir todos os seus preciosos sonhozinhos. — Ela olhou para trás, depois para a direita. — Meninas? Vamos nessa.

Enquanto as integrantes da Desprezos Nítidos seguiam em fila atrás de sua líder, Cam tentava esconder o sorriso. Justamente quando sentia o peso de ter de amenizar os golpes de Lúcifer, Lilith havia se desvencilhado sozinha dos truques do diabo.

— Que foi? — perguntou ela. — Por que está me olhando com esse sorrisinho?

Cam balançou a cabeça.

— Não estou, não.

Ela indicou as portas de entrada da escola.

— Você não vem para a aula?

— Tsc — disse ele, deixando o sorriso escapar livremente. — Estou de muito bom humor para assistir à aula.

— Deve ser legal — comentou Lilith, enfiando uma mecha de cabelo atrás da orelha. — Estou tentando melhorar na escola, chegar no horário e tudo mais.

— Que bom — disse Cam. — Fico feliz.

— O que você vai fazer o dia inteiro?

Cam olhou para o céu, onde a fumaça preta das colinas subia em direção a um sol pálido e cinzento.

— Evitar encrenca.

— Ah, tá. — Lilith se demorou um pouco na frente dele, e Cam desfrutou daquele momento tranquilo, tentando não nutrir esperanças de conseguir mais que isso. Reprimiu a vontade de tocá-la, e, em vez disso, apenas admirou a curva ligeira de seu nariz, o redemoinho que fazia seu cabelo se desviar ligeiramente para a direita.

— Lilith... — começou a dizer.

— Recebi seu bilhete — interrompeu ela. — E as flores. E a escrivaninha. Jamais ganhei uma escrivaninha de presente. Muito original.

Cam deu uma risadinha.

— Mas o bilhete... — começou a dizer Lilith.

— Foi sincero — disse Cam, rapidamente. — Se era isso que você queria perguntar. Não espero nada em troca, mas foi sincero. Cada palavra.

Ela olhou para ele, os olhos azuis arregalados, os lábios entreabertos. Ele já tinha visto aquele olhar. Tinha sido cauterizado em sua memória no dia em que trocaram o primeiro beijo.

Cam fechou os olhos e se viu novamente ali, abraçando-a à margem do rio Jordão, sentindo o calor do seu corpo contra a pele, trazendo os lábios dela para junto dos seus. Ah, aquele beijo. Não houve êxtase maior. Num instante os lábios dela eram macios como uma pena, e, no seguinte, famintos de paixão. Ele não sabia o que esperar, e se deliciava a cada surpresa.

Precisava de mais um beijo. Ele a queria agora, de novo, sempre.

Abriu os olhos. Ela continuava ali, encarando-o, como não tivessem se passado três mil anos. Estaria ela sentindo aquilo também? Como poderia não sentir? Ele se inclinou para perto. Estendeu a mão para segurar-lhe a nuca. Ela abriu a boca...

E o sinal tocou.

Lilith deu um pulo para trás.

— Não posso chegar atrasada. Preciso ir.

— Espere...

Num segundo ela havia desaparecido, nada mais que um clarão de cabelos ruivos sumindo pela porta da escola. E Cam se via novamente sozinho, perguntando-se se um dia sentiria uma vez mais a delícia de seu beijo... ou se morreria de ânsia apenas com as lembranças, solitário por toda a eternidade.

Depois das aulas, Cam foi esperar Lilith na frente da porta de casa, com duas pesadas sacolas de compras. Passara a tarde na minúscula loja de produtos naturais da cidade, escolhendo itens estranhos e interessantes, que julgava serem do agrado dela. Abacate. Romã. Cuscuz marroquino. Alimentos que, imaginava, ela jamais poderia comprar.

Na verdade, ele também não podia comprá-los: roubou tudo quando o dono da loja não estava olhando. Mas qual era a pior coisa que poderia lhe acontecer — ir para o Inferno?

— Oi — gritou ele, quando Lilith veio caminhando pela trilha, de cabeça baixa sob o peso do violão e da mochila.

Ela não olhou para ele. Talvez não tivesse ouvido.

— Lilith! — gritou ele, mais alto. — Luis me disse que você estava vivendo à base de Doritos no café da manhã. Ele acha que é bom como combustível para tocar, mas você precisa de proteína, carboidratos complexos, antioxidantes, e eu vou ajudar.

— Cai fora, Cam — disse Lilith, sem nem olhar para ele enquanto subia os degraus do alpendre de casa. Tirou a chave da mochila e enfiou na fechadura.

— Hã? — balbuciou ele. — O que aconteceu dessa vez?

Ela hesitou, daí se virou para encará-lo. Os olhos estavam vermelhos de raiva.

— *Isso*. — Lilith abriu a mochila e sacou de lá uma pilha de fotocópias emboladas. Algumas folhas estavam dobradas, outras pisoteadas, e uma tinha um chiclete grudado.

Lilith atirou as páginas na cara de Cam. Ele apanhou uma enquanto ela esvoaçava até o chão e viu a letra da canção que haviam ensaiado no dia anterior, "Voando de cabeça para baixo".

— É uma música ótima — disse ele. — Já falei isso. Qual é o problema?

— O problema? — repetiu Lilith. — Primeiro você inscreve minha letra na competição sem me pedir. Depois, sei lá como, me convence de que fez isso para o meu bem. Mas você não poderia parar por aí, poderia?

Cam ficou confuso.

— Lilith, o que...

Ela arrancou o papel da mão dele e o amassou numa bolinha.

— Não, claro! Você precisava tirar mil cópias da minha música e espalhá-las pela escola inteira.

De repente, Cam entendeu o que devia ter acontecido. Lúcifer percebeu que ele estava se aproximando dela e interferira.

— Espere, eu nunca... Não sei nem onde fica a máquina de xerox!

Lilith, entretanto, não o ouvia mais.

— Agora a escola inteira não só está crente que sou um monstro narcisista, como também odeia minha música. — Ela reprimiu um soluço. — Você devia ter ouvido as pessoas rindo. Chloe King quase teve um treco de tanto que se divertiu detonando minha letra. Mas você — ela olhou para ele, cheia de ódio —, você faltou à aula, né? Perdeu essa cena fantástica.

— Sim — respondeu Cam. — Mas se me deixar explicar...

— Não se preocupe. Tenho certeza de que vai ter um repeteco amanhã no refeitório, e aí vai poder participar. — Ela colocou a mochila no ombro e abriu a porta. — Já chega, Cam. Me deixe em paz.

Cam sentiu-se tonto, não só porque Lilith estava extremamente zangada com ele, mas também porque sabia o quanto devia ter sido horrível ver sua música pregada em todas as paredes da escola.

— Lilith — começou ele. — Eu nunca...

— O que é? Vai culpar Jean ou Luis? Você era a única outra pessoa que tinha uma cópia. — Quando olhou para Cam, lágrimas cintilavam nos cantos de seus olhos. — Você fez uma coisa hoje que jamais pensei que alguém conseguisse fazer. Você me fez sentir vergonha de minha música.

Cam ficou arrasado.

— Não sinta. Essa canção é *muito boa*, Lilith.

— Eu achava a mesma coisa. — Lilith enxugou os olhos. — Até você exibi-la para o mundo inteiro, nua e indefesa.

— E por que eu faria isso? — perguntou Cam. — Eu acredito nessa música. Acredito em você.

— O problema, Cam, é que *eu* não acredito em você. — Lilith entrou em casa e ficou encarando Cam pelo umbral da porta. — Leve essas compras ridículas e dê o fora daqui.

— As compras são para você — disse ele, colocando as sacolas na frente da porta. Faria Lúcifer pagar por isso, de alguma forma. As intervenções do demônio tinham ido longe demais. Estavam destruindo Lilith. — Eu vou embora.

— Espere — disse ela.

— Sim? — perguntou ele, virando-se. Algo na voz dela lhe deu esperanças. — O que foi?

— Você está fora da banda — anunciou Lilith. — De vez.

INTERLÚDIO

DESINTEGRAÇÃO

TRIBO DE DÃ, NORTE DE CANAÃ

Aproximadamente 1000 A.E.C.

O céu do deserto cintilava estrelado quando Lilith apanhou sua lira. Roland estava sentado ao seu lado, num monte de feno, a flauta nos lábios. Todos os jovens de olhos brilhantes da vila haviam se reunido ao redor, esperando que o show começasse.

A festa tinha sido ideia de Cam, mas o show fora ideia de Lilith, uma prova de seu amor por ele. Mal conseguia esperar para se casarem, o que ocorreria na época da colheita. O namoro tinha sido rápido e apaixonado, e era evidente para todos que os dois tinham sido feitos um para o outro. Botões de íris decoravam o toldo de galhos que Lilith e as irmãs haviam trançado naquela tarde.

Roland tocou primeiro. Os olhos brilhavam enquanto ele enfeitiçava o público com sua flauta misteriosa, entoando uma canção triste e doce que deixou todos em clima de romance. Cam ergueu alto a taça de bronze, encostou-se em Lilith e sentiu o cheiro de sal na pele da garota.

O amor pairava palpavelmente no ar. Dani enlaçou Liat pela cintura, e ela requebrava devagarzinho com os olhos escuros fechados, saboreando a música. Atrás dela, Ariane repousava a cabeça no ombro de uma garota de cabelos cacheados chamada Tess.

Lilith tocou a canção seguinte. Era uma melodia intensa e memorável que improvisara no primeiro encontro com Cam. Quando terminou, e os aplausos arrefeceram, Cam a puxou para si e lhe deu um beijo profundo.

— Você é um milagre — sussurrou ele.

— Você também — respondeu Lilith, beijando-o novamente.

Sempre que os lábios dos dois se tocavam, era como se fosse a primeira vez. Ela estava impressionada com a maneira como sua vida tinha mudado depois que os olhos verdes de Cam brilharam sobre ela. Atrás de Lilith, Roland tinha começado a tocar de novo, e Lilith e Cam transformaram o beijo numa dança, valsando juntos sob as estrelas.

A mão de alguém apertou a de Lilith, e, ao se virar, ela viu que era Liat. As duas até então tinham sido cordiais uma com a outra, mas não exatamente amigas. Agora haviam se unido por causa dos namoros paralelos.

— Ah, você está aí! — disse Lilith, beijando Liat no rosto. Depois virou-se para cumprimentar Dani, mas algo na expressão dele a fez parar. Ele parecia tenso.

— Qual o problema? — quis saber Lilith.

— Nada — respondeu rapidamente, antes de virar-se e erguer sua taça. — Gostaria de propor um brinde — disse ele para a turma empolgada. — A Cam e Lilith!

— A Cam e Lilith! — repetiu a festa em coro, enquanto Cam passava um dos braços em volta da cintura da namorada.

Dani olhou para Liat.

— Vamos todos reservar um minuto para olhar a pessoa que amamos e dizer o quanto ela é especial.

— Pare, Dani — disse Cam, baixinho.

— O que foi? — perguntou Lilith. Até então, a noite fora a mais alegre de sua vida, mas o tom de Cam a deixou apreensiva. Ela olhou para as estrelas pulsando no céu e sentiu algo se modificar, uma energia sombria acumular-se sobre aquela reunião feliz.

Lilith acompanhou o olhar de Cam até Dani.

— Liat Lucinda Bat Chana — recitou Dani. — Digo seu nome para afirmar que você vive, você respira, você é uma maravilha. — Seus olhos se encheram de lágrimas. — Você é minha Lucinda. Você é amor.

— Oh, não — disse Ariane, abrindo caminho pela multidão.

Do outro lado da tenda, Roland começava a rumar até Dani também, afastando uma dúzia de homens do caminho. Eles o xingaram pela grosseria, e dois deles atiraram taças em sua cabeça.

Só que Cam não fez menção de ir até Liat e Dani: em vez disso, afastou Lilith o máximo que conseguiu da aglomeração quando...

Liat aproximou os lábios dos de Dani. Ele deixou escapar um soluço e virou o rosto para o lado. Algo nele cedeu, como uma montanha caindo no mar.

Então fez-se um clarão: uma coluna de fogo se ergueu no lugar onde antes os amantes haviam estado.

Lilith viu as chamas, sentiu o cheiro da fumaça. O chão estremeceu, e ela caiu.

— Lilith! — Cam a tomou nos braços e saiu correndo em direção ao rio. — Você está salva — assegurou ele. — Tirei você de lá.

Lilith abraçou-o com força, os olhos cheios de lágrimas. Algo terrível havia acontecido com Liat. A única coisa que ela conseguia ouvir eram os gritos de Dani.

Depois que a lua ficou cheia, minguou e ficou cheia novamente, e o choque deu lugar ao luto resignado, a tribo voltou o foco das atenções para o casamento de Lilith, a fim de levantar os ânimos. As irmãs da noiva terminaram de tecer seu vestido especial de casamento. Os irmãos retiraram barris de vinho da caverna da família.

Numa curva escondida do rio Jordão, dois anjos caídos banhavam os corpos cintilantes ao sol, à margem coberta de lilases, depois de um mergulho de última hora.

— Tem certeza de que não quer que eu adie o casamento? — perguntou Cam, sacudindo o cabelo.

— Não, está tudo bem — respondeu Dani, forçando um sorriso. — Ela vai voltar. E, se seu casamento for hoje ou daqui a dois meses, que diferença fará?

Cam retirou seu robe mais refinado dos galhos de uma alfarrobeira e vestiu-se.

— Para ela, faz muita diferença. Ficará arrasada se eu sugerir adiar o casamento.

Dani olhou para o rio por um longo tempo.

— Terminei de redigir sua certidão ontem à noite. A tinta já deve estar seca a essa altura. — Ele se levantou e apanhou o robe. — Vou pegá-la.

Cam, sozinho por um instante, sentou-se e ficou olhando fixamente para o rio. Atirou uma pedrinha sobre as águas e maravilhou-se com o fato de as leis da natureza continuarem válidas mesmo num dia tão mágico quanto aquele.

Jamais sonhara em se casar. Até conhecer Lilith. O amor havia desabrochado tão depressa entre eles que era impressionante pensar no quanto ela ainda não sabia, no quanto Cam ainda teria de revelar...

Alguém abraçou seu pescoço, assustando-o. Mãos macias encontraram seu peito. Ele fechou os olhos.

Lilith começou a cantar baixinho, uma melodia que ele a escutara cantarolar durante semanas. Finalmente ela havia criado uma letra adequada à canção:

Te dou meus braços
Meus olhos
Minhas cicatrizes
E todas as minhas mentiras
E tu, que me darás?

— Essa é a coisa mais encantadora que já ouvi — disse Cam.
— É meu voto de casamento para você. — Ela apoiou a testa em sua nuca. — Gostou mesmo?
— Gosto de vinho, de boas roupas, do beijo gelado deste rio — disse Cam. — Em relação a esse voto não há palavra capaz de expressar como me sinto. — Ele virou a cabeça para afagá-la, e a viu pela primeira vez com seu vestido de noiva feito à mão. — Ou em relação a você. E a este vestido.
— Mais decoro — disse Dani, atrás deles. — Vocês ainda não estão casados. — Ele se ajoelhou diante dos amantes e desenrolou um pergaminho grosso.
— Que lindo — comentou Cam, admirando a escrita elegante de Dani em aramaico e as pinturas diáfanas que ele acrescentara nas margens, retratando Cam e Lilith numa dúzia de abraços.
— Espere um pouco — disse Lilith, franzindo as sobrancelhas. — Está escrito que vamos nos casar aqui, à margem do rio.
— E que lugar melhor? Foi aqui que nos apaixonamos. — Cam tentou manter um tom animado, embora o pavor tivesse tomado conta dele, pois sabia o que ela estava prestes a dizer.
Lilith respirou fundo, sopesando o que diria.
— Você e Dani ignoram as convenções e gosto disso. Mas vamos nos *casar*, Cam. Vamos entrar numa longa tradição, uma tradição que respeito. Quero me casar no templo.
O templo onde Cam não podia pôr os pés. E sentia muita vergonha em confessar o motivo para Lilith: que não podia pisar em solo consagrado por ser um anjo caído.

Ele devia ter lhe contado a verdade desde o início, mas, se o tivesse feito, teria sido o fim do romance, pois como alguém tão virtuosa quanto Lilith aceitaria Cam pelo que ele era?

— Por favor, Lilith — argumentou ele. — Tente imaginar um belo casamento à margem do rio...

— Eu lhe disse o que quero — retrucou Lilith. — Achei que tivéssemos concordado.

— Eu jamais concordaria em me casar no templo — disse Cam, tentando manter o tom firme para não se denunciar.

— Por que não? — perguntou Lilith, estupefata. — Que segredo você guarda?

Dani recuou um passo, a fim de deixar o casal a sós por um instante. Mesmo agora, Cam era incapaz de confessar que não era humano, que era diferente. Ele a amava tanto que não suportaria cair no conceito de Lilith; e isto *iria* acontecer caso contasse a verdade.

Virou-se para olhá-la, memorizando cada sarda, cada brilho do sol em seu cabelo, o azul caleidoscópico dos olhos.

— Você é a criatura mais maravilhosa que eu já vi na...

— *Precisamos* nos casar no templo — reiterou Lilith, enfaticamente. — Ainda mais depois do que aconteceu com Liat. Minha família e minha comunidade não honrarão um casamento realizado de nenhuma outra maneira.

— Não faço parte de sua comunidade.

— Mas eu faço — retrucou Lilith.

A comunidade jamais honraria aquela união caso descobrisse a verdade sobre Cam. Ele não havia pensado no assunto, esse era o problema. Estivera tão apaixonado que não havia ponderado sobre a quantidade de barreiras que existia entre eles.

Olhou com ódio para o templo.

— Ali eu não boto o pé.

Lilith estava à beira das lágrimas.

— Então você não me ama.

— Amo você mais que pensei ser possível — disse ele, com dureza. — Mas isso não muda nada.

— Não entendo — disse ela. — Cam...

— Acabou — declarou ele, de repente sabendo o que deveria fazer. Os dois deveriam seguir cada qual seu caminho, de coração partido. Não havia outro jeito. — Nós, o casamento, tudo.

Cam temperou aquelas palavras com amargura e, quando Lilith abriu a boca, ele ouviu mais ira que a proferida nas palavras. Aquele se tornaria seu lado da história: as palavras que precisava escutar para terminar tudo.

— Você está partindo meu coração — disse ela.

O subtexto que Cam ouviu, porém, foi: *Você é um homem mau. Sei o que você é.*

— Me esqueça — disse ele. — Encontre alguém melhor.

— Nunca — retrucou ela, sufocando um grito. — Meu coração é seu. Maldito seja você por não saber disso.

Cam sabia, contudo, que o que ela realmente queria dizer era: *Espero viver mil anos e ter mil filhas para que sempre haja uma mulher para amaldiçoar seu nome.*

— Adeus, Lilith — disse ele, com frieza.

Ela deu um grito de agonia, agarrou a certidão de casamento e a jogou no rio. Depois caiu de joelhos, chorando, o braço estendido em direção às águas, como se desejasse desfazer seus atos. Cam viu a última evidência do amor dos dois sumir junto à correnteza. Agora era Cam quem deveria sumir.

Nos dias e décadas sombrios que seguiram-se, sempre que Cam pensava em Lilith, se lembrava de algum detalhe horrível que nunca havia acontecido naquele dia à margem do rio.

Lilith cuspindo nele.

Lilith prendendo-o furiosamente no chão.

Lilith desistindo do amor dos dois.

Até a verdade — aquela que Cam se recusara a contar para ela — afundar embaixo da lembrança da fúria da garota. Até que, em sua cabeça, *Lilith* tivesse sido a *responsável* por abandoná-lo. Até ficar mais fácil viver sem ela.

Ele não se permitia lembrar das lágrimas lhe cortando o rosto, nem do modo como ela tocara na alfarrobeira, como se estivesse se despedindo. Ele aguardou até o sol se pôr e a lua nascer. Então abriu as asas, causando uma ventania que agitou a grama.

O Cam que deixou o rio Jordão naquela noite jamais voltaria novamente.

ONZE

PARTIDA

LILITH

Sete Dias

No café da manhã do dia seguinte, Lilith arrancou o cereal amanhecido da mão de Bruce e pousou uma tigela fumegante de mingau de aveia na frente do irmão.

— Aveia à la Lilith — disse ela. — *Bon appétit.*

Estava orgulhosa de sua criação, que incluía sementes de romã, raspas de coco, nozes e creme de leite fresco, cortesia de Cam.

Quando ela o confrontou sobre a letra da música xerocada, ele fingiu não saber do que ela estava falando. Mas as compras eram indicação clara de sua consciência pesada e de que queria suborná-la para conseguir seu perdão.

— Que cheiro ótimo — elogiou Bruce, levantando a colher. Estava vestido para a escola, com uma camisa social ligeiramente amarrotada e uma calça cáqui, o cabelo limpo e penteado para trás. Lilith ainda não se acostumara a vê-lo sem pijama. — Onde você arrumou essa comida chique?

— Foi Cam — disse ela, servindo uma concha de mingau de aveia numa tigela para a mãe, que secava o cabelo.

— Por que você ficou toda vermelha e envergonhada quando disse o nome dele? — perguntou Bruce, que já tinha limpado a tigela. — Tem mais? E Cam trouxe chocolate também?

— Porque ele é um idiota, e não, não trouxe. — Lilith entregou ao irmão a tigela que estava preparando para a mãe, e começou a servir uma terceira porção. Não havia sentido em racionar aquela comida boa, melhor desfrutar sem reservas, principalmente agora que Bruce se sentia melhor. Ele precisava continuar saudável.

Lilith sentou na cadeira ao lado do irmão e tentou imaginar alguém magoando Bruce do jeito como Cam a machucara.

— Você precisa tomar cuidado com as pessoas. Só podemos confiar de verdade um no outro. Certo?

— Nossa, parece meio solitário — disse ele.

— E é — concordou ela, com um suspiro. — É mesmo.

Mas era melhor que permitir a gente como Cam que arruinasse sua vida.

※ ※

— Dê o fora — disse Lilith, batendo com força a porta do armário quando Cam a abordou antes de o sinal tocar. Ela ignorou o buquê de íris em sua mão. O perfume suave daquelas flores, que Lilith havia adorado ao encontrar as pétalas na escrivaninha antiga dois dias atrás, agora lhe causava náuseas. Tudo o que Cam tocava a enjoava.

— Para você — disse ele, entregando-lhe o buquê. — Sinto muito.

— Sente muito pelo *quê*, exatamente? Por ter feito aquelas cópias?

— Não — disse Cam. — Sinto muito por você ter tido um dia horrível ontem. Estou tentando animar você.

— Quer me animar? — perguntou Lilith. — Então morra.

Ela arrancou o buquê da mão dele, atirou-o no chão e saiu, pisando duro.

※ ※

Cam ficou na dele durante a primeira aula e a aula de poesia, e, depois disso, Lilith teve uma folguinha, pois ele não cursava nenhuma das outras aulas na mesma turma que ela. A nuvem negra sobre sua cabeça chegou até a se dissipar um pouco na aula de biologia, porque ela havia feito o dever de casa, para variar.

— Alguém pode me dizer a diferença entre a mitocôndria e o complexo de Golgi? — perguntou a Sra. Lee, junto ao quadro branco.

Lilith se flagrou espantada diante de sua mão espalmada, erguida acima da cabeça. Não conseguia acreditar que estava levantando a mão espontaneamente na aula de biologia.

A Sra. Lee chegou a bufar (com odor de café) ao ver Lilith na fileira da frente, esperando pacientemente ser chamada.

— Certo, Lilith — disse ela, sem conseguir esconder a surpresa. — Tente.

Lilith só conseguiu responder graças a Luis. No dia anterior, na hora do almoço, ele a abordara na fila.

— Fiquei criando uma nova batida para "Voando de cabeça para baixo" ontem de noite — disse ele, batucando o ritmo sincopado em sua bandeja.

— Que coincidência, eu também estava pensando que a gente poderia acelerar o compasso um pouquinho — disse Lilith.

Luis pagou pelo hambúrguer dele, e Lilith usou um cupom que dava direito a um almoço grátis. No começo, ficou nervosa, achando que ele faria pouco-caso dela por isso, mas ele não disse nem uma palavra a respeito. Aí os dois viram Jean almoçando sozinho, e Luis foi se sentar na frente dele, como se fosse a coisa mais normal do mundo, apesar de Lilith ter a impressão de nunca ter visto os dois almoçando juntos. Jean e Luis olharam para ela, que estava parada, inquieta, perto deles.

— Precisa de um convite formal? — Jean bateu no assento ao seu lado. — Sente aí.

Foi o que ela fez. Lilith percebeu que daquele local vantajoso, sentada entre amigos, o refeitório parecia um lugar completamente diferente. Era aconchegante, iluminado, barulhento e divertido, e, pela primeira vez na vida, o horário de almoço passou depressa demais.

Os três tinham muito o que conversar sobre música, mas o que surpreendeu Lilith foi que tinham muitos outros assuntos também. Por exemplo, o fato de Jean estar nervoso, com medo de os pais de Kim não deixarem que ela voltasse mais tarde na noite da festa.

— Você precisa aparecer por lá, cara — disse Luis. — Precisa sentar no sofá, daquele jeito estranho, com o pai estranho dela, e contar sobre seus planos de cursar faculdade, sei lá. Tipo, aparente confiança, mas seja respeitoso e respeitável. Os pais das garotas adoram essa baboseira.

— Não acredito que estou ouvindo conselhos de um calouro do primeiro ano — brincou Jean, surrupiando uma batata frita do prato de Luis.

Mas o calouro se revelou uma espécie de gênio em biologia. Quando Lilith reclamou do dever de casa, Luis começou a cantar:

— *A membrana plasmática é o segurança que deixa a galera sem noção de fora da balada.*

— O que é isso? — perguntou Lilith.

— É, tipo, minha versão de *Schoolhouse Rock*! — respondeu ele, e cantou o restante da música, que era empolgante e tinha um recurso mnemônico para cada parte da célula. Quando ele terminou, Jean começou a aplaudir, e Lilith abraçou Luis sem se dar conta do que estava fazendo.

— Não sei por que nunca pensei em compor músicas pra me ajudar a estudar — disse Lilith.

— Não precisa. — Luis sorriu. — Vou lhe ensinar tudo que eu sei. Ou seja, tipo tudo.

Agora, na aula de biologia, Lilith se lembrava da voz grave de Luis cantando no dia anterior... e, surpreendentemente, deu a resposta certa. Mal podia esperar para contar a ele.

※

Na hora do almoço, ela o encontrou no refeitório se abastecendo de gelo na seção de refil de refrigerante. Aproximou-se toda saltitante, cantando. Ele se virou e sorriu, depois juntou-se a ela no último verso da canção.

— Você salvou minha vida — disse ela. — Valeu.

— Tem muito mais de onde veio essa — avisou Luis, com um sorriso torto.

— É mesmo? — perguntou Lilith. Ela adoraria que aquilo se tornasse algo frequente. Não tinha dinheiro para contratar um professor de reforço para todas as matérias nas quais ia mal.

— Que aula você vai ter depois do almoço? — perguntou Luis, bebendo a espuma da sua Coca antes que transbordasse.

— História americana — gemeu ela.

— Fiz uma ópera rock impressionante sobre as batalhas da Guerra Civil — disse ele. — É uma de minhas melhores.

— Lilith? — Ela sentiu uma batidinha no ombro e se virou. Cam segurava uma bandeja com o prato favorito dela: lasanha.

— Não estou com fome — comentou ela. — Que parte do "morra" você não entendeu? Preciso falar mais alto?

— Nossa, então eu vou comer essa lasanha — disse Luis.

Jean Rah havia se levantado da mesa.

— O que está acontecendo, gente?

Cam passou a bandeja para Luis enquanto Lilith respondia:

— Cam está fora da banda.

— Que foi que você aprontou dessa vez? — perguntou Jan, balançando a cabeça. Ao lado dele, Luis devorava a lasanha, os olhos arregalados.

— Lilith acredita que tirei cópias da letra dela e as espalhei pela escola — disse Cam, puxando a gola de sua camiseta. — Não sei *por que* ela acha isso, mas acha.

— Que nada, Lilith — disse Luis, limpando com a mão o molho de tomate da boca. — Sou assistente da biblioteca e eu mesmo tive de fazer as cópias ontem. O trampo foi colocado na frente de todos os outros da fila. Tinha, sei lá, umas mil páginas. — Luis revirou os olhos. — Para mandar imprimir um trabalho desse tamanho você precisa de uma senha especial. Esse trampo veio de um computador externo, de uma conta chamada "King Media".

Jean franziu a testa.

— Então ou foi Chloe King ou...

— O estagiário — murmurou Cam. — Luc.

— Tanto faz — disse Lilith, estranhamente irritada pelo fato de a história na qual acreditava ter sido desmascarada. — Cam continua fora da banda do mesmo jeito. Jean, Luis, vejo vocês no ensaio depois da aula.

※

Quando Lilith chegou na sala de música, depois das aulas, entretanto, não eram seus amigos que estavam ali, e sim as meninas da Desprezos Nítidos, preparando-se para ensaiar.

Ou melhor: quem preparava tudo para o ensaio era a nova *roadie* da banda — uma garota quietinha chamada Karen Walker, que se sentava ao lado de Lilith na aula de biologia. Ela mordia o lábio enquanto afinava a guitarra reluzente de Chloe. Lilith percebeu que Karen não sabia direito o que estava fazendo, mas as integrantes da banda não prestavam muita atenção. Sentadas nas arquibancadas, bebericavam *smoothies*, entretidas com seus celulares.

— Hã, June, você acabou de me mandar sua estação de rádio de música clássica do *Spotify*? — perguntou Teresa para a loira à esquerda.

— É Chopin, fico escutando antes de dormir — respondeu June.

— Tonta! — disse Chloe, sem tirar os olhos do celular. — Minha estação da sorte no momento é *All Prince All Time*. Dean e eu ouvimos isso na última noite de sexta.

Lilian pensou na angelical June deitada na cama ouvindo os concertos de valsa de Chopin e caindo no sono. Certa vez Lilith tentara dormir ouvindo música, mas foi torturante. Ela ficou prestando atenção em cada nota, maravilhada com os arranjos dos acordes, tentando discernir os variados instrumentos.

Talvez a música deixasse as outras pessoas em paz, fazendo com que relaxassem. A música, porém, nunca deixava Lilith em paz.

— Alguém aí tirou o aviso que dizia "Proibida a entrada de gente bizarra"? — perguntou Chloe, quando percebeu Lilith parada à porta.

— Veio derramar mais letras horrorosas em cima de vítimas indefesas, é?

Lilith não gostava de Chloe, mas a conhecia o suficiente para saber que ela não estava mentindo: ela realmente achava que Lilith é quem tinha distribuído aquelas cópias pela escola.

Isso significava que a culpada não era Chloe.

Entretanto, Luis tinha dito que o trabalho fora enviado de um computador da King Media. Lembrou-se de que Cam sugerira que Luc poderia ter pedido as cópias, mas isso não fazia o menor sentido. Por que o estagiário da Batalha de Bandas desejaria sabotá-la?

— Por acaso você viu Jean e Luis? — perguntou para Chloe. — Vamos ensaiar aqui.

— Não vão mais — respondeu Chloe, com um sorriso venenoso. — A gente chutou aqueles bestas daqui. Agora a sala é nossa.

— Mas...

— Podem usar a laje de concreto ao lado do lixão — sugeriu Chloe, fazendo um gesto para enxotar Lilith. — Vai. Xô. A gente já vai começar o ensaio, e não quero que você roube nossas músicas.

— Beleza — disse Lilith, chocada, enquanto abria a porta da sala.
— É bom mesmo, porque eu poderia me sentir tentada a imitar o jeito matador como você exibe seu decote quando toca guitarra.

※

Lilith encontrou Jean e Luis no estacionamento, sentados no capô do Honda azul-claro de Jean. A temperatura havia aumentado vertiginosamente desde a hora do almoço, e um bafo quente subia do asfalto. O sol era um ponto laranja desbotado atrás de uma nuvem enfumaçada. A testa de Luis estava úmida de suor quando ele ofereceu a Lilith os restos de um pacote gigantesco de Doritos.

— Humm, seria ótimo um pouco de Doritos sabor Molho *Ranch* agora — disse ela.

— Chloe chutou você de lá também? — perguntou Jean, apoiando os pés no farol do carro.

Ela assentiu.

— E agora, onde a gente vai ensaiar? Na minha casa definitivamente não rola.

— Nem na minha — disse Luis, entre uma mastigada e outra. — Meus pais me matam se descobrirem que estou numa banda. Acham que vou ficar até mais tarde na escola hoje por conta de um curso preparatório para a faculdade.

— Lá em casa também não dá — disse Jean. — Sou o mais velho de cinco irmãos, e vocês nem queiram saber o que é lidar com meus irmãos, principalmente os gêmeos. Eles são malucos.

— Então basicamente estamos ferrados — declarou Lilith. Pensou no riacho da Cascavel, mas eles precisariam de um gerador para os microfones, os amplificadores, o sintetizador. Não daria certo.

— E a casa de Cam? — perguntou Jean. — Alguém sabe onde ele mora?

— Desculpe, mas você está falando do Cam que não está mais na banda? — perguntou Lilith, estreitando os olhos.

— Ele não sabotou você, Lilith — disse Jean. — Eu sei que você está envergonhada, mas não foi Cam. Você devia conversar com ele e amenizar o clima. Precisamos dele.

Lilith não respondeu. Gostava de Jean e de Luis, e não queria estragar a amizade, mas não deixaria que a obrigassem a aceitar Cam de novo na banda. Entretanto, depois da pergunta de Jean, ela *ficou* curiosa para saber onde Cam morava.

— Assistente de biblioteca ao resgate — disse Luis, rolando a tela do celular. — Tenho acesso à base de dados dos alunos, onde tem o endereço de todo mundo. — Ele inclinou a cabeça para trás, para afastar o cabelo dos olhos. — Pronto. Dobbs Street, número 241. — Enfiou os últimos Doritos na boca e depois meteu o saco amassado numa lata de lixo ali perto. — Vamos nessa.

— Isso não quer dizer que vou deixar Cam voltar para a Vingança — disse Lilith para os garotos, que já estavam entrando no carro. — Vamos só dar uma olhada para saber onde é.

※

Luis ofereceu o assento da frente para Lilith, que considerou aquele gesto bastante cavalheiresco, e o GPS de Jean os conduziu até a área decadente da cidade. Ele ligou o som, insistindo em apresentar aos dois um de seus novos álbuns favoritos, o qual eles amaram, e passaram pelo pequeno shopping center que ficava no caminho diário de Lilith para a escola. Entraram no bairro de Lilith e rodaram por sua rua.

Ela prendeu a respiração até não conseguir mais enxergar a trilha da entrada de sua casa pelo espelho retrovisor, como se Jean ou Luis pudessem saber que a casa horrenda no fim da rua era o que Lilith chamava de lar. Ela pensou em Bruce ali dentro, assistindo a episódios antigos de *Jeopardy!*, com Alastor deitado ao seu lado no sofá, e teve a sensação de trair o irmão simplesmente por se envergonhar de suas origens.

Ficou surpresa ao imaginar que Cam moraria naquela região da cidade. Lembrou-se de uma antiga conversa, em que ele lhe contou que dormira na rua na noite anterior. Na época, ela achou que fosse brincadeira. Ele parecia ter bastante dinheiro. Tinha uma moto, e sua jaqueta de couro parecia cara. Ele lhe trouxera compras, servira caviar, tentara lhe presentear com flores naquela manhã.

Jean fez uma curva fechada para a esquerda e brecou.

— Não. Não pode ser.

Lilith achou o mesmo. A Dobbs era uma rua comprida e reta, completamente fechada para o tráfego de veículos. Não havia casas ali. Nem apartamentos. Entre seu carro parado e as colinas ardentes a distância, havia centenas de barracas remendadas e barracos de papelão, montados bem no meio da rua. As pessoas caminhavam por entre as barracas. Não se pareciam nem um pouco com Cam. Eram esfarrapadas, caídas, muitas exauridas pelo uso de drogas.

— Talvez a base de dados tenha cometido um erro — disse Luis, sacando o celular.

— Vamos dar uma olhada — propôs Lilith, e abriu a porta do carro.

Luis e Jean a seguiram até o início da cidade de barracas, pisando sobre as garrafas quebradas e caixas de papelão mofadas espalhadas pelo chão. Era estranhamente frio ali, o vento intenso. Lilith não sabia o que procurava; já não esperava encontrar Cam naquele lugar.

O cheiro era opressor, como um depósito de lixo suarento encharcado de gasolina. Lilith começou a respirar pela boca enquanto tentava compreender o que via. No começo, o local parecia imerso numa confusão total: crianças esquálidas corriam para todos os lados, homens disputavam o conteúdo de carrinhos de supermercado, fogos ardiam dentro de latas de lixo. Mas, quanto mais Lilith analisava a Dobbs Street, mais as coisas começavam a fazer sentido. Era como uma pequena comunidade, com suas próprias regras.

— Eu vi primeiro! — dizia uma mulher da idade da mãe de Lilith para uma moça mais jovem, disputando um par de sapatos de lona.

— Mas eles são do meu tamanho — protestou a segunda, que tinha dreadlocks loiros e usava um top cinza curto. Lilith conseguia ver suas costelas. — Você não ia conseguir enfiar nem o dedão aí dentro.

Lilith olhou para baixo, para seus coturnos esfarrapados, com cadarços que ela precisava unir com um nó sempre que arrebentavam. Era o único par de sapatos que possuía, havia anos. Tentou imaginar como seria sua vida se não tivesse nem mesmo aqueles.

— Talvez seja melhor a gente cair fora — disse Jean, parecendo incomodado. — A gente fala com Cam amanhã, na escola.

— Ali — disse Lilith, apontando para um rapaz com uma bolsa carteiro que saía de uma barraca verde-escuro.

Cam parou por um instante e olhou para o céu, como se conseguisse interpretar alguma coisa alheia aos outros.

Naquele ambiente, à luz do sol poente, Cam parecia alguém totalmente mudado. Parecia mais velho, cansado. Será que a aparência dele sempre fora aquela? Ela sentiu pena dele. Quanta pose ele era obrigado a fazer para aparentar tanta confiança e ar de mistério na escola?

Será que realmente morava ali? Lilith nem sabia que existia gente naquelas condições em Crossroads. Jamais imaginara ninguém numa situação pior que a de sua família.

Ele estava caminhando na direção deles, mas não os vira ainda. Lilith puxou as mangas das camisetas de Jean e Luis para afastá-los do campo de visão de Cam.

Cam cumprimentou com a cabeça dois caras mais velhos. Um deles levantou o punho fechado para saudá-lo; os dois deram um soquinho ligeiro no punho um do outro.

— E aí, irmão.

— Como estão as coisas, August? — Lilith ouviu Cam dizer.

— Não tenho do que reclamar. Só da dor de dente.

— Eu o arranco pra você — ofereceu Cam, com um sorriso. Pôs a mão no ombro do cara e o olhou fundo nos olhos. O homem pareceu relaxar, transfixado pelo olhar de Cam.

Lilith também ficou transfixada. As pessoas dali tinham o mesmo olhar faminto e nervoso, mas Cam, não. Embaixo de seu ar exausto, ele irradiava uma serenidade que sugeria que nada naquele lugar seria capaz de afetá-lo. Talvez nada no mundo. Era uma das coisas mais bonitas que ela já vira. Lilith queria ser assim também: em paz consigo, autônoma, livre.

— Olhe, estou meio que achando que ele vive aqui — disse Jean.

— Se é que se pode chamar isso de vida — emendou Luis, começando a caminhar na direção de Cam. — Ele não precisa ficar aqui. Temos dois quartos extras em casa. Tenho certeza de que meus pais não se incomodariam de emprestar.

— Espere. — Lilith o conteve. — Ele pode ficar constrangido por termos vindo atrás dele aqui. — Ela ficaria com vergonha se fosse com ela. — Vamos falar com ele amanhã.

Observou Cam caminhar até uma lata de lixo onde ardia um fogo e um pai assava dois cachorros-quentes sobre uma grelha de metal para quatro crianças pequenas. Ele dividiu cada sanduíche em dois e os ofereceu a elas, mas, quando Cam parou na frente dele, o homem começou a cortar um dos cachorros-quentes em pedacinhos menores.

— Tá com fome? — perguntou ele, e ofereceu um quarto de cachorro-quente para Cam.

— Não — respondeu Cam. — Valeu. Aliás... — Ele enfiou a mão na bolsa-carteiro e tirou um embrulho em papel-alumínio. — Fiquem com isso.

O homem desembrulhou o pacote e encontrou um sanduíche gigantesco. Piscou para Cam e deu uma grande mordida, depois dividiu o restante entre os filhos. Enquanto eles comiam, abraçavam Cam em gratidão.

Depois que terminaram de comer, o menino mais velho — que parecia ter a idade de Bruce — ofereceu a Cam um violão detonado. Cam bagunçou o cabelo dele e depois se sentou entre a família. Tentou afinar o instrumento, mas Lilith percebeu que era inútil; duas cordas estavam rompidas. Mesmo assim, Cam não desistiu, e logo o violão soava um pouquinho melhor que antes.

— Algum pedido? — perguntou.

— Uma canção de ninar — pediu o menino mais novo, bocejando.

Cam pensou um instante.

— Aprendi esta aqui com uma compositora muito talentosa chamada Lilith — anunciou ele.

Quando ele começou a tocar os primeiros acordes de "Exílio", Lilith respirou fundo. Cam cantou lindamente sua música, devagar e com grande emoção, fazendo com que alcançasse uma profundidade que ela nunca imaginara ser possível. Ele a cantou duas vezes. Quando terminou, as crianças do grupo estavam quase dormindo. Atrás deles, o pai aplaudiu Cam baixinho.

— Uau — sussurrou Jean.

— É — disse Lilith. Estava trêmula, quase chorando, tão emocionada que não conseguiu dizer mais nada.

— Melhor a gente ir — disse Luis.

Horas antes, Lilith tinha certeza de que havia riscado Cam de sua vida para sempre. Agora seguia os amigos até o carro de Jean, tonta, como se o mundo ao seu redor estivesse mudando a cada passo.

A única coisa de que tinha certeza era do quanto estivera errada em relação a Cam.

DOZE

ENFEITIÇADO

CAM

Seis Dias

Cam acordou numa barraca verde na Dobbs Street, as costas doloridas e um cachorro vira-lata aos seus pés. Havia dormido ali duas vezes desde que chegara a Crossroads. Era menos solitário que o teto do ginásio da Trumbull.

Ele afastou o cachorro e espiou a aurora rosa-claro pela abertura da tenda. O dia começava cedo ali. Todo mundo sentia fome, cansaço depois de uma noite difícil. O restaurante comunitário abria às 7h, e Cam tinha se oferecido para trabalhar como voluntário no turno da manhã, antes de ir para a escola.

Caminhou pela rua, passando por famílias que se preparavam para o dia, fechando o zíper de suas barracas, espreguiçando-se, ninando bebês inquietos. Ele abriu a porta de vidro do prédio de escritórios abandonado que agora fazia as vezes de restaurante comunitário.

— Bom dia. — Um homem esquelético mais velho, chamado Jax, cumprimentou Cam. — Pode começar por aqui. — Ele indicou a bancada amassada de aço onde havia uma caixa gigantesca de massa pronta para panquecas ao lado de uma tigela.

Não houve muito papo... o que para Cam estava ótimo. Ele acrescentou leite e ovos à mistura e começou a preparar as panquecas, sabendo que os filhos dos Ballard, que adoravam ouvi-lo tocar, estariam entre os primeiros da fila. Meio cachorro-quente e algumas mordidas num sanduíche não era um jantar decente para uma criança em fase de crescimento. Em pouco tempo, Cam passara a se importar com as famílias que moravam na Dobbs Street. Era viciado em vidas mortais; não apenas na de Lilith. Os seres humanos o fascinavam: todas aquelas pequenas chamas, eternamente se acendendo e se apagando.

— Tudo beleza por aí, Cam? — perguntou Jax do fogão industrial, onde grelhava fatias de apresuntado. — Você não parece muito bem.

Cam pousou a tigela de massa de panqueca e foi até a janela coberta com filme escuro para olhar o próprio reflexo. Os olhos verdes estavam fundos atrás de olheiras arroxeadas e escuras. Desde quando ele tinha papada? Agora até mesmo suas mãos pareciam anciãs, manchadas e enrugadas.

— Está tudo bem — disse ele, mas a voz falhou. Ele parecia, e se sentia, péssimo.

— Tome um bom café da manhã antes de ir para a escola — disse Jax, com simpatia, dando uma palmadinha nas costas de Cam, como se um prato de panquecas pudesse fazer todos os problemas que o diabo vinha armando para ele simplesmente desaparecerem.

— Cam...

Lilith foi encontrá-lo na frente do armário dele, antes da primeira aula. Ele voara de Dobbs Street para a escola a fim de conseguir tomar uma chuveirada antes de o vestiário ficar lotado de alunos do time de corrida. Imaginava que um banho faria com que sua aparência melhorasse um pouco, mas, ao se vestir, o espelho do vestiário foi tão inclemente quanto a janela da cozinha do restaurante comunitário.

Até seus pés estavam mudando agora, ficando enegrecidos e rígidos, como os pés dos condenados à danação. Já não cabiam mais dentro de suas botas. Ele foi obrigado a roubar um par de uma loja de motociclismo no centro da cidade.

— Oi. — Cam ficou encarando o rosto lindo de Lilith, sem conseguir se conter.

— Como vai? — perguntou ela, com doçura.

— Já estive melhor. — Não era o tipo de coisa que desejava admitir, mas a verdade escapou de sua boca antes que pudesse censurá-la.

Gente passava por eles pelo corredor. O assunto era um só: a formatura. Alguém chutou uma bola de futebol na cabeça de Cam, que se desviou bem a tempo.

— Posso fazer alguma coisa para ajudar? — perguntou Lilith, encostando-se no armário dele e sorrindo de leve. Usava uma camiseta dos Quatro Cavaleiros amarrada num nó na altura da cintura delgada, o cabelo ainda úmido do banho, cheirando a frésias. Ele se aproximou, sem conseguir resistir.

Lembre-se de mim, sentiu vontade de dizer, porque, se ela conseguisse se lembrar de Cam como ele era quando se apaixonaram, não veria apenas a casca murcha que agora era seu corpo.

— Achei que estivesse com raiva de mim — disse ele.

Para surpresa de Cam, Lilith segurou sua mão. Os dedos eram frios e fortes, com calos nas pontas, por causa do violão.

— Existem coisas mais importantes com que se preocupar — disse ela.

Cam aproveitou a oportunidade e se aproximou ainda mais, tentado a passar as mãos no cabelo de Lilith. Sabia como seria a sensação: molhada e gloriosamente macia, exatamente como em Canaã, quando ela se deitava em seus braços na margem do rio depois de um mergulho, deixando o cabelo espalhar-se por seu peito nu.

— O que poderia ser mais importante que sua confiança? — perguntou ele.

Lilith inclinou a cabeça em direção a Cam. Tinha um olhar sonhador agora, substituindo a desconfiança com a qual ele havia começado a se acostumar naquele Inferno. Os lábios dela se entreabriram. Cam prendeu a respiração...

— E aí, gente...? — Jean Rah apareceu na frente dos dois e levantou os óculos escuros esverdeados de plástico. — Temos uma banda ou não?

Lilith deu um passo para trás e puxou a barra do short para baixo. Parecia envergonhada, como alguém despertando de um estado hipnótico, incapaz de se lembrar do que havia acontecido um minuto antes.

Cam sabia que a intenção de Jean era boa, mas, naquele momento, tinha vontade de socar o amigo.

— Acho que já que vocês dois estão conversando, fizeram as pazes, a gente pode voltar... — continuou Jean, olhando nos olhos de Cam.

— Ainda estamos trabalhando nisso — disse Lilith.

— Então sejam rápidos — pediu Jean, e estalou os dedos. — Temos um assunto importante para discutir em relação à formatura. — Cutucou Lilith. — Já convidou Cam?

— Convidar para quê? — perguntou Cam.

— Para ir à formatura — disse Jean.

O rosto de Lilith começou a se tingir de vários tons de vermelho, e Cam ergueu as sobrancelhas. Ansiava por um momento bem mais romântico que aquele para convidá-la a ir com ele. Seria possível que *ela* estivesse planejando chamá-lo?

— Claro — disse Cam de repente. — Seria um prazer.

Jean estremeceu.

— Não, cara, foi mal. Era só uma brincadeira. Achei que vocês dariam risada... Que os dois achariam engraçado...

Cam engoliu em seco.

— Hilário.

— Não preciso de homem nenhum para ir à festa tocar com minha banda — argumentou Lilith. — Por isso, galera, relaxem.

— É, Rei da Formatura. Relaxa — disse Jean, rindo.

Cam o empurrou para cima de um armário.

— Valeu, amigão.

— Mas *eu* andei pensando, Cam... — disse Lilith, enrolando um cacho de seu cabelo ruivo no dedo. — Será que você gostaria de participar da banda de novo? — Olhou para Jean e disse: — Pronto. Falei. Tá contente?

— Sim — respondeu Cam, sabendo que era melhor não perguntar o que a fizera mudar de ideia. — Claro, adoraria.

Jean passou um braço no ombro de Cam e outro no de Lilith.

— Agora que *isso* está resolvido, podemos tratar de negócios — disse ele. — Me encontrem no estacionamento logo depois da aula. Vamos fazer uma excursão.

— Para onde? — quis saber Cam, gostando da ideia de sair da escola com Lilith, não importando o que Jean tivesse em mente.

— Fazer compras para a formatura, para a Batalha de Bandas, vulgo nosso primeiro show. — Jean deu um tapinha em seu relógio de pulso. — Vai ser daqui a seis dias e não temos figurino.

— Jean, eu me sento ao lado de Kimi na aula de poesia — disse Lilith. — Já sei da faixa de smoking vermelho-cereja que você encomendou especialmente para combinar com o vestido dela na festa.

Cam caiu na gargalhada.

— Você: cale a boca, e você: cale a boca — exigiu Jean, apontando para um e para o outro. — Pois é, vou usar uma faixa de cetim vermelho-cereja durante uma parte da festa. — Ele balançou a cabeça, melancolicamente. — Mas não quando a Vingança se apresentar. Nesse momento, precisamos parar o trânsito.

Lilith olhou para seus shorts jeans.

— Eu ia usar só um...

— Não dá para a gente usar nossas roupas de todo dia no palco! — protestou Jean. Cam nunca o vira tão sério. — Não queremos que a plateia nos veja como faz agora.

Cam pigarreou e olhou para suas botas. Jean estava mesmo sugerindo que ele *não* as usasse no palco? Infelizmente, ele não tinha muita escolha. Olhou ao redor, para as pessoas que seguiam, apressadas, pelo corredor até suas respectivas salas de aula.

— Acho que elas nem *enxergam* a gente, se quer saber.

Jean revirou os olhos.

— Você entendeu o que eu quis dizer. Você não vai querer que aquele tal Luc olhe para você no palco e se lembre de sua imagem na sala de detenção, vai?

— Provavelmente não — confessou Cam, embora soubesse que figurino nenhum conseguiria escondê-lo de Lúcifer.

— Ele precisa pensar que você é de outro mundo — continuou Jean.

— A gente vai tocar só uma música — disse Lilith. — Parece um desperdício... alienígenas virem do espaço sideral para tocar uma única música.

— Rock é desperdício — argumentou Jean. — Desperdício de tempo, de juventude, de talento, de dinheiro.

Cam perguntou-se qual seria o motivo para a resistência de Lilith quanto ao novo visual da banda; mas depois percebeu: provavelmente ela não tinha dinheiro para comprar roupas. Isso, porém, não deveria ser impedimento para ela encontrar algo especial para usar. Ele daria um jeito de ajudar.

— Jean tem razão — disse Cam para Lilith. — Precisamos de um visual unificado. Mas não pode ser nada caro; não tenho muita grana no momento.

— Sem crise — disse Jean, e Cam viu que Lilith soltou um suspiro de alívio. — Posso pensar em algo de orçamento reduzido. Vamos nos encontrar às quinze para as quatro e ir direto para o Exército da Salvação.

Cam coçou a cabeça. Sua jaqueta de couro tinha sido feita à mão em 1509, em Florença, por Bartolomeu em pessoa. Seu último par de botas tinha sido apanhado de um soldado americano da infantaria morto num campo de batalha na Renânia, em 1945. A calça jeans era da primeira leva, feita em 1873 por Levi Strauss, e ele a levara até a Savile Row, em Londres, para ser customizada.

Ah, como os tempos tinham mudado.

— Estou dentro — disse Lilith, pouco antes de o sinal tocar. — Encontro vocês depois da aula. Falando nisso, Cam, gostei das botas novas.

※※

— Você: venha comigo, agora. — Tarkenton convocou Cam na hora do almoço, quando ele esperava escapar para o riacho da Cascavel. Havia conseguido afanar uma alça de guitarra de cetim preto numa loja de música no dia anterior, e queria deixá-la na margem do riacho, de presente para Lilith.

— Qual é a acusação contra mim? — perguntou Cam, enquanto Tarkenton o arrastava de volta ao refeitório.

— Descumprimento de suas obrigações como membro da corte da formatura. A Srta. King me informou que você já faltou a cinco reuniões, e não vai faltar a mais nenhuma enquanto eu estiver de olho.

Cam gemeu.

— Não posso recusar participar dessa corte? Deve ter algum outro cara que queira ficar no meu lugar.

Tarkenton levou Cam até uma mesa no centro do refeitório, onde Chloe King estava sentada com as outras garotas de sua banda e três caras que Cam, até então, conseguira evitar. Comiam uma pizza, as cabeças unidas, sussurrando. Todos pararam de falar assim que viram Cam.

— Sente aí — ordenou Tarkenton. — Comporte-se e comece a pensar em combinações de cores para o banner de balões, como um adolescente normal. — O diretor fez um gesto para que Cam ocupasse a última cadeira vazia.

— Se eu me sentar, o senhor vai embora? — murmurou Cam, enquanto Tarkenton finalmente desaparecia. No mesmo instante, Chloe empurrou a caixa de pizza para o meio da mesa, longe do alcance de Cam.

— Não me olhe desse jeito — disse ela. — Estou só *ajudando*. Tenho certeza de que você está a fim de perder uns quilinhos até a festa. Confie em mim, você não precisa comer esta pizza.

— Que malvadeza, Chloe — brincou um garoto de rosto quadrado, chamado Dean. — Deixa o gorducho comer.

Toda a mesa desatou a rir. Cam não ligava a mínima para o que aquela gente pensava dele, a única coisa que o incomodava era o tempo que perdia ali. Ele deveria estar com Lilith, ou fazendo algo especial para ela.

Naquele momento, um papelzinho dobrado caiu na mesa, na frente dele. Cam olhou para cima e viu Lilith passando por ali, carregando a bandeja com seu almoço. Ela fez um sinal para o bilhete. O nome de Cam estava escrito por cima, com caneta preta. Ele abriu o papel.

AGUENTE FIRME... FALTAM SÓ TRÊS HORAS PARA NOSSA EXCURSÃO.

Inundado de felicidade, ele se virou para espiar Lilith, que tinha sentado no outro extremo do refeitório, ao lado de Jean e Luis. Ela estava comendo uma maçã muito vermelha e rindo. Pareceu sentir o olhar de Cam e o fitou, oferecendo-lhe um sorriso compreensivo e extasiante.

Chloe podia pegar aquela pizza e enfiá-la inteira goela abaixo. O sorriso de Lilith era todo o alimento do qual Cam necessitava.

Depois das aulas, o Honda de Jean entrou cantando pneu no estacionamento do Exército da Salvação e brecou com tudo, ocupando duas vagas. Os dedos de Cam tocaram os de Lilith quando ele saía do banco de trás. Ao olhar para cima, o garoto viu que ela sorria. Era o mesmo sorriso que ela lhe dera no refeitório, o sorriso que ajudara Cam a suportar os 35 minutos da reunião de planejamento do baile de formatura.

Cam não tinha a menor opinião sobre onde deveriam deixar a cabine de fotos durante a festa, nem se o DJ deveria usar smoking ou algo mais casual, nem se seria necessário decorar com flores a mesa onde colocariam os livros de recordações para as pessoas assinarem.

Mas tinha uma opinião forte quanto a convidar Lilith para ir à festa com ele.

As coisas estavam indo bem naquele dia, e não havia sinal de novas interferências de Luc, portanto Cam se sentia otimista. Entretanto, ainda havia muito a fazer. Ele precisava que a visita ao Exército da Salvação parecesse tão romântica quanto um passeio até o topo da Torre Eiffel.

— Dividir para conquistar — disse Jean, chamando todos a entrarem no brechó. O lugar cheirava a naftalina misturada a xixi de gato, com um leve toque de perfume de baunilha. — Experimentem. Divirtam-se.

— Mas não se esqueçam — acrescentou Luiz, segurando a porta aberta para Lilith — de que estamos procurando roupas que elevem nossa presença de palco.

Cam olhou para o rapaz e riu.

— Uau. O que deu em você?

— Arrumei alguém para ir à festa comigo — disse Luis, fazendo uma dancinha. — Nada de mais.

— Ah! Quer dizer que finalmente você a convidou? — perguntou Jean, e em seguida sorriu para Cam. — Ele passou o semestre inteiro babando por Karen Walker.

— Mandou bem, Luis — disse Lilith, e fez um "toca aqui". Porém, enquanto ela descia por um corredor repleto de chapéus, Cam estava em dúvida se tinha ouvido um leve toque de inveja em sua voz. Agora, até mesmo Luis tinha alguém com quem ir à festa.

Cam seguiu Lilith até uma parede alta cheia de prateleiras verde-limão, impressionado com a rapidez com a qual ela identificara a seção mais descolada da loja. Cam havia feito compras, doado roupas e até mesmo trabalhado em pelo menos cem brechós ao longo dos anos. Era capaz de entrar em qualquer um e saber onde ficavam os sapatos e acessórios, e como encontrar os ternos antigos realmente bacanas.

Lilith parecia ter o mesmo dom. Ela se pôs na ponta dos pés para puxar um terno de três peças, azul-marinho e com risca de giz, de uma das prateleiras. Entregou as calças para Cam e fez um sinal de aprovação.

— O que acha?

— Demais. — Ele apanhou o terno, depois deu uma olhada em outros, parando diante de um xadrez verde que era menor que os demais e parecia não ter manchas. Cam sabia que o paletó ficaria sedutoramente colado no corpo de Lilith, e que as calças abraçariam suas pernas da forma ideal.

— Nossa, *adorei* este — disse Lilith, quando ele o entregou a ela. — Acha que vou ficar bem nele?

— Acho que esta cidade não vai conseguir dar conta do quanto você vai ficar linda com este terno — respondeu ele.

— Sério? — Ela o examinou, procurando manchas. — Vou experimentar.

Cam chamou uma moça alta com um crachá onde se lia o nome.

— Poderia por gentileza nos dizer onde ficam os provadores?

— Nos fundos — respondeu a mulher, levando Cam e Lilith até um cantinho da loja, separado por uma cortina de flanela amarela.

— Entre, garota — disse Cam.

O provador era uma bagunça, cheio de vestidos velhos, ponchos, chapéus fedora e pijamas em cabides e prendedores nas paredes. Dava a impressão de que tudo que as pessoas haviam provado e reprovado ao longo da última década continuara largado ali.

— Entre comigo — disse Lilith, fechando a cortina em torno dos dois.

Lá dentro, a luz era diferente; as lâmpadas incandescentes se suavizavam numa iluminação mais suave, quase romântica, em meio às sombras poeirentas.

— Vire para eu provar isto aqui — disse ela.

— Não prefere que eu espere você lá fora? — perguntou Cam.

— Eu já disse o que prefiro — disse ela. — Vire.

Cam obedeceu. Ouviu os sons dela se mexendo, a respiração suave, o barulho de sua mochila caindo no chão, o estalo do elástico quando ela prendeu o cabelo num rabo de cavalo. Algo roçou o ombro de Cam, e ele percebeu que Lilith estava tirando a roupa. Com todas aquelas peças de roupa empilhadas ali, não havia muito espaço para se mexer no provador, portanto, ao tirar a calça jeans, Lilith sem querer esbarrou o quadril nu no garoto. Suas asas arderam com vontade de se libertar.

— Vai provar suas roupas ou não? — perguntou ela.

Era uma sensação maravilhosa saber que havia algo perigosamente sexy acontecendo ali, mas não poder espiar. Cam sentiu como se ele e Lilith estivessem compartilhando um segredo, um momento só deles.

— Certo. — Ele tirou a jaqueta.

Logo os dois estavam nus de costas um para o outro. O toque da pele de Lilith contra a dele naquele espaço silencioso, delimitado por uma cortina, era enlevante. Sentia como se estivessem de novo no rio Jordão. O corpo dele conseguia reconhecer cada curva não vista do dela.

Será que Lilith reconhecia o dele também? Graças a Lúcifer, corpo de Cam estava bem diferente do que fora em Canaã, mas, mesmo assim, ele desejava saber se aquela proximidade por acaso acendia lembranças na garota.

— E aí! — gritou Jean, lá de fora. — Quero ouvir a opinião de vocês dois.

— Só um minuto! — gritou Lilith, enquanto ela e Cam se apressavam para acabar de vestir suas roupas.

Cam subiu o zíper da calça risca de giz e, um instante depois, sentiu a ponta dos dedos dela em seus ombros, girando-o para encará-la.

Só que Lilith não estava usando o terno xadrez verde: tinha provado um vestido azul-claro de corte simples. Era decotado, mas não muito. A barra da saia batia na metade da coxa. Ela provavelmente o encontrara no meio da pilha de roupas emboladas dentro do provador, mas parecia ter sido feito sob medida para ela.

— Você está linda — disse ele.

— Obrigada — respondeu Lilith. Olhou para o terno dele, que parecia sob medida para o antigo Cam, não para seu corpo atual. — Que pena, parecia promissor na arara — disse ela, com educação. — Mas meio que te deixa com cara de vendedor de carros usados.

— Então está perfeito — disse ele. — Porque você está parecendo uma dona de casa sexy dos anos 1950 a fim de comprar um Cadillac de segunda mão.

— Eca — guinchou Lilith, mas estava rindo. — Tire logo isso, antes que essa velharia fique grudada em você para sempre.

— E o que eu deveria usar? — perguntou Cam, rindo também.

— Qualquer outra coisa! — Lilith apanhou num cabide nos fundos do provador um poncho de lã cinza com flores alaranjadas. Parecia ter pertencido a um criminoso mexicano. — Isto aqui!

Cam enfiou a mão atrás de um robe de banho verde volumoso e sacou um vestido de havaiana de cetim cor-de-rosa.

— Só se você usar isto.

— Topo o desafio — disse Lilith, divertida, e apanhou o vestido. Fez um gesto com o indicador para que Cam se virasse.

Agora estavam novamente de costas um para o outro, e Cam ficava imóvel sempre que a pele de Lilith roçava a dele. Fechou os olhos e imaginou o vestido de havaiana deslizando pela curva dos quadris da garota.

Quando se virou, Cam ficou deliciado ao descobrir que ela havia enfeitado o cabelo com uma orquídea de seda branca que encontrara na pilha de plantas de plástico no canto do provador. A flor agora estava atrás de sua orelha.

— Aloha — cumprimentou Lilith, piscando os olhos sedutoramente.

— Aloha para você também — ecoou Cam.

— Nossa, o garoto sabe como usar um poncho — disse ela, olhando para ele de cima a baixo, aprovando o que via.

Cam fez sua melhor imitação de sotaque da Cidade do México e segurou a mão de Lilith.

— Sei que somos de mundos diferentes, *señorita,* mas agora que pousei os olhos em você, *preciso* te levar para meu rancho.

— Mas meu pai jamais irá permitir — retrucou Lilith, com um sotaque surpreendentemente convincente de sacerdotisa havaiana. — Ele vai matá-lo se quiser me levar embora!

Cam lhe beijou a mão.

— Por você, eu enfrentaria qualquer coisa, até mesmo as chamas ardentes do Inferno.

— Alôôô! — berrou Luis de fora da cortina. — O que está acontecendo aí dentro? Já encontraram uma roupa decente?

Lilith deu uma risada e abriu a cortina, fazendo uma dancinha de hula-hula.

Encontraram Jean com um chapéu fedora preto e um trench coat bege. Luis havia arrumado um uniforme completo de jogador de futebol americano, com direito a ombreiras e tudo, e dera um jeito de vesti-lo por cima da roupa.

— Se metam comigo agora, galera! Quero ver! — gritou ele para o teto.

— Que ótimo. — Jean olhou para cada um, balançando a cabeça. — Vamos parecer o Village People.

— Ainda não terminamos, cara — disse Luis. — Acabamos de chegar!

— Bem, até agora estamos ridículos — comentou Jean. — Menos você, Lilith. Agora vamos, galera, se empenhem mais.

— Olhe quem está falando, o cara que escolheu um *chapéu fedora* — retrucou Luis, enquanto os dois sumiam no meio de um mar de veludo cotelê.

— E agora? — perguntou Cam, quando ele e Lilith voltaram ao provador. — Podemos arrumar encrenca com Jean se continuarmos zoando assim.

— Oooh, que perigo — brincou Lilith. Olhou ao redor, vasculhando por entre os cabides. — Vamos surpreender um ao outro.

Os dois se viraram de costas novamente. Outra vez Cam sentiu o vestido deslizar por cima da cabeça de Lilith e cair no chão, aos pés dele. Estremeceu mais uma vez com aquele desejo que mal conseguia conter.

Olhou para a arara à sua frente e escolheu um cafetã indiano bege e comprido. Vestiu-o e amarrou-o ao pescoço.

— Que acha deste aqui? — perguntou Lilith, alguns instantes mais tarde.

Ele se virou para olhar. Lilith usava um longo vestido branco, de tecido leve, bordado com folhas verde-escuras.

— Não tive como não notar sua presença no poço da vila dia desses... — disse ela, com uma voz sedutora e lenta.

Ela ainda estava brincando, mas Cam mal conseguia respirar. Não via aquele vestido desde...

— Onde você encontrou isso?

Lilith indicou a pilha de roupas encostada na parede dos fundos, mas Cam não conseguiu tirar os olhos dela. Piscou e viu sua futura esposa, o sol sobre seus ombros, parada ao lado dele na margem do rio Jordão, três mil anos atrás. Lembrava-se exatamente do tato daquele tecido finíssimo entre os dedos quando a abraçara. Lembrava-se de como a cauda do vestido se arrastava pelo chão quando ela o abandonara.

Não podia ser. O tecido teria se deteriorado há muito tempo. Mas, naquele vestido, Lilith estava exatamente igual à garota que ele havia perdido.

Cam encostou-se na arara de roupas, sentindo-se tonto.

— O que foi? — perguntou Lilith.

— O que foi o quê? — perguntou Cam.

— Fiquei feia com o vestido, está na cara.

— Eu não disse isso.

— Mas pensou.

— Se você pudesse ler minha mente, pediria desculpas por esse comentário.

Lilith olhou para o próprio vestido.

— Era para ser uma brincadeira. — Ela fez uma pausa. — Eu sei que é ridículo, mas por algum motivo eu... gostaria que você gostasse de mim com este vestido.

Ela saiu do provador e foi se olhar no espelho lá fora. Cam a acompanhou, observando-a tocar no bordado na cintura. Viu a saia rodar de leve quando ela balançou ligeiramente o quadril. A expressão dela mudou. Seus olhos voltaram a adquirir um ar sonhador. Ele se aproximou um pouco.

Seria possível? Estaria ela se lembrando de alguma coisa do passado de ambos?

— Você é a criatura mais maravilhosa que já vi... — disse ele, antes mesmo de se dar conta do que estava fazendo.

— *Precisamos* nos casar no templo — disse ela, com dureza.

— O quê? — Cam piscou, mas então ele entendeu. Eles tinham dito aquelas mesmas palavras um para o outro antes, nas margens do Jordão, da última vez em que ela usou aquele vestido.

Os olhos de Lilith se encontraram com os dele no espelho. De repente, seu olhar se encheu de raiva, deformando seu rosto. Ela virou-se para olhá-lo, tomada de fúria. O passado que ela não conseguia recordar chegava ao presente. Ele percebeu que aquela Lilith não sabia *por que* sentia tanta raiva, mas tinha absoluta certeza de que era por causa de Cam.

— Lilith — disse ele. Queria lhe dizer a verdade. Destruía-o por dentro ser capaz de entender melhor do que ela própria o que Lilith sentia.

Entretanto, antes que ele pudesse dizer mais alguma coisa, Lilith desatou a rir. O som era forçado, não sua risada melódica natural.

— O que foi *aquilo*, hein? Desculpe, eu me sinto uma retardada.

Cam fingiu rir.

— Era brincadeira?

— Talvez. — Lilith puxou os botões à nuca do vestido como se estivesse se sentindo sufocada. — Mas minha raiva parece tão real, como se eu quisesse arrancar seu rosto do crânio com as unhas.

— Nossa. — Foi a única coisa que Cam conseguiu dizer.

— Só que a parte mais estranha de tudo isso — continuou Lilith, observando-o com atenção — é que você está agindo como se merecesse. Estou furiosa com você e não faço a menor ideia do motivo, mas é quase como se *você* soubesse. — Ela pressionou os dedos nas têmporas. — Será que estou ficando maluca?

Ele olhou para a videira bordada que subia pelo torso do vestido. Precisava fazer Lilith tirar aquilo.

— Eu gostei mais do outro — mentiu ele, voltando ao provador e apanhando o vestido azul-claro do chão. Parecia barato e comum ao lado do vestido de noiva de Lilith. — Aqui, deixe eu ajudá-la a tirar essa velharia com cheiro de naftalina.

Mas Lilith afastou a mão de Cam dos botões da gola do vestido.

— Eu devia comprar este. — A voz dela parecia distante. — Faz com que eu me sinta mais... eu mesma. — Ela gritou para a vendedora: — Quanto é este vestido?

— Nunca o vi antes! — Foi a resposta da mulher, pouco tempo depois. — Ou acabou de chegar ou estava na pilha do provador há séculos.

Cam sabia que era a primeira opção... e também sabia quem havia trazido o vestido.

— Qual sua melhor oferta? — perguntou Lilith, e Cam a ouviu abrir o zíper da mochila e remexer dentro da carteira. — Tenho... dois dólares e cinquenta e... três centavos.

Cam foi atrás dela.

— Acho melhor você não...

— Bem — disse a vendedora. — Todos os vestidos têm desconto de cinquenta por cento às sextas-feiras, e a maioria das pessoas que vêm aqui tem um estilo diferente desse aí... seja lá qual seja. Aceito seus dois dólares e cinquenta e três centavos.

— Espere... — Cam começou a dizer.

— Ótimo — disse Lilith, afastando-se dele e caminhando pelo corredor, ainda usando o vestido.

Enquanto Cam colocava as próprias roupas, avistou uma pequenina gárgula de madeira sobre uma prateleira de badulaques, olhando para o provador. Cam e Lilith estavam finalmente se dando bem, mas Lúcifer não podia aceitar isso. Para vencer a aposta, precisava que Lilith continuasse presa — até mesmo vestida — em sua ira. E ela nunca ficara tão irada com Cam quanto no dia em que usara aquele vestido.

Agora, três milênios depois, ela o usaria de novo e sentiria aquela fúria mais uma vez; na noite da formatura, justamente quando Cam mais precisaria de seu perdão.

TREZE

MEU IMORTAL

LILITH

Cinco Dias

— Posso tirar esta coisa? — perguntou Bruce no sábado, puxando a camiseta que Lilith havia amarrado em sua cabeça, como se fosse uma venda.

— Só pode tirar quando eu mandar — respondeu ela.

Do seu assento no ônibus público de Crossroads, ela apertou o botão amarelo para solicitar a parada no ponto seguinte. Tirando o casal de idosos que dividia um chocolate Twix na frente do ônibus, Lilith e Bruce eram os únicos passageiros.

— Tá coçando — reclamou Bruce. — E fedendo.

— Mas vai valer *muito* a pena. — Lilith cobriu os olhos do irmão com a mão, porque, se fosse o contrário, com certeza ela estaria tentando espiar. — Agora vem.

O estômago de Lilith deu um nó quando o ônibus passou por uma série de buracos no asfalto. Ela estava nervosa. Queria que aquilo fosse especial, algo do qual Bruce pudesse se lembrar. Mal podia esperar para ver o rosto dele quando revelasse a surpresa.

O ônibus parou, e Lilith conduziu Bruce pelos degraus, depois os dois atravessaram a rua e pararam diante de um estabelecimento. Ela tateou seu bolso para ter certeza de que o dinheiro que a mãe lhe dera continuava ali.

Quando Janet descobrira todas as compras na geladeira alguns dias atrás, obviamente pressionara Lilith para saber de onde tinham vindo. Lilith mentiu — não iria contar toda a história com Cam para a mãe — e alegou que estava dando aulas de violão para um garoto da escola por um dinheirinho. A mãe olhou para Lilith com surpresa genuína e depois fez algo sem precedentes: abraçou a filha.

Lilith ficou tão espantada que não se desvencilhou do abraço.

Então, na noite anterior, quando voltou do trabalho, Janet bateu na porta do quarto de Lilith, que estava olhando fixamente para seu armário. Ela fechou a porta depressa, escondendo o estranho vestido branco que pendurara ali. Já o havia provado duas vezes desde que voltara do brechó. O vestido lhe dava fome de alguma coisa que ela não conseguia distinguir. Não era nada rock and roll, mas combinava mais com ela que qualquer outra coisa que já usara. Ela não parava de lembrar o olhar de Cam quando ele se virou para ela no provador.

— Oi, mãe — cumprimentou Lilith casualmente, abrindo a porta do quarto.

Sua mãe lhe entregou uma nota de vinte dólares.

— O que é isso?

— Acho que chamam por aí de mesada — respondeu a mãe, com um sorriso. — Sobrou um dinheiro a mais esta semana, já que você cuidou das compras. — Ela fez uma pausa. — Foi muito generoso de sua parte, Lilith.

— Obrigada, mas não foi nada de mais — disse ela.

— Para mim, foi. — A mãe indicou o dinheiro na mão da filha. — Saia para um passeio. Leve Bruce também.

E foi o que ela fez.

— Onde estamos? — reclamou Bruce, coçando a testa onde a camiseta estava presa com mais força.

Lilith segurou a mão do irmão e empurrou as portas com filme escuro do *Lanes*, o único boliche da cidade. Foi atingida pelo ar-condicionado, pelo cheiro de pizza barata cheia de orégano e de queijo nacho, pelas luzes intensas acima das pistas e pelos gritinhos agudos de uma centena de jovens.

E, por cima disso tudo, o som de uma bola de boliche derrubando dez pinos.

— *Striiiike!* — berrou Bruce, ainda vendado, erguendo os punhos para o alto.

Lilith tirou a venda.

— Como você adivinhou?

O irmão arregalou os olhos. Deu um passo cambaleante, depois parou, apoiando os cotovelos numa máquina de polir bolas.

— Não adivinhei — disse ele por fim. — Só estava fingindo.

Então ela ficou sem ar quando Bruce a abraçou com toda a força.

— Sempre quis vir aqui, toda a minha vida! — gritou ele. — Implorei todos os dias para mamãe me trazer aqui! E ela sempre dizia que...

— Eu sei — falou Lilith.

— "Se um dia você melhorar, eu levo, filho" — disseram Bruce e Lilith em coro, imitando a voz cansada da mãe.

Desde a última internação de Bruce, a mãe tivera alguns momentos de bom humor, e até mesmo de bondade, como na noite anterior. Esta manhã, porém, quando Lilith a convidara para ir com eles ao boliche, ela perguntou com grosseria se Lilith tinha se esquecido de que ela iria trabalhar um turno na escola noturna.

— E agora que eu melhorei, estamos aqui! — disse Bruce, rindo, como se ainda não conseguisse acreditar. — Obrigado!

— Foi um prazer. Na verdade, o prazer é da mamãe — respondeu Lilith, mostrando o dinheiro para Bruce.

— Que demais!

Lilith piscou para afastar lágrimas de felicidade enquanto olhava seu irmão absorvendo tudo o que estava acontecendo. Ele admirava, maravilhado, uma garota da sua idade segurando uma pesada bola cintilante de boliche, e as crianças comendo pizza, esperando pela vez de jogar. Era muito raro para ele ter a oportunidade de ser um garoto normal.

Ela olhou em torno e ficou surpresa ao avistar Karen Walker, da aula de biologia, jogando numa pista do outro lado do salão. Estava com algumas garotas que Lilith reconhecia da escola, e todas parabenizaram quando Karen marcou um *strike*.

Karen era tímida, mas jamais fora grosseira com Lilith e iria para o baile de formatura com Luis, o que lhe rendia vários pontinhos com Lilith. Além disso, ela devia ter certo interesse em música, pois concordara em ser a *roadie* de Chloe King. Lilith nunca pensara que um dia pudesse ser amiga de Karen, mas agora parecia bobagem não cumprimentá-la.

— Vou pegar sapatos para nós — avisou ela.

— Não quero jogar boliche — disse Bruce, balançando a cabeça.

Lilith olhou para ele, espantada.

— Não?

— Dã. — Os olhos dele se iluminaram quando ele apontou para um ambiente fechado e escuro, logo atrás das máquinas de venda de salgadinhos e refrigerantes. Luzes vermelhas, amarelas e verdes piscaram acima da entrada. — Quero jogar fliperama.

Lilith sorriu. Olhou mais uma vez na direção da pista de Karen Walker, mas aquele dia era de Bruce. Ela poderia tentar falar com Karen amanhã.

— Vá na frente — disse ao irmão.

Ela seguiu Bruce até a sala de fliperama e ficou surpresa ao perceber o quanto era aconchegante. Não havia janelas ou luzes intensas. Ninguém encarava as pessoas. Todos ali estavam livres para focar em suas fantasias, fossem elas banhadas em sangue ou marcadas por bandeiradas xadrezes.

Bruce examinou cada um dos jogos e passou um longo tempo diante de um demônio verde assustador, pintado na lateral de um jogo chamado *Deathspike*. Logo eles estavam diante de uma mesa de *air hockey*. Bruce apanhou um dos tacos fosforescentes e o brandiu, fazendo sons de espada.

— Vem! — disse para Lilith, deslizando o outro taco para ela. — Vamos jogar.

Ela enfiou moedas de 25 centavos na abertura sob a mesa do jogo. Bruce deu um gritinho quando o ar frio escapou dos buraquinhos.

— Preparada para ser destruída e servida num prato?

— Vou fingir que você não me perguntou isso — respondeu Lilith, apanhando o outro taco e assumindo uma posição atrás do gol. Bruce estava tão animado; e Lilith se deu conta de que aquela animação era contagiosa.

— Não estou mais doente, então nada dessa baboseira de "vou-deixar-Bruce-vencer", falou?

— Ah! Foi você que pediu! — retrucou Lilith.

Nenhum dos dois tinha jogado *air hockey* antes, mas parecia haver dois métodos para empurrar o disco de hóquei: reto ou meio inclinado. Se você o acertasse de lado, seu adversário era obrigado a se agitar e a se inclinar como um louco. Se batesse reto, poderia humilhá-lo quando o disco entrasse com tudo no gol.

Bruce preferia as jogadas inclinadas. Tentou três vezes marcar dessa maneira, depois passou a usar táticas mais elaboradas. Manteve o disco no canto por um tempo desconfortavelmente longo, depois apontou para cima do ombro dela e gritou:

— Ei, o que tem ali? — E então atirou o disco.

— Boa tentativa — disse Lilith, com uma jogada reta que entrou direto no gol do irmão.

Ela dominou a primeira metade do jogo, mas Bruce não se abalou em nenhum momento. Parecia estar se divertindo como nunca.

Quando o placar empatou em cinco a cinco, a música *Bye bye love*, dos Everly Brothers, começou a emanar das caixas de som. Lilith se pôs a acompanhar, sem perceber o que estava fazendo, até Bruce começar a cantar com ela. Os dois não faziam isso há anos. Seu irmão tinha uma voz sensacional, que mantinha o tom mesmo quando ele arremessava o disco de hóquei com toda a força.

Então, da escuridão atrás de Lilith, uma terceira voz começou a harmonizar com as deles. Ela se virou, viu Cam encostado no jogo *Ms. Pac-Man*, observando os dois, e deixou passar um gol importante.

— U-huuu! — gritou Bruce, comemorando. — Valeu, Cam!

— O que você está fazendo aqui? — perguntou Lilith.

— Não parem de jogar nem de cantar por minha causa — retrucou Cam, que usava um gorro preto e óculos escuros, a jaqueta de couro fechada até em cima. — As vozes de vocês dois combinam mais que queijo com goiabada.

— O que isso quer dizer? — perguntou Bruce.

— Que vocês combinam muito — disse Cam. — Não há música mais bela que a harmonia de dois irmãos.

— Você tem irmãos? — perguntou Lilith. Ele nunca havia falado da família ou do passado. Ela pensou na ida à Dobbs Street e na barraca verde de onde vira Cam saindo. Será que ele morava mesmo ali? Será que morava com alguma outra pessoa? Quanto mais convivia com Cam, mais estranho parecia saber tão pouco a respeito dele.

— A pergunta mais importante é: você quer tentar vencer? — perguntou Bruce, aproveitando-se da distração de Lilith para fazer o último gol.

— Sabia que nunca tive essa honra? — respondeu Cam. E sorriu para Lilith.

Ela entregou o rebatedor a ele.

— Vá em frente.

Cam tirou os óculos escuros e os deixou ao lado do seu celular, numa mesinha. Apanhou o rebatedor da mão de Lilith, e, daquela vez, quando os dedos dos dois se roçaram, foi Lilith quem ficou imóvel para que aquele toque durasse um pouco mais. Cam percebeu — ela notou pelo jeito como ele sorriu para ela ao se colocar em posição de jogo, e pelo jeito como ele não tirou os olhos dela, mesmo estando prestes a começar. Lilith corou ao inserir mais algumas moedas para dar início à partida.

Bruce arrasou Cam na primeira jogada. Cam tentou uma jogada inclinada, mas o disco ficou preso no escanteio de Bruce, que, depois de apanhá-lo, o arremeteu com tudo no gol de Cam.

— U-huuu! — gritou Bruce.

— Objetos terrestres não deveriam se movimentar em velocidades como essa — disse Cam.

Encantada com a seriedade com que ele brincava com seu irmão, Lilith puxou uma banqueta preta de baixo da mesinha e sentou-se.

Cam se movimentava com graça, brandindo o rebatedor daqui e dali. Mas não usava da velocidade necessária — quer porque estivesse deixando o irmão de Lilith vencer de propósito, ou porque realmente era mais lento. Bruce parecia estar ficando melhor a cada gol que marcava.

Era bom ver isso, os dois se dando tão bem. Desde que o pai os abandonara, Bruce não tinha muitos homens como exemplo, mas tinha gostado de Cam logo de cara. Lilith sabia o motivo. Cam era engraçado, imprevisível. Era empolgante estar ao lado dele.

Um clarão chamou a atenção de Lilith, e ela olhou para o telefone de Cam. Uma breve espiada a informou de que ele tinha acabado de receber um e-mail. Olhou com mais afinco e de modo nada inocente, então soube o assunto: *"Blues de outro alguém"*, de Lilith Foscor.

— Como você conseguiu marcar mais um gol? Eu nem vi o disco! — berrou Cam para Bruce.

Os dedos de Lilith se aproximaram do telefone para acender a tela mais uma vez. Agora ela via o nome de quem enviara: Ike Ligon.

— Mas o que...? — perguntou ela, num sussurro.

Não sentiu orgulho do que fez em seguida.

Olhou novamente para as costas de Cam enquanto ele aparava uma jogada de Bruce. Então seu dedo deslizou pela tela para abrir o e-mail.

Cara Lilith,
Li sua letra. Percebi logo de cara que você foi mordida pelo bicho da composição musical. Você tem talento. Talento de verdade. Sei que a King Media planeja anunciar o vencedor da competição, mas queria já entrar em contato. Você venceu, garota. Arrasou. Parabéns. Mal posso esperar pra te conhecer e apertar sua mão.

Lilith apagou a tela do telefone.

Ike Ligon tinha gostado de sua música?

Ela contorceu o rosto. Não parecia possível. De todas as pessoas da escola, ela tinha vencido?

Embora tivesse superado a raiva que sentira de Cam por ele ter inscrito sua letra na competição, Lilith não esperava vencer. Achava que quem ganharia seria Chloe King, porque Chloe King sempre vencia tudo e era assim que o mundo funcionava. Então qual era a daquele e-mail?

Devia ser uma piada.

Mas daí ela parou para pensar. Que primeiro instinto deprimente. E se não fosse piada? Por que ela não podia ser feliz como as outras meninas da escola? Por que não podia aceitar que Ike Ligon tinha gostado de sua música, que ele achava que ela possuía talento de verdade, em vez de desconfiar que alguém estivesse pregando uma peça? Por que Lilith desconfiava de todas as coisas boas que apareciam em seu caminho?

Uma lágrima caiu na tela do celular de Cam e a trouxe de volta ao fliperama. Lilith virou a cabeça para o outro lado e fitou o carpete incrustado de chiclete.

Bruce veio ficar ao lado dela.

— Tá tudo bem?

Quando ela levantou a cabeça, Cam a observava.

— O que foi? — perguntou ele.

Ela entregou-lhe seu celular.

— Ike Ligon acabou de te enviar um e-mail.

Ele coçou o queixo. Era um assunto delicado, o de Cam haver inscrito a letra dela, e Lilith percebeu que ele ainda se sentia culpado.

Ela engoliu em seco.

— Ele gostou da música.

— Nunca houve dúvida de que ele gostaria — disse Cam.

— Eu venci. — Ela não sabia mais o que dizer. Antes de Cam, a música fora uma fuga; a paixão, um devaneio; o amor, uma impossibilidade. Desde a chegada dele, estas três coisas pareciam conectadas, como se ela tivesse de *usá-las* para se transformar numa pessoa diferente.

Isso a amedrontava.

Cam atirou uma moeda de 25 centavos para Bruce e apontou para o jogo de fliperama do outro lado da mesa de *air hockey*. Depois que o garoto saiu, Cam aproximou-se de Lilith.

— Isso é superimportante.

— Eu sei — disse Lilith. — A Batalha de Bandas...

— Maior que a Batalha de Bandas.

— Por favor, não diga que é mais importante que o baile de formatura — disse ela, brincando um pouco.

— Claro que não. Nada é mais importante que o baile de formatura. — Cam riu, mas depois seu rosto ficou sério. — Você pode ter tudo o que quiser na vida. Você sabe disso, não sabe?

Lilith piscou. O que ele queria dizer? Ela era pobre, nada popular. Sim, tinha feito alguns amigos recentemente, e sim, tinha sua música, mas, em geral, sua vida continuava sendo uma bosta.

— Não exatamente — retrucou.

Cam se inclinou para ela.

— Você só precisa desejar com a força necessária.

O coração de Lilith batia acelerado. A temperatura do fliperama parecia atingir mil graus de repente.

— Eu não sei o quê.

Cam pensou por um instante.

— Aventura. Liberdade. — Respirou fundo. — Amor.

— Amor? — perguntou ela.

— É, amor. — Ele sorriu de novo. — É possível, sabia?

— Talvez lá de onde você vem.

— Ou talvez... — Cam deu um tapinha no próprio peito. — Aqui dentro.

Os dois estavam tão próximos agora que seus rostos praticamente se tocavam. Tão próximos que as pontas de seus narizes quase se uniam, que seus lábios quase...

— Do que vocês estão falando? — perguntou Bruce, sem tirar os olhos do jogo de fliperama enquanto disparava mais cem tiros num exército de monstros.

Lilith pigarreou e afastou-se de Cam, constrangida.

— Da Batalha de Bandas — disseram ela e Cam ao mesmo tempo.

Cam segurou a mão de Lilith, e depois a de Bruce.

— Vamos comemorar.

Ele os levou até a lanchonete, no salão principal do boliche. Levantou Bruce e o colocou sentado numa banqueta de couro artificial vermelho, daí chamou uma garçonete com volumoso cabelo loiro.

— Traga uma jarra de seu melhor refrigerante *root beer* — disse Cam. Era o preferido de Lilith. Será que ela havia lhe contado isso? — E um balde gigantesco de pipoca com manteiga extra para este carinha aqui. — Ele apontou para Bruce com o polegar, e o garoto começou a agitar os punhos no ar.

Cam apanhou o celular e começou a digitar depressa.

— O que você está fazendo? — perguntou Lilith.

— Dando a boa notícia para Luis e Jean. — Segundos depois ele mostrou a mensagem que havia acabado de receber de Jean. Era formada só por emojis: fogos de artifício, buquês de flores, guitarras, claves de sol e, inexplicavelmente, uma espada de samurai.

Lilith sorriu; seu amigo estava verdadeiramente feliz por ela.

— Quem diria? — disse uma voz familiar atrás deles. Lilith se virou e viu Luis com os magrelos braços abertos, esperando um abraço. Lilith desceu da banqueta e o apertou com força.

— Ei, não vá deixar minha gata com ciúmes — disse Luis, afastando-se para o lado para permitir que Karen Walker e duas amigas entrassem no círculo.

— Luis acabou de nos dar a boa notícia, Lilith — disse Karen, com um sorriso.

— Que sorte ter vindo encontrar Karen e poder comemorar com você — disse Luis.

— É isso o que estamos fazendo? — Lilith riu, corando.

— É claro! — exclamou Luis.

— Você merece — acrescentou uma das amigas de Karen. Lilith nem sequer sabia o nome dela, mas a reconhecia do sarau do Sr. Davidson. Antes, ela teria presumido que a menina a odiava, da mesma forma como imaginava que o restante da escola o fazia. — Sua música é ótima.

— Obrigada — disse Lilith, sob o peso esmagador da felicidade. — Vocês querem um pouco de pipoca?

Cam já tinha servido refrigerante para todos. Ele levantou seu copo e sorriu para Lilith.

— A Lilith — disse. — E ao "Blues de um outro alguém".

— Vou brindar a isso! — disse Bruce, e bebeu todo seu refrigerante.

Enquanto Lilith bebia o dela, cercada pelos amigos repentinos, seu irmão e Cam, ela também pensava na letra de sua canção. Tinha sido escrita num humor triste e solitário. A letra brotara como uma espécie de expurgo, a única terapia que ela podia bancar. Nunca sonhara que aquelas palavras tristes pudessem trazer algo tão feliz como aquilo.

E aquilo nunca teria acontecido se Cam não tivesse acreditado nela. Aquele momento foi a prova de que Lilith devia acreditar em si.

Pode ser que Cam tivesse sido um pouco ousado demais. Que a irritasse... com frequência. Pode ser que tivesse feito algumas coisas que não devia, mas quem nunca? Ele era diferente de qualquer pessoa que ela já conhecera. Ele a surpreendia. Ele a fazia rir. Gostava do seu irmão. Quando ele estava ao seu lado, ela sentia um frio no estômago — de um jeito bom. E agora ele estava ao lado dela, comemorando. E tudo isso junto deixava Lilith tonta. Ela segurou a banqueta para se equilibrar e percebeu:

Era aquela a sensação de se apaixonar por alguém. Lilith estava se apaixonando por Cam.

INTERLÚDIO

ESTRANHO

TRIBO DE DÃ, NORTE DE CANAÃ

Aproximadamente 1000 A.E.C.

O sol não mais se levantou para Lilith. O luar não mais invadia seus sonhos. Ela vagava pelos dias, ainda trajando o vestido de noiva bordado — agora sujo de terra e suor —, atraindo olhares nervosos dos outros integrantes da tribo.

Sem Cam, seu mundo não tinha sentido.

À luz cinzenta e difusa da aurora, Lilith vagava perto do rio quando a mão de alguém tocou seu ombro. Era Dani. Ela não o via desde o dia em que Cam partira, e doía vê-lo agora, pois ele fazia parte do mundo que ela associava à paixão. Dani não pertencia àquele atual vazio.

— É como me olhar num espelho — disse ele, os olhos cinzentos cheios de preocupação. — Não sabia que poderia doer da mesma maneira para outra pessoa.

Lilith sempre gostara de Dani, mas às vezes ele era vaidoso demais.

— Disseram que você tinha voltado para sua tribo — comentou ela.

Ele assentiu.

— Só estou de passagem.

— Vindo de onde? Você...

Dani franziu a testa.

— Não sei onde ele está, Lilith.

Ela fechou os olhos, incapaz de fingir que não era disso que falava.

— Gostaria de lhe dizer que vai ficar mais fácil — prosseguiu Dani. — Mas quando se ama alguém de verdade, não sei se isso acontece.

Lilith olhou para o rapaz loiro à sua frente, notando a dor em seus olhos. Liat se fora apenas um mês antes de Cam, mas Dani falava como se eles estivessem separados há séculos.

— Adeus, Dani — disse ela. — Eu lhe desejo dias mais felizes.

— Adeus, Lilith.

Ainda com seu vestido, ela mergulhou no rio. A baixa temperatura das águas a lembrou de que ainda continuava viva. Levantou-se, depois boiou de costas e observou dois pardais atravessando o céu. Sem que se desse conta, a corrente a transportou para uma curva do rio, e Lilith se viu diante de um banco de flores familiar.

Foi ali que ela e Cam se deram as mãos pela primeira vez, foi ali que ela sentiu seu toque pela primeira vez.

Subiu no banco e saiu do rio, torcendo a água dos cabelos e sentindo o vestido encharcado pesar seus passos. Os galhos da alfarrobeira esticavam-se para ela, tão familiares quanto um antigo amante.

Ali fora seu lugar preferido antes de ser o lugar preferido dela e de Cam. Ela pressionou as mãos na casca áspera da árvore e tateou, em busca do recesso onde escondera sua lira. Ainda estava ali.

Onde ela a havia deixado.

Ouviu o som de um trovão, e o céu começou a ficar ameaçador. Uma chuva fria e forte se pôs a cair. Ela fechou os olhos e deixou a dor do abandono inflar dentro de si.

— *Leva meu amor contigo quando te fores.*

Lilith abriu os olhos, espantada com a maneira como a música lhe ocorrera, como se tivesse nascido da chuva.

A canção era crua e atormentada, assim como ela.

Cantou a letra em voz alta, modificando algumas notas da melodia. Ouviu aplausos lá de cima. Levantou-se de supetão e viu um rapaz mais ou menos de sua idade sentado num galho.

— Você me assustou — disse ela, levando a mão ao peito.

— Perdão — retrucou o rapaz. Tinha rosto quadrado, cabelo acobreado ondulado e olhos castanhos. Usava um manto de pele de camelo, como a maioria dos homens da tribo de Lilith, mas por baixo ela vislumbrava calças estranhas, ásperas e azuis, ajustadas na altura do tornozelo, e sapatos branquíssimos amarrados de um jeito intrincado por cordas finas e brancas. Provavelmente ele vinha de alguma vila muito distante.

Ele içou-se até um galho mais baixo, observando-a. A chuva fazia seu cabelo brilhar.

— Você escreve músicas? — perguntou ele.

Escondido atrás da lira de Lilith estava o livro de pergaminho que seu pai lhe dera como um presente da colheita. O livro continha todas as canções da garota.

— Eu escrevia, mas não escrevo mais — respondeu Lilith.

— Ah. — O rapaz saltou do galho. — Você está sofrendo.

Lilith não sabia como esse garoto parecia saber o que ela estava sentindo.

— Vejo em seus olhos — continuou ele. — Todos os grandes compositores têm uma coisa em comum: a tristeza. É daí que vem sua inspiração. — Ele inclinou o corpo para a frente. — Talvez um dia você venha a agradecer a Cam pela inspiração.

A pulsação de Lilith acelerou.

— O que sabe sobre Cam?

O rapaz sorriu.

— Sei que você ainda sente falta dele. Estou certo?

A distância, Lilith via as luzes de sua serena vila. Ouvia as vozes das irmãs.

— Acho que minha mágoa é profunda demais — comentou ela.

— Espero que não se aprofunde *ainda mais*, pois não desejaria um sofrimento assim para ninguém.

Lilith fechou os olhos e pensou em Cam. Ele tinha sido tudo para ela. Agora tudo acabara.

— Você merece uma explicação — disse o rapaz, como se pudesse ler sua mente.

— Sim. — Lilith se viu dizendo.

— Você quer vê-lo.

— Mais que qualquer coisa.

— Você quer convencê-lo de que ele foi um idiota, de que cometeu o maior erro do universo, de que jamais vai encontrar um amor como o seu novamente? — Os olhos castanho-claros cintilaram. — Sei onde ele está.

Ela ficou imóvel, ansiosa.

— Onde?

— Posso levá-la até ele, mas antes é preciso avisar: a jornada será longa e perigosa. E tem mais uma coisa. Não vamos retornar.

Ele aguardou um instante até ela entender o significado daquilo. Lilith olhou mais uma vez para a vila e imaginou como seria nunca mais ouvir o farfalhar da colheita dos grãos, o barulho da água do poço, a risada de suas irmãs. Valeria a pena abdicar de tudo para ver Cam mais uma vez?

— Quando podemos partir?

— Posso relatar minha proposta com todas as letras? — perguntou o rapaz.

Lilith ficou confusa.

— Sua proposta?

— Levarei você até Cam. — O rapaz esfregou as mãos. — Se vocês dois se reconciliarem, que fiquem juntos. Mas, se seu verdadeiro amor renegá-la... — Ele deu um passo ameaçador para a frente. — Você ficará comigo.

— Com você?

— Meu mundo bem poderia aproveitar-se de um toque de beleza e inspiração: sua voz, sua poesia, sua alma. — O rapaz enrolou em um dedo a corrente que levava ao pescoço. — Posso lhe mostrar lugares inéditos.

Lilith não estava interessada em ver o mundo. Estava interessada em ver Cam. Queria se reconciliar, reviver o amor dos dois, e então, mais tarde, quando voltasse a fazer sentido, casar-se, constituir família; tal como os dois haviam planejado.

Olhou para o rapaz à sua frente. Ela nem mesmo sabia o nome dele. Algo nele a deixava inquieta. Entretanto, se ele realmente podia levá-la até Cam...

Ela apanhou a lira e o caderno de música no nicho da alfarrobeira. Seria aquela a última vez que guardaria suas coisas em sua árvore preferida, a última vez que olharia para as águas cintilantes daquela curva do rio Jordão? E sua família, e seus amigos?

Se permanecesse ali, contudo, sempre ficaria se perguntando o que poderia ter sido.

Fechou os olhos e disse:

— Estou pronta.

O rapaz segurou sua mão e disse em voz baixa:

— Agora fechamos o que mais tarde será conhecido como um "pacto".

CATORZE

O NOVO ZERO

CAM

Quatro Dias

Na manhã seguinte à noite em que encontrou Bruce e Lilith no boliche, Cam estava sentado ao lado de Lúcifer, sobre um placar de madeira cheio de farpas. Os dois olhavam para um campo de futebol americano. Mais atrás, viam-se as colinas ardentes.

O ar, úmido, estava repleto de fumaça. Às sete da manhã, a escola encontrava-se ainda mais silenciosa que o cemitério da Sword & Cross quando Cam descobrira que Lilith habitava infinitos Infernos, quando sua única preocupação eram os jogos com Luce e Daniel. Gostaria de ter sido mais grato por sua vida ser encantadoramente mais simples naqueles tempos.

Restavam quatro dias para o término de sua aposta com o diabo e Cam não tinha ideia de qual seria o resultado final. Houve momentos — como aquele em que Lilith provou seu antigo vestido de noiva — em que Cam percebera que ela quase conseguia vislumbrar seu passado estilhaçado. Embora esperasse de todo coração que ela estivesse perto de se apaixonar por ele, ela ainda não lhe dissera aquilo com todas as letras.

Os dois nem sequer haviam se beijado.

Lúcifer enfiou a mão num saco de papel pardo e entregou a Cam um copo de isopor fumegante. Estava disfarçado de Luc, mas, quando ele e Cam se viam a sós, o diabo deixava à mostra seu rosnado verdadeiro e aterrorizante.

— Mesmo que você vivesse mais dezesseis trilhões de anos, nunca deixaria de ser um ingênuo — disse ele.

— Prefiro ser ingênuo a cínico — retrucou Cam, e deu um gole em seu café. — Além disso, como você explica o que aconteceu? Ela mudou. Depois que o jogo começa, não tem como saber como irá terminar.

— Essa é a beleza de ser o número dois. — Lúcifer sorriu, e Cam viu as larvas que se contorciam entre as falhas em seus dentes. — Ninguém espera que você vença. Cuidado!

Embaixo deles, o placar se acendeu, e as palavras *Time da Casa* e *Time Convidado* se iluminaram à luz da manhã. O diabo soltou suas asas envelhecidas e voou até a arquibancada, depois chamou Cam para juntar-se a ele.

Cam pousou o café no placar, suspirou, olhou ao redor para ter certeza de que estavam a sós, e depois libertou suas asas. Sentia vontade de soltá-las todas as vezes em que esteve com Lilith, mas não podia mostrar a ela seu verdadeiro eu, ainda não. Talvez nunca pudesse.

Cam sentiu as asas se abrirem atrás de si, depois notou os olhos de Lúcifer examinando-as.

— O que está acontecendo? — perguntou o diabo, o cenho franzido.

Cam tentou não aparentar surpresa ao ver suas asas, que agora estavam rajadas em partes iguais de dourado e branco.

— Quem tem de me dizer é você — respondeu Cam, decolando do placar para pairar ao lado de Lúcifer. Era bom sentir o ar, sentir-se leve, sentir o vento ao seu redor. — Meu cabelo, minha cintura, minhas asas. Você é o estilista brilhante, certo?

A arquibancada rangeu sob os pés de Cam e Lúcifer, e, sem saber de onde, Cam ouviu um ruído semelhante ao farfalhar de um tecido. Ou talvez fossem as asas escamosas de Lúcifer se dobrando. Cam também fez o mesmo com as dele, para que nenhum par de olhos mortais as visse sem querer.

— Estamos no que eu chamarei de três quartos do jogo — disse Lúcifer, exalando uma nuvem de fumaça preta que se espiralou pelo ar até pairar sobre o placar, e então sumiu. A caixa que designava em que tempo estava o jogo se acendeu com o número três. — Vamos ver como nossos times estão se saindo.

Lúcifer contorceu a boca, e Cam se deu conta de que o diabo também não tinha certeza de como seria o resultado final. Tinha trazido Cam até ali para minar sua confiança. Ele não poderia permitir que Lúcifer visse fraqueza de sua parte; qualquer rachadura que o diabo percebesse, imediatamente se transformaria num alvo.

— Sua primeira jogada foi boa, admito — disse Lúcifer. — Montar uma banda com Lilith: um ponto! — O número 1 apareceu sob a caixa do *Time Convidado* no placar. Depois ele riu. — Roubar o caderno dela e depois distribuir aquela letra de música pela escola foi, definitivamente, um ponto para *moi*.

Quando o número 100 apareceu sob *Time da Casa*, Luc soltou as asas, avançou e bateu no placar algumas vezes.

— Qual o problema desta coisa?

Voou de novo até a arquibancada, e Cam observou quando as asas entram nos ombros dele, notando a maneira como cintilavam de modo sombrio à luz matinal.

— Curei o irmão dela — declarou Cam. — Isso vale mais que qualquer coisa que você tenha tentado desfazer.

— Certo, vou dar esse desconto — declarou Luc. — Embaixo de *Time Convidado*, o número 1 tornou-se 2. — Mas você também ficou velho, gordo e careca, e todos concordariam que essa é uma *gorda* vantagem para mim. — O número 200 surgiu no placar do *Time da Casa*.

Cam revirou os olhos.

— Não sei se você percebeu, mas Lilith não está nem aí para como você manipula minha aparência.

— Não é que ela não percebeu! — vociferou Luc. — Por algum motivo, ela não vê como seu corpo está mudando.

Cam ficou confuso.

— Está dizendo que estou feio para todo mundo, *menos* para Lilith?

— Tim, tim, tim. — O placar acendeu o número 3 em *Time Convidado*. Luc olhou diretamente para o sol, sem piscar. — Também não entendo. Tinha certeza de que essa sua aparência a deixaria enojada, mas...

— Mas ela é Lilith — disse Cam, percebendo tudo pela primeira vez. — Ela enxerga o que existe dentro de mim, e nem mesmo você consegue interferir nisso. — Ele olhou para si. Há muitos dias não sentia tanta confiança. — Não sei por que precisei perder minha beleza para me dar conta disso. — Ele provocou o diabo: — Você devia me dar um ponto extra por isso.

— Não me importo em dar. — Lúcifer virou-se para o placar, onde agora se lia: *Time da Casa: 300; Time Convidado: 3*. Então estreitou os olhos para Cam. — Não sei por que está tão confiante. Você está perdendo.

— Como sabe? — perguntou Cam.

— Pela primeira vez em todas as suas vidas, Lilith está aprendendo a gostar de seu Inferno — disse Lúcifer. — Parou de comparar seus sonhos com a realidade.

— Ela está se adaptando, aprendendo a sobreviver — concordou Cam. — Está quase...

Ele parou, lembrando-se de como Lilith sorrira para ele outro dia, do outro lado do refeitório, e do som de sua voz na noite anterior, quando ela cantou com Bruce no fliperama, e de seu olhar quando todos fizeram um brinde com refrigerante morno à sua vitória no concurso de letras de música.

— ... feliz — concluiu Cam.

— Mas uma garota feliz não precisa ser salva por alguém como você — argumentou Lúcifer, com um rosnado. — Encare a real, Cam: ela precisa odiar a própria vida para que possa te amar. Senão, você perde a aposta... e Lilith. — No *Time da Casa* o placar mostrou o número 2000. O som dos números mudando com tanta rapidez tiniu como o ruído da chuva num telhado. — Sim, uma derrota na noite da festa da formatura é certa — decretou Lúcifer. — Mas isso não é novidade alguma.

— Errado — retrucou Cam.

— Vou lhe dizer uma coisa. — Lúcifer se inclinou para perto. O diabo cheirava a anis misturado com brasas. O estômago de Cam se revirou. — Vou liberar você.

— Como assim? — perguntou Cam.

— Vou dar a aposta como encerrada. Você pode voltar a choramingar nos confins do universo, sem jamais conhecer seu potencial, e eu vou voltar a confundir a vida de todo mundo.

Nos olhos avermelhados do demônio, Cam notou certo desespero.

— Você acha que vai perder — disse Cam, sem refletir.

Lúcifer soltou uma gargalhada que pareceu sacudir o chão embaixo deles.

— Por que mais desejaria cancelar a aposta? — perguntou Cam.

A gargalhada terminou abruptamente.

— Talvez o que aconteceu com Luce e Daniel tenha provocado mudanças em mim também — ofereceu ele, num rosnado. — Talvez eu esteja sendo misericordioso com você, por mais repulsivo que isso possa parecer.

— Você está blefando — devolveu Cam. O diabo podia dizer o que quisesse: não havia a menor chance de Cam desistir do acordo. — Não vou abandonar Lilith. Não posso seguir sem ela.

— Aplaudo sua perseverança — disse Lúcifer, quando o número 4 se acendeu do lado do *Time Convidado* no placar. — Mas você não sabe do que está falando. Não sabe nem ao menos *por que* Lilith virou uma de minhas súditas, não é?

Cam engoliu em seco. Aquela dúvida o atormentara desde antes de ele chegar ali, desde que Annabelle revelou onde poderia encontrar Lilith.

— *Suicídio* — disse Lúcifer, devagar, enfatizando cada sílaba.

— Não. Ela não faria... — sussurrou Cam.

— Você pensa que a conhece? Mas não conhece. E não tem a menor chance nessa aposta. — Lúcifer olhou para o campo desolado que criara. — E todo mundo, até mesmo aqueles adolescentes otários ali embaixo, sabe disso, menos você.

— Conte-me o que aconteceu — pediu Cam, ouvindo o tremor na própria voz. — Quando ela tirou a própria vida? Por quê?

— Você tem até o fim do dia para desistir — declarou Lúcifer, com o brilho da maldade nos olhos. — Senão cuidado, porque as coisas vão ficar sujas.

— Para variar, não é? — disse Cam.

O diabo lançou-lhe um olhar ameaçador.

— Você vai ver.

※

Cam andava de um lado a outro do estacionamento, aguardando a chegada dos ônibus escolares para que se iniciasse mais um dia na Trumbull. A advertência do diabo o deixara inquieto.

Precisava ver Lilith. Fechou os olhos e tentou imaginá-la caminhando até a escola, mas a única coisa em que conseguia pensar era no suicídio mencionado por Lúcifer. Quando teria ela feito isso? Onde?

Seria ele, Cam, o responsável?

Assim que conheceu Lilith, Cam soube que não haveria maneira de separar sua existência da dela. Ela era seu verdadeiro amor. Se havia alguma coisa que Cam aprendera com Luce e Daniel fora isso: quando você encontra uma alma que ama mais que qualquer outra, *não* a abandona.

O guincho agudo dos freios anunciou a chegada dos ônibus escolares. Quando a frota amarela preencheu o espaço circular, os alunos desceram os degraus e depois seguiram em bando até a escola, como todos os dias. Mas havia algo diferente naquela manhã. Algo sombrio pairava no ar.

Os alunos conversavam aos sussurros e, quando seus olhos pousavam sobre Cam, enrijeciam, recuavam e então afastavam-se rapidamente.

Uma garota que ele nunca vira até então cuspiu ao passar por ele.

— Como você consegue dormir à noite, seu porco?

À medida que mais olhares desconfiados pousavam nele, as asas de Cam começaram a arder, escondidas dentro de seus ombros. Lúcifer havia avisado que as coisas ficariam feias, mas o que teria feito exatamente?

Chegou na sala da primeira aula minutos antes de o sino tocar. Só havia uns poucos alunos ali, mas todos viraram as costas quando Cam entrou.

Uma garota de longos cabelos negros e sardas olhou para trás e disse, em tom de desdém:

— Não acredito que esse monstro foi indicado para a corte da formatura!

Cam ignorou todo mundo, sentou-se e esperou pela chegada de Lilith.

Ela entrou assim que o sinal tocou, ainda de cabelo úmido, as roupas amarrotadas, com uma maçã semicomida na mão. Não olhou para Cam.

Ele aguardou cinquenta minutos torturantes, depois puxou-a para um canto logo após a aula.

— O que foi? — perguntou ele. — O que aconteceu?

— Não é de minha conta com quem você saía antes de me conhecer — disse Lilith, com os olhos marejados. — Mas a garota *se matou*!

— *Que garota?* — perguntou Cam.

— Por que preciso explicar isso para você? — perguntou Lilith. — Você saiu com mais de uma garota que se matou?

— De onde você tirou isso? — perguntou Cam, embora, claro, soubesse que nem precisava perguntar. Lúcifer provavelmente tinha cochichado algum boato fraudulento no ouvido de alguém, e agora Cam virara o pária da escola.

— Todo mundo no ônibus só falava disso hoje de manhã. — Lilith percebeu as pessoas olhando feio para Cam. — Pelo jeito, parece que a escola inteira está sabendo.

— Eles não sabem de nada — retrucou Cam. — Você, sim. Você me conhece.

— Diga que não é verdade — pediu Lilith. Cam ouviu o tom de súplica em sua voz. — Diga que ela não se matou por causa do que você fez.

Cam olhou para baixo, para suas botas. Lilith estava em Crossroads porque havia se matado, mas teria ela se matado por causa dele?

— É verdade — respondeu ele, agoniado. — Ela tirou a própria vida.

Lilith arregalou os olhos e recuou. Cam entendeu que, na verdade, ela não estava esperando ouvir aquilo.

— Ele está importunando você de novo, Lilith?

Cam se virou e viu Luc, o cabelo perfeitamente penteado para trás. O diabo segurou o braço de Lilith, flexionando o bíceps.

— Vamos, linda?

— Pode deixar que eu conheço o caminho. — Lilith puxou o braço e se soltou de Luc, mas continuou olhando para Cam ao falar.

— Isso quer dizer que ela não quer que você vá atrás dela, Cam — murmurou Luc, quando Lilith virou as costas.

Cam fechou as mãos em punhos.

— Última chance de desistir — disse Lúcifer.

Cam balançou a cabeça numa raiva silenciosa. Enquanto observava Lilith se afastando, temia tê-la perdido de uma vez por todas.

— Não é assim *tão* ruim — disse Luc, e tirou um bilhetinho do bolso de trás da calça. Entregou o papel a Cam. — O diretor quer vê-lo na sala dele agora.

※

A mesa da secretária em frente ao escritório de Tarkenton estava vazia, e a sala do diretor, fechada. Cam alisou a camiseta do disco APPETITE FOR DESTRUCTION que tinha comprado no brechó, passou a mão nos cabelos e bateu na porta.

Que se abriu imediatamente.

Ele entrou, hesitante, pois não viu ninguém ali dentro.

— Sr. Tarkenton? Senhor? Mandou me chamar?

— *Aaaaaaaaaaaarggggggh!!!!* — Roland e Ariane saltaram de trás da porta e se dobraram de tanto rir. Ariane fechou a porta e a trancou.

— *Senhor?!?* Mandou me chamar? — disse ela, com sua melhor imitação da voz de Cam.

— Essa é a coisa mais engraçada que eu já vi em séculos, *senhor* — disse Roland.

— Ha, ha, ha. Podem rir à vontade — disse Cam. — Desculpe aí, mas estou tentando me adaptar ao lugar.

Abraçou Roland e depois Ariane. Eram as últimas pessoas que esperava ver por ali, mas Cam não podia estar mais grato por encontrar os amigos.

— Está mandando bem, cara — disse Ariane, enxugando os olhos. Tinha raspado a cabeça e estava toda vestida de preto. A única cor que se via nela era a franja laranja chocante de seus cílios postiços. — E tô gostando de ver. Mas, hã... — Ela fez uma careta, olhando para a barriga de Cam. — E essa barriga de chope aí?

— É a ideia que Lúcifer tem de diversão — respondeu Cam. — Ele pensou que seria um balde de água fria para Lilith, mas ela nem percebe a diferença; ou pelo menos não *percebia*, quando gostava de mim. Não sei agora. — Olhou para seus amigos, tomado de emoção. — Como vieram parar aqui?

— Também por conta da ideia de Lúcifer de diversão — explicou Roland. Estava sensacional com um terno de risca de giz de alfaiataria e uma camisa de babados, e cheirava a perfume caro.

— Certo — disse Cam, entendendo tudo na mesma hora. — Ele sabe que vai perder, por isso quer que vocês dois me convençam a desistir da aposta.

— Pode ser, cara — disse Roland. — Mas concordamos com ele.

— Em outras palavras — continuou Ariane —, o que está fazendo, Cam?

— Se não me engano, na última vez que nos vimos, vocês sugeriram que eu consertasse meus erros. Lembram-se? — retrucou Cam.

— Mas não desse jeito! — Ariane repreendeu Cam. — Depois que Luce e Daniel conseguiram uma segunda chance para suas almas... quero dizer... *cara!*

Na Sword & Cross, Ariane e Roland haviam falado de Luce e Daniel como se os amantes angelicais constituíssem um modelo de história de amor para o restante deles. Entretanto, na ótica de Cam, Luce e Daniel apenas gostavam um do outro acima de qualquer coisa. E, para ele, tudo bem. Os dois jamais quiseram causar uma revolução.

E ainda assim haviam causado. Por causa da escolha de Luce e Daniel de arriscar tudo em nome do amor é que Cam estava ali em Crossroads.

— Não estou pedindo conselhos — declarou Cam.

— Isso não impede Ariane de continuar falando. — Roland encostou-se na mesa de Tarkenton. — Por que atirar o futuro eterno no lixo por causa de uma aposta malfadada com o diabo? E então recusar a oferta de Lúcifer de encerrar a aposta?

Cam entendia como, de fora, parecia impossível: quinze dias para conquistar o coração de uma garota... uma garota cujo ódio por ele fora forjado ao longo de três milênios no Inferno. Entretanto, ele não estava nem aí. Em seu coração, não havia dúvida de que precisava salvar Lilith. Não era uma escolha. Era a medida de seu amor por ela.

Ariane segurou os ombros de Cam e o empurrou na cadeira giratória com assento de couro de Tarkenton. Segurou o porco de bronze do diretor.

— Olhe, Cam, você sempre foi autodestrutivo. A gente entende isso e te ama mesmo assim, mas já está na hora de deixar de lado os joguinhos com Lúcifer.

— Ele nunca perde — interferiu Roland. — Talvez só de vez em nunca.

— Não posso — disse Cam. — Vocês não entendem? É meu jeito de honrar a escolha de Luce e de Daniel de desistirem da imortalidade. Preciso salvar Lilith. É o único jeito de salvar a mim mesmo. — Ele inclinou o corpo para a frente, ainda sentado na cadeira. — A pessoa que amo está sendo molestada. O que aconteceu com o senso de responsabilidade de vocês? O Roland e a Ariane que conheço jamais me perdoariam se eu não tentasse libertar Lilith.

— Tivemos um senso de responsabilidade para com o destino de Lucinda — disse Ariane. — Mas Lilith é muito menos importante que Luce. Não passa de um grão de areia na praia.

Cam piscou, atônito.

— Talvez para vocês.

— Para todo mundo — disse ela. — É por isso que todos nós passamos seis mil anos seguindo Luce para cima e para baixo. Ela enfrentou uma escolha que tinha implicações cósmicas.

— Lilith também é importante — protestou Cam. — Ela merece mais que isso.

— Você pelo menos vai levá-la ao baile de formatura? — perguntou Ariane, depois suspirou. — Sempre quis ir a um baile de formatura.

— Ainda não a convidei — admitiu Cam. — O momento certo não chegou.

— Você está muito atrasado nesse jogo! — exclamou Ariane. — Talvez eu e Ro possamos ajudá-lo nesse departamento. Depois de tanto treino com Luce e Daniel, viramos mestres em criar situações românticas. Pensou nisso?

A porta se abriu de repente.

— Posso ajudá-los? — disse Tarkenton.

Ariane pousou o peso de papel em formato de porco com todo o cuidado na mesa do diretor e deu uma palmadinha na cabeça do bicho.

— Este porquinho é lindo. Dou 25 centavos por ele.

— SAIA DA MINHA CADEIRA AGORA! — trovejou Tarkenton para Cam, e em seguida virou-se para Roland e Ariane. — E quem são vocês, seus delinquentes?!

— Somos anjos caídos — respondeu Roland.

— Não insultem minha religião! — vociferou Tarkenton, com o rosto contorcido. — Eu poderia mandar prender vocês por invasão! E você, Sr. Briel, está suspenso pelo restante do dia de hoje e amanhã também. Saia da escola antes que eu mande expulsá-lo!

— Por favor, não me dê suspensão, senhor — disse Cam. — Preciso vir para cá.

Roland olhou para Cam, desconfiado.

— Está falando sério, cara? Você *se importa*?

Cam se importava. Os dias são longos e solitários quando a garota que você ama está na escola, e você, não. A aposta com Lúcifer terminaria em quatro dias. Se ele desejava mesmo libertar Lilith daquele Inferno, precisaria de absolutamente todos os momentos que pudesse ter ao seu lado.

QUINZE

RAINHA DE COPAS

LILITH

Três Dias

No dia seguinte, na hora do almoço, Lilith, Jean e Luis se encontraram na sala de música.

A sala finalmente estava vazia, pois as garotas da Desprezos Nítidos tinham ido a uma reunião da corte da formatura. Depois de apanhar um sanduíche, Lilith passara ao lado da mesa da corte, que ficava no meio do refeitório, e notou que a cadeira onde Cam deveria sentar estava vaga. Ele faltara tanto na primeira aula quanto na aula de poesia naquela manhã, e Lilith tentava não se perguntar o motivo.

— Oi, Luis. — Ela conseguiu dar um arremedo de sorriso para o baterista, que vestia uma regata azul e usava luvas de couro sem dedos.

— Hola — disse Luis, rufando os tambores. Ele estava ficando cada vez melhor. Estava quase bom.

— Isso aí ficou irado— elogiou Lilith.

Luis sorriu.

— Meu nome do meio é Irado.

A batalha seria dali a três noites. Eles tinham um guitarrista a menos — mais uma vez — e pareciam longe de bem preparados, mas Lilith estava determinada a não desistir. Iria descobrir um jeito de deslanchar naquela apresentação.

— Deixe eu adivinhar. Não estamos à espera de Cam, certo? — disse Jean, com um olhar compreensivo. Ele tinha tirado a tampa do sintetizador *Moog* e apertava os parafusos do interior.

— Não. — Lilith suspirou. — Somos somente nós.

Ela estava entorpecida, exausta. Sentia-se nauseada desde o dia anterior, quando embarcou no ônibus e sentiu todos os olhares em cima de si. No início, fora idiota o suficiente para pensar que as pessoas de repente tinham passado a notar sua existência porque tinham ouvido dizer que ela havia vencido o concurso de composições. Mas ninguém viera cumprimentá-la porque os Quatro Cavaleiros tocariam sua música na festa.

A notícia horrível sobre Cam havia eclipsado totalmente a boa notícia de Lilith. Àquela altura toda a escola se transformara numa colmeia de alunos que espalhavam a mesma história horrorosa: a última namorada de Cam, uma menina que tinha sido apaixonada por ele, se matou quando eles se separaram.

Lilith sabia que Cam havia ficado com outras garotas. Mas essa história...

Suicídio.

— É uma bosta — disse Jean. — Quero dizer, a Vingança vai fazer um showzaço, mas sem Cam...

Lilith sabia o que ele estava pensando. Cam era um grande músico. Era carismático no palco. Havia trazido um toque necessário para a banda. A Vingança perderia sem ele.

Além disso, ele realmente queria estar na banda. Lilith tinha certeza disso porque ele telefonara para a casa dela sete vezes na noite anterior.

— Não atenda — pediu a Bruce, mas já era tarde demais.

— Alô? — disse Bruce, e, em seguida, estendeu o telefone para Lilith, murmurando: — É Cam.

Lilith rapidamente rabiscou um recado e estendeu o papel para Bruce.

— Desculpe, Cam — disse Bruce. — Ela mandou dizer que você ligou para o número errado.

Lilith murmurou para Bruce desligar o telefone depressa, e gemeu assim que ele o fez.

— Poxa, valeu.

— Por que você não quer falar com Cam? — perguntou Bruce. — O que aconteceu?

— É uma longa história — respondeu ela. — Eu te conto quando você for mais velho.

— Mas eu gosto dele — disse Bruce.

Lilith franziu a testa.

— Eu sei. Só não atenda o telefone de novo.

Era possível que Cam tivesse ligado mais de sete vezes, mas sete havia sido o limite de sua mãe. Depois disso, Janet tirou o telefone da tomada. E no silêncio que se seguiu, o coração de Lilith começou a doer. Sua intenção tinha sido impedir Cam de se aproximar demais, para não se machucar, mas ali estava ela, magoada, desnorteada e desejando que ele acertasse as coisas.

Ela teria de voltar a cuidar de si, sem esperar nada de ninguém, protegendo-se contra o sofrimento.

Agora, no ensaio, Jean largava a chave de fenda, coçava o queixo e observava Lilith com atenção.

— Não me diga que acredita nesses boatos? Cam é um cara bacana. Sabe disso.

— Eu não quero falar disso. — Lilith sentou-se contra a parede, entre dois xilofones gigantes, pegou seu caderno e se pôs a folhear as páginas.

— O que você está fazendo? — perguntou Jean.

— Alterando o refrão de "Blues de outro alguém" antes do ensaio — respondeu Lilith.

— Peraí, quer dizer que não estamos terminando a banda? — Luis soltou um suspiro audível de alívio.

— Claro que não — disse Lilith, levantando-se e pegando seu violão.

Não era apenas a banda que Lilith precisava manter unida. Era sua amizade com Jean e Luis. Ao contrário de Cam, esses caras não eram complicados. Não tinham dominado seu coração de modo perigoso. Entretanto, o que eles tinham feito — mostrado a ela um lugar para chamar de seu — importava para Lilith, e ela não ia desistir.

— Vamos nessa.

— É isso *aí*! — exclamou Jean, ligando o sintetizador.

— U-huuu! — gritou Luis, preparando suas baquetas.

— Dois, três, quatro — contou Lilith. Nascia dentro dela uma confiança renovada quando a Vingança começou a tocar.

※

— Ah, aí está você. — A Sra. Richards parou Lilith no corredor dos armários depois das aulas. — Preciso de um favor. — Seus óculos estavam manchados, e ela parecia exausta. Lilith sabia que a professora vinha trabalhando junto à comissão de formatura depois das aulas, para ter certeza de que faziam escolhas sustentáveis na organização da festa.

— Claro — disse Lilith. Desde que ela havia pedido desculpas à Sra. Richards e passado a seguir seu conselho em relação à dieta de Bruce, as duas vinham se dando muito melhor.

— Chloe King voltou para casa antes do fim das aulas hoje, indisposta — disse a Sra. Richards. — Preciso que um aluno leve a lição de casa para ela.

— Não sou amiga de Chloe — disse Lilith. — Nem sei onde ela mora. Será que não seria melhor pedir a June, Teresa ou outra pessoa?

A Sra. Richards sorriu melancolicamente.

— Reunião de última hora da corte da formatura! Além disso, pensei que você estivesse virando uma nova página em sua vida. — Ela colocou uma pilha de pastas nas mãos de Lilith. O endereço da casa de Chloe estava escrito num post-it verde, colado no topo. — Isso me ajudaria muitíssimo. Odeio ver um aluno brilhante ficando para trás.

Então Lilith embarcou no ônibus dos ricos, que ia praticamente vazio porque as pessoas endinheiradas que moravam no bairro de Chloe tinham carros.

Lilith ia observando as placas à medida que o ônibus serpenteava pelo bairro chique, deixando alunos diante de novas mansões que ficavam atrás de gramados amplos e bem cuidados. Ela viu um garoto do primeiro ano entrar numa casa com uma placa de "Vende-se" plantada no gramado, e se perguntou para onde a família estaria se mudando.

Lilith o imaginou arrumando seus pertences, entrando num carro de luxo e seguindo pela rodovia, fugindo de Crossroads. A fantasia era suficiente para fazê-la sentir inveja. Escapar era uma ideia quase permanente na cabeça de Lilith.

Logo o ônibus virou na Maple Lane, e Lilith olhou mais uma vez o papel onde estava escrito o endereço de Chloe. Levantou-se para descer do ônibus assim que ele parou na frente de uma mansão gigantesca de novos-ricos que imitava o estilo Tudor, e era circundada por um fosso cheio de carpas.

Claro que Chloe moraria numa casa como aquela.

Quando Lilith tocou a campainha, alguém liberou a porta e acionou o mecanismo que baixava uma ponte levadiça elétrica sobre o fosso de carpas.

Do outro lado do fosso, uma governanta abriu a porta, que dava para um saguão de mármore brilhante.

— Em que posso ajudar? — perguntou ela.

— Vim deixar o dever de casa de Chloe — disse Lilith, surpresa com a maneira como a voz ecoava nas paredes; aquele saguão tinha uma acústica maluca. Entregou as pastas para a empregada, ansiosa para voltar à escola, onde se encontraria com Jean e Luis.

— É *Lilith* que está aí? — gritou a voz de Chloe de algum lugar lá em cima. — Pode mandá-la entrar.

Antes que Lilith pudesse discutir, a governanta a conduziu para dentro e fechou a porta.

— Os sapatos — disse ela, apontando para os coturnos de Lilith e então para a sapateira de mármore branco que ficava ao lado da porta.

Lilith suspirou e desamarrou os coturnos, depois os tirou.

A casa cheirava a limão. Todo o mobiliário era enorme, e a decoração era toda em tons de branco. Havia um enorme piano de cauda branco sobre um tapete de alpaca branca no centro da sala, tocando Bach de modo automatizado.

A empregada conduziu Lilith pelas escadas de mármore branco. Quando a deixou à porta do quarto branco de Chloe e devolveu-lhe as pastas, ergueu as sobrancelhas como se dissesse: *Boa sorte; ela está excepcionalmente de bom humor hoje.*

Lilith bateu suavemente à porta.

— Entre — disse uma voz macia.

Lilith olhou para o interior do quarto. Chloe estava deitada de lado, de costas para Lilith e de frente para uma janela coberta com cortinas brancas. Seu quarto era absolutamente diferente do que Lilith imaginava. Na verdade, era quase igual à sala de estar: uma cama de dossel branca de grandes dimensões, mantas de cashmere brancas sobre a cama e sobre as cadeiras junto à janela, e um lustre de cristal caro pendurado no teto.

O quarto de Chloe fez Lilith pensar em seu próprio quarto com mais carinho, com sua cama de solteiro velha, sua escrivaninha de loja de segunda mão e os abajures descasados que a mãe encontrara numa venda de garagem. Ela possuía três pôsteres dos Quatro Cavaleiros, de cada um dos seus álbuns mais recentes. Usava o espaço acima da escrivaninha para grudar citações de seus artistas favoritos e letras de música para as quais desejava encontrar melodias.

A única coisa na parede de Chloe era um disco de platina num quadro branco, com uma placa onde estava escrito: CONCEDIDO A DESPREZOS NÍTIDOS EM NOME DAS FUTURAS VENDAS. FELIZ NATAL. COM AMOR, PAPAI.

Lilith sabia que Chloe tinha um monte de paixões — não apenas sua banda, mas também a corte da formatura, o time de bingo, as campanhas para o diretório estudantil. Era estranho não haver *nenhum* sinal de nenhuma dessas coisas no lugar onde ela passava a maior parte do tempo. Era como se seus interesses tivessem sido caiados por um designer de interiores badalado. Lilith sentiu um pouco de pena de Chloe King.

Chloe fungou e apanhou uma caixa de lencinhos de papel que estava sobre seu criado-mudo.

— Que pena que você está doente — disse Lilith, e pousou as pastas na cômoda branca de Lilith. — Trouxe seu dever de casa. Você acha que vai melhorar até a festa?

— Não estou doente — disse Chloe. — Tirei um dia de descanso para o bem de minha saúde mental. — Ela se virou para encarar Lilith, o rosto inchado de tanto chorar. — Achei que nunca iria querer ver sua cara novamente depois do que fez comigo hoje, mas, agora que está aqui, pode me entreter.

— Como assim, o que *eu* fiz com você hoje? — indagou Lilith, encostando-se na porta. — Eu nem te vi.

— Ouvi sua banda ensaiando na hora do almoço — disse Chloe. — Eu estava passando por ali por acaso, depois da reunião da corte da formatura, mas então ouvi vocês por trás da porta e não tive como não prestar atenção. — Um soluço sacudiu os ombros da garota. — Você não deveria ser minha rival.

— Oh — disse Lilith, aproximando-se um passo de Chloe. — Então minha banda ofendeu você por ser boa?

— Você sabe o tamanho da pressão que sofro para vencer? — gemeu Chloe, sentada na cama. — Todo mundo pensa que sou perfeita. Não posso decepcionar as pessoas. — Ela se obrigou a respirar fundo. — Além disso, meu pai está patrocinando essa coisa toda, por isso vai ser ainda mais embaraçoso se eu não ganhar.

— Olhe — começou Lilith. — Nunca ouvi suas músicas. Mas, tipo, uma centena de pessoas vão pros seus shows. Sempre ouço a galera comentando no dia seguinte.

— Isso é porque eles têm medo de mim — deixou escapar. Em seguida, pareceu chocada com o que tinha dito. Puxou as cobertas sobre o rosto. — Até minha própria banda tem medo de mim.

— Se serve de consolo, poucas pessoas em Trumbull gostam de mim também — disse Lilith, embora Chloe, que passara anos destacando publicamente os defeitos de Lilith, soubesse disso melhor que ninguém.

— Pois é — admitiu Chloe, espiando para fora, de baixo de seu edredom. — Mas isso não te incomoda, né? Quero dizer, você tem tanta coisa acontecendo. Está focada demais em sua música para se preocupar com popularidade. Você sabe quanto tempo livre eu teria se não tivesse que gerenciar constantemente meu status social?

Lilith costumava lamentar sua falta de amizades, mas ser uma pessoa solitária por tanto tempo fizera dela uma ótima compositora. Agora que tinha um grupo de amigos, tinha o melhor dos dois mundos.

De repente, sentiu ainda mais pena de Chloe.

— "Gerenciando meu status social" é um ótimo título para uma música — disse Lilith, e notou o violão de Chloe escondido no armário. Aproximou-se e o apanhou. — Poderíamos criá-la juntas, agora.

— Não preciso que você me lembre de suas habilidades artísticas superiores — bufou Chloe. — Passe esse violão pra cá.

Lilith obedeceu, e Chloe sorriu agradecida. De alguma forma, sentar-se na cama de Chloe pareceu a coisa certa a fazer. Lilith afundou no colchão, impressionada com a maciez luxuriante.

— Escute isso — disse Chloe, e começou a dedilhar. Logo em seguida, começou a cantar. — *Vadia rica, vadia rica...* — Quando ela terminou, olhou para Lilith. — Isso é o que nós vamos tocar na festa. É uma bosta, né?

— De jeito algum — disse Lilith. — O único problema é que... — Ela pensou por um instante. — Você está cantando a partir da perspectiva de alguém que olha sua vida com inveja. E se você cantasse a partir de sua própria perspectiva e mostrasse como se sente? Tipo, o quanto dói sentir como se o restante do mundo não conhecesse você de verdade.

— Dói mesmo — disse Chloe, baixinho. — Sabe que essa não é uma ideia totalmente ridícula?

— Tente de novo.

Chloe obedeceu. Dedilhou o violão, fechou os olhos e cantou a canção de forma tão diferente, com tanta emoção, que, quando terminou, tinha voltado a chorar. Lilith ficou chocada ao descobrir lágrimas nos próprios olhos também.

Quando Chloe tocou o último acorde, Lilith aplaudiu com entusiasmo genuíno.

— É isso aí! Foi incrível.

— Foi mesmo — concordou Chloe. — É verdade. — Pôs o violão sobre a cama, aí pegou o brilho labial, passou na boca e o ofereceu a Lilith. — Vamos fazer um show amanhã à noite no Alfie's. Você deveria ir.

Chloe jamais convidara Lilith para nada. Uma coisa era ter aquela conversa estranha a sós no quarto de Chloe, mas aparecer em público e não agir como se as duas se odiassem?

— Você não está mais com medo de eu acabar "influenciada" por sua música?

— Ah, cale a boca. — Chloe atirou um travesseiro na cabeça de Lilith. — E obrigada.

— Pelo quê? — perguntou Lilith.

— Por me ajudar com minha música. Eu não teria feito a mesma coisa por você — disse Chloe, com surpreendente honestidade. — Valeu mesmo.

Lilith esperou alguns segundos até entender aquilo, esperou que Chloe dissesse que estava brincando e revelasse a webcam com a qual filmava Lilith escondido, mas isso não aconteceu. Chloe simplesmente continuou se comportando como uma pessoa normal, e Lilith percebeu, para sua surpresa, que não era uma chatice total ficar com ela.

— Quem sabe, talvez eu vá — disse Lilith, e em seguida andou até a porta do quarto. De soslaio, viu Chloe sorrindo.

— Espere — chamou Chloe. — Tem mais uma coisa.

— O quê? — perguntou Lilith, da porta.

— Ontem de manhã, fui encontrar Dean embaixo das arquibancadas.

Dean... Dean... Lilith quebrou a cabeça tentando lembrar quem era Dean, depois recordou que aquele era o nome do namorado atleta de Chloe.

— Não olhe para mim desse jeito; foi um encontro totalmente inocente — disse Chloe. — A gente ia ensaiar para a dança de abertura da festa.

— Claro. — Lilith sorriu. Ninguém se encontra embaixo da arquibancada para ensaiar nada, e sim para ficar se agarrando.

— Enfim — disse Chloe. — O que importa é que eu ouvi vozes. Era Cam conversando com o estagiário de meu pai, Luc. Eles estavam discutindo. Sobre você.

Lilith tentou controlar seu rosto para não demonstrar espanto.

— Eu? Sobre mim? O quê?

— Não consegui pegar todos os detalhes — disse Chloe. — Dean estava exigindo muito minha atenção, mas ouvi alguma coisa sobre uma... aposta.

Justamente nesse momento, a mãe de Chloe enfiou a cabeça para dentro do quarto.

— Chloe, você precisa descansar.

— Estamos quase terminando, mãe — disse Chloe, dando um sorriso reluzente até a mãe desaparecer, sem sequer olhar para Lilith.

— Que tipo de aposta? — perguntou Lilith.

Chloe se inclinou para a frente, sentada na cama.

— Eu não entendi direito, mas basicamente Cam disse que conseguiria fazer você fugir com ele depois da formatura. E olha a parada: se ele não conseguir, vira escravo do Luc. Para sempre.

Lilith riu nervosamente.

— Isso parece meio exagerado.

Chloe deu de ombros.

— Não mate o mensageiro.

— Escravo de Luc? — repetiu Lilith. — Como seria isso?

— Bem, tá na cara que tem muita coisa sobre esses dois malucos que não sabemos — respondeu Chloe, fazendo uma careta.

Lilith tentou imaginar por que Luc e Cam estariam juntos, para começo de conversa, e por que raios fariam uma aposta que a envolvesse. Eles se odiavam! Será que Chloe estava mentindo? Aquela normalmente seria a primeira suposição de Lilith, mas Lilith nunca vira Chloe tão aberta e tão pouco maquiavélica.

Ela quase parecia sincera.

— Deve estar faltando alguma informação nessa história — disse Lilith, tentando fingir que não se sentia ansiosa de repente. — Talvez Cam esteja devendo um dinheiro a Luc ou algo assim.

— Ah, acho que não — disse Chloe. — Aqueles caras estavam falando como se dinheiro não fosse o problema. Não pareciam ligar a mínima para a vida ou a morte. — Ela olhou para Lilith. — A única coisa que importava era você.

DEZESSEIS

DIAS PERIGOSOS

CAM

Dois Dias

No dia seguinte, na aula de poesia, Cam tentou travar contato visual com Lilith. Por causa da suspensão, ele não a via há quase dois dias. Vê-la agora, rabiscando em seu caderno, imersa em um outro mundo, o deixava louco de desejo. Ele ardia de vontade de soltar a echarpe preta de seu pescoço e beijar a pele branca por baixo.

Tentou passar-lhe um bilhete, pedindo para que ela se encontrasse com ele depois da aula. Quando ela derrubou da carteira o papelzinho intocado, ele tentou passar outro, sem se dar ao trabalho de dobrar o papel daquela vez, deixando a mensagem exposta para qualquer um ver. *Por favor, fale comigo.* Mas Lilith recusou-se a ler.

Um garoto chamado Ryan Bang terminou de ler sua sextina experimental, e o Sr. Davidson se pôs a bater palmas.

— Ah! *Esse* é o tipo de poema que a *New Yorker* quer publicar! — exclamou o professor, com entusiasmo.

Cam mal prestava atenção, no entanto. Queria ser capaz de negar o boato espalhado por Luc, mas não dava para mentir para Lilith. O problema era que ele não sabia como contar a verdade.

Na frente da sala, o Sr. Davidson verificava suas anotações.

— Cameron, você é o próximo.

— O próximo a fazer o quê? — perguntou Cam, tentando retomar o foco.

— O dever de casa, lembra-se? Escolher um poema que expressa claramente um tema? Terra chamando Cameron. — O Sr. Davidson deve ter percebido o olhar vazio de Cam. — Imagino que você deve ter escolhido alguma coisa sobre a morte, como sempre? Venha ficar na frente da classe e declame seu tema.

Cam não tinha nada preparado, mas estava naquele mundo havia tempo suficiente para ter conhecido alguns dos poetas mais brilhantes do mundo, e, naquele momento, um deles lhe saltou facilmente à lembrança.

Fez questão de passar por Lilith enquanto seguia até a frente da classe. Queria roçar a mão na dela ao passar, mas ela odiaria. Então simplesmente tamborilou os dedos sobre sua carteira, na esperança de obter sua atenção.

Funcionou. Ela olhou para cima quando ele parou diante da classe e anunciou:

— Meu tema é o amor.

A classe soltou um gemido de tédio, mas ele não deu a mínima. Quando Cam se apaixonara por Lilith em Canaã, Salomão ainda não era rei dos israelitas. Era um rapaz de 18 anos que havia se apaixonado por uma garota de uma aldeia vizinha. Certa noite, Cam e Salomão se encontraram numa tenda beduína; ambos seguiam viagem para direções diferentes. Compartilharam apenas uma refeição juntos, mas

Salomão recitou a Cam as palavras encantadoras do que mais tarde se tornaria conhecido como o Cântico dos Cânticos. Agora, Cam olhava para Lilith e começava a recitar o poema de cor. Quando chegou a sua parte favorita, ele abandonou o inglês e passou a declamar o poema em sua língua original, o antigo hebraico.

— "Levanta-te, amada minha, formosa minha, e vem" — disse ele.

Em sua carteira, Lilith deixou cair a caneta no chão. Olhou para ele, boquiaberta, o rosto pálido como o de um fantasma. Ele desejou poder saber o que ela estava sentindo. Será que se lembrava de alguma coisa?

Quando Cam chegou ao final do poema, o sinal tocou. A sala de aula virou um caos, com alunos saltando das carteiras.

— Você viu aquilo? — Uma menina com bochechas rosadas e uma enorme mochila vermelha deu uma risadinha para a amiga enquanto saía da sala. — O cara começou a falar blá-blá-blá quando se esqueceu do restante do poema.

A amiga soltou um muxoxo.

— Ele parece velho o suficiente para ter Alzheimer!

— Bom trabalho — disse o Sr. Davidson. — Esse é um dos meus poemas preferidos. E você sabe hebraico!

— Sim, obrigado — disse Cam, saindo da sala e correndo atrás de Lilith. Ele a avistou ao final do corredor, conversando com Jean e Luis. Os três observavam um cartaz colado na porta de uma sala de aula.

— Lilith! Jean! Luis! Esperem — gritou ele, mas, quando conseguiu abrir caminho pelo meio da multidão de alunos até chegar ao final do corredor, Lilith e os rapazes já tinham virado uma esquina e sumido.

Cam suspirou. Não conseguiu aproveitar aquele intervalo. E agora talvez demorasse o dia inteiro até conseguir vê-la novamente.

Olhou para o cartaz que eles estavam lendo.

PREPARADO PRO ROCK'N'ROLL?

Ele já vira aquilo. Era o cartaz que divulgava a apresentação para o qual ele tentara convidar Lilith em seu primeiro dia naquela escola. A Desprezos Nítidos ia abrir o show de uma banda local chamada

Ho Hum. A festa seria naquela noite, num café badalado que ficava a poucos quilômetros dali.

Será que agora Lilith planejava ir? Ela odiava Chloe King. E Cam também, aliás. Mas, na possibilidade remota de Lilith comparecer ao show para verificar o desempenho da rival, Cam decidiu ir.

※

Naquela noite, enquanto o sol se punha, Roland, Cam e Ariane atravessavam a grama da High Meadow Road agachados, obrigando os carros a se desviar. Cam estava imerso em seus pensamentos. Mal notava os pneus guinchando e as buzinas estridentes.

— Não sei como ficamos na Sword & Cross durante tanto tempo — disse Roland, quando um motorista lhe mostrou o dedo. — Demoro cada vez menos tempo para ser chutado dessas atrozes escolas mortais.

— Sai da estrada! — gritou uma mulher acima da buzina de seu carro.

— Você sabia que quase todas as buzinas dos carros estão ajustadas para Fá sustenido menor? — perguntou Ariane. — É por isso que você sempre deve ouvir músicas em Lá quando está dirigindo numa cidade. Ou cantar uma canção em Lá.

— *She's a kind-hearted woman, she studies evil all the time** — cantarolou Roland.

— Para onde é que estamos indo mesmo? — perguntou Ariane.

— Para um café chamado Alfie's — disse Cam, distraído. Estava pensando em Lilith. Tinha de fazer as pazes com ela naquela noite para que seu plano desse certo.

— E por quê, mesmo? — Ariane deu uma palmadinha na barriga de Cam. — Cammy tá com fome? Quer um bolinho? Talvez seja

---

* Verso de "Kind Hearted Woman Blues", de Robert Johnson. Em tradução livre: "Ela é uma mulher de bom coração, estuda o mal o tempo inteiro." (N. da T.)

melhor você prestar atenção à sua ingestão de carboidratos. Será que existem smokings do seu tamanho? O que me faz lembrar: já convidou Lilith para ir à festa?

— Ainda não — respondeu Cam. — Ainda não. Vou precisar da ajuda de vocês hoje — disse ele a seus amigos, enquanto eles dobravam a esquina e chegavam na frente do café. — Não se esqueçam do plano.

— Sim, certo, o plano secreto! — disse Ariane, parando para retocar o batom. — Adoro segredos. Quase tanto quanto planos. Manda aí, chefe.

Cam entrou no café e segurou a porta aberta para seus amigos passarem. A entrada estava abarrotada de prateleiras de bugigangas e quinquilharias, pequenas árvores de metal, que serviam de cabides para bijuterias, e canecas pintadas com slogans bregas à venda: tudo para abrir espaço para um pequeno palco que tinha sido montado nos fundos do café.

As paredes eram espelhadas. Cam tentou evitar seu reflexo. Não suportava ver sua nova aparência agora. Estava indiscutivelmente feio.

— Vamos, gente, preciso de um *mocha* — disse Ariane, tomando a mão de Cam e espremendo-os através de um espaço estreito entre duas estantes para que pudessem se juntar à plateia.

Provavelmente havia umas cem pessoas ali, a maioria delas gente que Cam reconhecia da Trumbull. Era a galera popular e algumas pessoas do segundo escalão; e a maioria virou a cabeça quando os anjos caídos entraram. Cam e Roland eram os únicos caras que não estavam de bermuda cáqui e camisa polo. Ariane era a única garota diferente das outras. Cam observou uma dúzia de caras do ensino médio medirem-na de cima a baixo.

— Nossa, rapazes — disse ela. — Deixem minha calcinha em paz, valeu? — Então se inclinou para perto de Cam e sussurrou: — Como se eu estivesse usando uma!

Roland saiu para pegar bebidas enquanto Cam e Ariane escolhiam cadeiras a uma das mesas altas perto da janela.

— Que horror — disse Ariane, olhando em volta para o grupo esnobe de estudantes. — Não acredito que você ficou sofrendo aqui por duas semanas. E tudo isso por Lilith. É quase como se gostasse dela ou algo assim.

— Ou algo assim. — Então Cam a viu. — Ali. — Ele apontou o outro lado do salão. Lilith estava sentada na terceira fila, com Jean Rah, a namorada dele, Kimi, e Luis. Karen Walker se juntou ao grupo depois que terminou de afinar a guitarra de Chloe.

Lilith estava toda arrumada. Usava batom brilhante, e seu vestido de veludo curto era negro carvão, destacando o cabelo ruivo como fogo num contraste arrebatador.

— Acho que estou começando a entender sua dedicação — disse Ariane, e assobiou. — A menina é *gata*.

Cam concordava, é claro, Lilith estava linda, mas não parecia radiante como estivera no boliche. Aquele foi o dia em que Cam sentira-se mais próximo a ela, pouco antes de Lúcifer espalhar a história do suicídio. Aquela noite a tristeza amolecia Lilith, e Cam sabia que era por causa dele.

— Qual é o assunto da conversa? — perguntou Roland, pousando xícaras de café na frente de Cam e Ariane.

— Alerta Gata — disse Ariane, e acenou com a cabeça na direção de Lilith.

— Ela ainda manda bem, mesmo depois de tantos anos. — Roland virou-se para Cam. — Qual é a estratégia, cara?

— Não tenho nenhuma ainda — confessou Cam, observando Luis contar uma piada para Lilith, uma que ele ficou morrendo de vontade de ouvir. — Estou esperando que me ocorra algo.

— Basicamente — disse Ariane, e tomou um gole do café — o cara está ferrado.

Então o público começou a aplaudir, e Cam observou enquanto Chloe King e sua banda subiam ao palco. Elas usavam saias curtas de couro preto, tops de espartilho e brincos de argola imensos. Toda a banda usava batom prateado, mas Chloe era a única que ficava bem com ele.

— E aí, galera! — disse Chloe, pegando a guitarra enquanto as outras meninas empunhavam seus instrumentos. — Nós somos a Desprezos Nítidos, mas vocês já sabem disso.

— Manda ver, Chloe! — gritou um cara.

— Então me mostre o quanto você quer — falou Chloe.

A plateia foi à loucura.

Chloe sorriu.

— Isso é uma prévia especial da música que vamos tocar no baile — disse ela ao microfone, e piscou para o público. — Só a galera legal vai poder cantar com a gente amanhã à noite.

Cam observou Chloe correr os olhos pela plateia até seu olhar cair sobre Lilith. Ele se preparou para atacar caso Chloe disparasse algum insulto desagradável devido à presença de Lilith ali, mas em seguida, para seu espanto, Chloe assentiu sutilmente para Lilith e sorriu.

— Dois, três, quatro — gritou ela, quando sua banda começou a tocar uma música chamada "Vadia Rica". Era muito diferente do que Cam estava esperando; não era nada pop, e sim totalmente melancólica, apoiada fortemente numa batida eletrônica, com a guitarra de Chloe berrando o tempo inteiro.

Estava na cara que todas as integrantes da banda de Chloe tinham estudado anos e anos em escolas de música caras. Tocavam razoavelmente bem os instrumentos, as vozes nunca desafinavam, e todas se saíam bem, mas nenhuma delas tinha a crueza cintilante de Lilith. Mesmo sentada na plateia, Lilith fazia aquelas meninas parecerem um tédio.

O rosto de Chloe estava vermelho, e ela, sem fôlego quando tocou a nota final. Lilith foi a primeira a se levantar da cadeira e aplaudir, gritando urras.

Cam presumira que Lilith tinha vindo até ali para medir o que a esperava na competição, mas obviamente estava acontecendo algo muito mais profundo que isso. Ele odiava estar tão distante dela, a ponto de não conseguir nem sequer adivinhar o que poderia estar passando pela sua cabeça. Ouviu sentado mais três músicas de Chloe antes de o show de abertura terminar e a banda sair do palco.

— E aí, já podemos dar o fora? — gemeu Ariane.

Roland ergueu uma sobrancelha.

— Cam.

— Me dê um minuto — pediu Cam. Enquanto as pessoas da plateia pegavam mais um café ou se dirigiam ao banheiro, ele foi até Lilith. Ela se dirigia ao balcão. Ele parou bem na frente dela e tocou seu ombro.

— Oi, Lilith.

Ela virou-se imediatamente. A visão de Cam pareceu drenar toda a sua energia.

— Por que você está aqui?

— Eu queria te ver. — Cam olhou para os lábios dela. Os dois nunca deviam ter passado tanto tempo sem se beijar. — O que posso fazer para acertar as coisas?

— Você apostou com Luc que poderia fazer eu me apaixonar por você?

Cam ficou boquiaberto. Esfregou o queixo. Como ela sabia disso? Aquela não era uma conversa para se ter em público.

— Podemos sair um minuto? — perguntou ele.

— É daí que vem seu interesse pela banda, e por mim em geral? — Ela fez uma pausa, engoliu em seco. — A aposta, Cam. Você fez uma aposta?

— Não — disse ele. — Sim.

Nesse instante a garota que anotava os pedidos de cafés se inclinou sobre o balcão e levantou a voz.

— Próximo? Ei, ruiva. Vai querer alguma coisa ou não?

Lilith saiu da fila.

— Acabei de perder meu apetite.

— Lilith, espere — pediu Cam.

— O que está tentando fazer, Cam? Que eu me suicide, como aquela garota?

Ele estendeu a mão para tocá-la. Todo mundo olhava para os dois agora.

— Não é o que você pensa.

— Estou cansada de ser um brinquedo. — Ela o empurrou para o lado e se dirigiu para a porta.

Um grupo de caras da escola soltou *ooooohs* no encalço da saída de Lilith. Cam fechou os olhos e tentou ignorá-los. Sentiu a presença de Ariane e Roland ao seu lado.

— Ih. Isso não parece nada bom — disse Ariane.

— Você tem pouco tempo, Cam — disse Roland. — Sei que gosta de viver perigosamente, mas você só tem mais um dia. Não vejo como isso pode terminar bem.

A porta do café se abriu, e Luc entrou.

— Olá, meus velhos amigos. — Ele lhes deu um sorriso incrivelmente falso. — Estão conversando sobre meu assunto favorito, o fracasso inevitável de Cam?

Cam não conseguiu se conter. Sem pensar, atirou sua xícara de café na cara do diabo. A tampa de plástico se soltou, e o líquido marrom escaldante espirrou na pele de Luc. Cam ouviu os murmúrios de espanto das pessoas, mas estava mais preocupado com a reação de Lúcifer. Aquilo com certeza tinha sido uma burrice sem tamanho.

O diabo tirou um lenço do bolso e enxugou o rosto. Em seguida, inclinou-se para Cam, o rosto tenso de raiva.

— Eu lhe dei a chance de desistir — disse Luc. — Você devia ter aceitado.

Ele falou com Cam usando a verdadeira voz. O tom era baixo o suficiente para ninguém ao redor ouvir, mas as pessoas certamente devem ter sentido a terra tremer sob seus pés.

— E *vocês dois*. — O demônio se virou para Ariane e Roland. — Deixei vocês entrarem aqui por um motivo, e um motivo apenas: fazer seu trabalho. Botar algum juízo nesse seu amigo maluco. Ou então me encarar.

— Estamos trabalhando nisso, senhor — disse Roland. — Sabe o quanto Cam pode ser teimoso.

— Esse assunto é entre mim e Lúcifer — disse Cam. — E ainda não acabou.

— Acabou antes mesmo de começar — disse Lúcifer, apontando para a porta por onde Lilith havia saído. — Você conseguiu aumentar ainda mais o ódio que ela já sentia por você antes de chegar aqui. — Ele soltou uma risada baixa. — Sim, definitivamente já era.

O diabo chegou mais perto de Cam, até os dois estarem a poucos centímetros de distância. Cam podia sentir o cheiro da podridão do hálito de Lúcifer, o fedor que emanava de sua pele.

— Quando o dia terminar amanhã — disse Lúcifer —, você vai ser meu. Para sempre.

INTERLÚDIO

SACRIFÍCIO

ILHA DE LESBOS, GRÉCIA

Aproximadamente 1000 A.E.C.

Cam estava sentado no deque de um barco de madeira ancorado numa pequena marina.

Sem camisa, de tornozelos cruzados, observava a lua baixa. Ao longo das duas últimas horas, tentara tocar a lira que roubara de um vendedor de açafrão no mercado. Certamente, se conseguisse dominar o instrumento de Lilith, conseguiria dominar o buraco que ela deixara em seu peito.

Até então, as coisas não iam bem.

— Cam — ronronou uma voz sedutora. — Deixe esse negócio e venha para cá.

Ele se virou para a jovem de pele morena atrás dele. Deitada, apoiada num cotovelo, as longas pernas dobradas sob o corpo, ela olhava para ele. O cabelo dourado ondulava na brisa.

— Daqui a pouco eu vou — disse Cam.

Desde que abandonara Lilith, Cam se cercara de garotas, esperando em vão que distraíssem seu coração partido.

Depois que fugira de Canaã no dia de seu casamento, procurou Lúcifer nas nuvens. Desde a Queda, Cam tivera pouca conversa com o diabo. A cada século, mais ou menos, Lúcifer propunha um acordo — a fidelidade de Cam em troca de um posto de domínio no mundo das trevas —, mas Cam nunca se interessara.

Daquela vez, porém, quando Cam apareceu na sua frente, Lúcifer sorriu, consciente, e disse:

— Estava mesmo esperando por você.

Agora, uma segunda garota de cabelos dourados interrompia as lembranças de Cam, caminhando da prancha da marina para o barco.

— Achei que fosse mesmo encontrá-lo aqui — gritou ela, de longe.

— O que *você* está fazendo aqui, Xenia? — inquiriu a primeira garota. Olhou para Cam. — Você a convidou?

— Korinna? — exclamou Xenia. — Por que *você* está no navio de Cam?

Cam abaixou a lira, contente com aquela distração.

— Pelo jeito, as apresentações estão dispensadas.

Com as mãos nos quadris, as duas garotas olharam feio para ele e, em seguida, se entreolharam.

Ele respirou fundo e deu um sorriso forçado.

— Vocês são duas belas mulheres numa bela noite de lua. A menos que prefiram brigar, por que não nos divertimos um pouco?

Ele mergulhou no mar. Quando veio à tona, se pôs a boiar de costas, olhando para o barco. Talvez elas se juntassem a ele. Talvez não.

Ele não dava a mínima.

— Ainda quer continuar? — perguntou o garoto da proa de um barco a remo, feito de cedro, ancorado na orla da marina. Lilith descobrira que seu nome era Luc, mas fora isso, sabia muito pouco a seu respeito.

Ela ouviu mergulhos e risadas perto do barco de Cam. Engoliu em seco, com um nó na garganta.

Viera de muito longe só para encontrá-lo. Não lhe ocorrera que ele já pudesse estar com outra garota, e mais outra. Apesar da dor, contudo, não deixaria Lesbos sem tentar saber mais uma vez o que lhe passava no coração.

Logo Lilith avistou Cam cruzando a marina, caminhando ao longo da praia. Seu cabelo molhado brilhava à luz das estrelas.

— É sua chance — disse Luc. — Aproveite.

Lilith mergulhou no mar e nadou em direção a Cam, o vestido branco ondulando ao redor do corpo enquanto batia as pernas.

Atrás dela, Luc observava tudo de seu barco, com um sorriso.

※

Perto da meia-noite, Cam subia uma ladeira íngreme, segurando a lira, em busca de distração. Uma voz soou a distância, acompanhada das notas intensas de uma lira. Ele viu um arbusto seco do deserto demarcando a entrada de uma caverna, e rumou até lá.

Dentro da caverna, num espaço estreito entre duas rochas altas, um velho tocava uma música complexa. Sua barba ia até o umbigo, e o cabelo embaraçava-se em mechas imundas. Seus olhos estavam fechados, e uma jarra de vinho jazia a seus pés. Ele parecia não perceber a presença de Cam.

— Você é muito bom — disse Cam, quando a canção do homem terminou. — Me ensinaria a tocar?

O homem abriu os olhos devagar.

— *Não*.

Cam inclinou a cabeça. Desde que se alinhara a Lúcifer, descobrira uma nova camada de persuasão em sua voz. Estava aprendendo a usá--la em vantagem própria.

— Se você me ensinar, eu o levo até o céu, para voar muito acima das nuvens. Você pode trazer seu vinho e beber entre as estrelas.

O homem arregalou os olhos; estava claramente tentado.

— Comece — disse ele, e dedilhou um acorde.

Cam rapidamente preparou-se para tocar sua lira.

O sujeito jogou o instrumento no chão.

— Pedaço de madeira de merda — disse ele. — Cante.

Despreparado para improvisar, Cam descobriu a música de Lilith, a primeira que ele a ouvira cantar, subindo-lhe aos lábios. Já que ela roubara seu coração, raciocinou, ele roubaria sua canção.

É o amor que incita
Pra onde levo minhas rimas
Minhas rimas, minhas rimas

O homem olhou para Cam, impressionado. A melodia tocada em sua lira complementava a letra de Lilith perfeitamente. Ele ofereceu a jarra de vinho para Cam.

— Vou ensiná-lo, mas você fica comigo. — Ele passou o braço em volta dos ombros de Cam. — Agora me diga — disse, levando Cam em direção à entrada de sua caverna. — Realmente consegue voar?

Cam saiu da caverna para a noite. Estava prestes a libertar suas asas quando uma sombra se moveu por trás do arbusto seco.

Seria Lilith? Estaria ele sonhando?

Ela ainda usava o vestido de casamento. Àquela altura, estava imundo, verde de musgo e pingando de água do mar, colado firmemente ao seu corpo. Seu cabelo, desgrenhado e molhado, descia até o meio das costas, e sua pele parecia pálida e brilhante sob o luar. Ela olhou nos olhos dele, em seguida, para seu peito nu, depois para as mãos, como se pudesse ver o quanto elas ansiavam de vontade de abraçá-la.

Mas Cam e Lilith não se abraçaram. Encararam-se como desconhecidos.

— Olá, Cam — disse ela.

Cam se encolheu.

— O que está fazendo aqui?

Lilith fez uma careta diante da pergunta. Respirou fundo e tentou formar as palavras que tinha vindo de tão longe para dizer. Quando falou, olhou para o céu, para que não tivesse de ver como os olhos dele se turvavam ao vê-la.

— Na noite em que você se foi, sonhei que ensinava uma canção de amor para um bando de rouxinóis, para que eles pudessem encontrá-lo e cantar, pedindo que você voltasse para mim. Agora eu sou o rouxinol, que viajou somente para isso. Eu ainda o amo, Cam. Volte para mim.

— Não.

Ela encarou os olhos dele.

— Você alguma vez me amou, ou era algo passageiro?

— Você me rejeitou.

— O *quê?*

— Você se recusou a casar comigo!

— Eu me recusei a casar *no rio* — insistiu Lilith. — Nunca me recusei a casar com você!

Desde que vira Lilith pela última vez, Cam se juntara às fileiras de Lúcifer. Se ele já tinha medo de mostrar seu verdadeiro eu para Lilith antes, agora era impossível fazê-lo. Não. Não havia nenhum passado. Não havia Lilith.

Havia apenas seu futuro, sozinho.

— Você destruiu nosso amor — disse Cam. — Agora só me resta viver de suas ruínas.

Havia um senso de urgência nos olhos de Lilith, o qual Cam não entendia. Ela estava tensa, tremendo.

— Cam, por favor...

As escápulas de Cam ardiam, coçando de vontade de libertar suas asas. Durante semanas ele as escondera de Lilith. Para protegê-la, dissera a si.

Ele não conseguia olhar para ela, ver o quanto ela estava sofrendo. Ele era um demônio. Ele era perigoso para Lilith. Qualquer bondade que ele demonstrasse para com ela serviria apenas para atraí-la ainda mais profundamente para a escuridão.

— Esta é a última vez que me verá — disse ele. — Você jamais vai saber quem eu sou de verdade.

— Eu sei quem você é — gritou ela. — Você é a pessoa que amo.

— Está enganada.

— Você ainda me ama?

— Adeus, Lilith.

— Não! — implorou ela, os soluços sufocando a voz. — Ainda te amo. Se você se for...

— Eu já fui — disse Cam, depois deu as costas e saiu correndo montanha abaixo, até sumir de vista. Atirou a cabeça para trás e abriu as ofuscantes asas douradas. Viu a luz cintilante que emitiam em torno dele. Ele iria voar até seu coração parar de doer. Voaria para sempre se fosse preciso.

Ele voou depressa, sem olhar para trás nem uma única vez, e, portanto, não chegou a ver Lúcifer sair das sombras e segurar a mão de Lilith.

Lilith olhou para a mão branca e sardenta sobre a dela, respirando com dificuldade.

— Ele se foi — disse ela, com voz embargada. — Deixei tudo para trás. Por nada.

— Venha — disse o diabo. — Cumpri minha parte no trato. Chegou a hora de você cumprir a sua.

DEZESSETE

UMA FLORESTA

LILITH

Vinte e três horas

Os fones de ouvido de Lilith pulsavam com a música alta.

Ela estava deitada de bruços sobre a colcha da cama, rabiscando em seu caderno a letra para uma nova canção que se chamaria "Famosa pelo coração partido". Era uma hora da madrugada. Ela se sentia cansada, mas sabia que não conseguiria dormir. Não parava de repassar na lembrança a conversa que tivera com Cam no café.

Ele havia apostado que poderia fazê-la se apaixonar por ele. Como se ela não tivesse vontade própria, como se fosse apenas uma moeda que se atira num jogo.

Será que Cam chegara perto de vencer essa aposta? Ela sentira algo profundo e forte por ele. Teria sido amor? Talvez, mas ela jamais poderia amar alguém que a tratava como um jogo a vencer.

De repente, Lilith ouviu um som que não fazia parte da música dos Quatro Cavaleiros que tocava em seus fones de ouvido. Vinha de fora. Alguém batia em sua janela. Ela desligou a música e levantou as persianas.

A jaqueta de couro de Cam estava fechada até em cima, e ele usava aquele gorro de tricô de que gostava. Sob sua borda, os olhos verdes imploravam enquanto ele gesticulava para ela abrir a janela.

Ela deslizou a vidraça para cima e colocou a cabeça para fora.

— Minha mãe vai te matar se descobrir que você pisoteou as plantas.

— Vou me arriscar à fúria dela — disse ele. — Preciso falar com você.

— Caso contrário, você perde a aposta, certo? — ironizou Lilith. — Por favor, me lembre de quantas horas restam para eu me apaixonar loucamente por você.

Ela olhou para a rua, onde estava estacionada uma Honda preta vintage, com dois capacetes pendurados no guidão. A moto parecia cara. Lilith observou Cam, lembrando-se de quando o viu andando por entre as barracas na Dobbs Street. Com que dinheiro ele comprara aquela moto? Ele era uma contradição ambulante, mas Lilith não o deixaria enlouquecê-la mais.

— Está tarde — disse ela. — Estou cansada. E você é a última pessoa que quero ver agora.

— Eu sei — disse Cam. — Lilith, eu preciso de você...

— Você não precisa de mim. — Ela não gostava quando ele dizia coisas assim. Se não tomasse cuidado, acreditaria nele.

Cam olhou para as próprias botas e suspirou. Quando olhou para ela, um momento depois, seus olhos verdes tinham adquirido uma intensidade que fez Lilith prender a respiração.

— Eu sempre precisarei de você, Lilith. Por muitas razões. Agora, preciso que venha comigo.

— Por que eu iria a algum lugar com você?

— Para que eu possa lhe contar a verdade.

Ela já tinha sido enganada antes.

— Então me conte aqui mesmo — retrucou Lilith, fincando o pé.

— Para que eu possa te *mostrar* a verdade — corrigiu Cam. — Por favor — pediu ele em voz baixa. — Me dê mais uma chance de mostrar que meus sentimentos por você são verdadeiros. Aí, se você não acreditar em mim, sumo de sua vida de uma vez por todas. Justo?

Ela estudou seu rosto e percebeu como seus traços haviam se tornado familiares ao longo das últimas duas semanas. Na primeira vez em que o vira no riacho da Cascavel, ele lhe parecera tão diferente de qualquer pessoa que já havia conhecido; parecia mais um produto de sua imaginação que um cara de verdade. Mas agora ela o conhecia. Sabia que ele lambia os lábios quando concentrado, e como seus olhos brilhavam quando ele escutava algo com atenção. Sabia como era o toque de suas mãos nas dela, e como sua pele era macia um pouco acima da gola da camiseta.

— Só mais uma chance — disse ela.

※

Uma escuridão melancólica pairava sobre o riacho da Cascavel.

O coração de Lilith palpitava enquanto Cam a conduzia para dentro da floresta, em direção ao seu local favorito. Jamais fora até ali tão tarde da noite, e era estranhamente empolgante.

Ramos de árvore estalavam enquanto ela caminhava pela trilha familiar e virava para entrar na clareira onde estava sua alfarrobeira. Por um momento, ela não a reconheceu. A árvore estava decorada com suaves luzinhas cintilantes vermelhas e amarelas.

Abaixo da árvore, um garoto com *dreadlocks* arrumava um buquê de íris na escrivaninha antiga que Cam lhe dera de presente. Lilith tinha a impressão de já tê-lo visto em algum lugar.

Quando uma garota magra de cabeça raspada e cílios postiços alaranjados correu para Lilith e estendeu-lhe a mão num cumprimento, Lilith lembrou-se de onde os conhecia. Do café, com Cam, naquela mesma noite.

— Sou Ariane — disse a garota. — Este é Roland. Que bom que você pôde vir.

— O que está acontecendo? — perguntou Lilith para Cam.

— Antes de mais nada — disse Cam —, um brinde.

Roland se ajoelhou ao lado da margem do riacho e apanhou uma garrafa de champanhe. Enfiou a mão embaixo da mesa e sacou duas taças de champanhe; em seguida, abriu a garrafa com um estalo. Encheu as taças com a bebida efervescente e entregou uma delas para Lilith.

— *Salud*.

— Às segundas chances — brindou Cam, e ergueu a taça.

— Estamos no mínimo na quinta ou sexta chance a essa altura — retrucou Lilith, mas brindou mesmo assim.

— Atrevida! — gritou Ariane. — Gosto disso.

— Bem que desconfiei, ao ver Lilith, de que Cam encontrara sua cara-metade — disse Roland.

Lilith riu. Sentia-se estranhamente à vontade com aqueles companheiros inesperados. Eles pareciam mais interessantes que qualquer pessoa que ela já conhecera, exceto, talvez, Cam.

— Não ligue para meus amigos — disse Cam. — Nós nos conhecemos há muito tempo.

— Então, primeiro, um brinde — disse ela a Cam, olhando ao redor. — E depois?

— Um favor — disse Cam.

— Não vou deixar você voltar para a banda ainda...

— Não era isso que eu ia pedir — disse Cam, embora a palavra *ainda* o tivesse feito sorrir. — O favor é o seguinte. Deixe de lado tudo o que você já ouviu a meu respeito pela boca dos outros, e passe uma hora comigo, aqui sob as estrelas. Somente eu e você. Bem, e Ariane e Roland, mas você entendeu o que eu quis dizer.

— Nós somos ótimos em camuflagem — disse Ariane.
— Certo? — disse Cam.
— Certo — respondeu Lilith, e deixou que ele segurasse sua mão e a levasse até a escrivaninha, que tinha sido armada com taças de cristal, talheres dourados descombinados, guardanapos brancos dobrados em formato de cisne e dois samovares reluzentes.

Atrás deles, Roland começou a dedilhar um violão *Martin* 1930 num ritmo lento e sincopado de blues. Era um instrumento muito bacana, diferente de qualquer violão que Lilith já vira, e ela ficou imaginando de onde teria vindo. Ariane apanhou os guardanapos da mesa, desfraldou-os com uma sacudidela e os colocou sobre o colo de Cam e Lilith.

— Por favor, permita-me — disse ela, quando Lilith tentou levantar a tampa de prata. Ali embaixo, uma frigideira de ferro fundido fumegante estava cheia até a borda com um ensopado vermelho de cheiro delicioso, e à superfície nadavam dois ovos decorados com exuberantes raminhos verdes de salsa.

— *Shakshuka* — disse Lilith, inspirando profundamente.
— Não a deixe enganá-la — disse Cam. — *Shakshuka* é o único prato que Ariane sabe fazer.

Lilith franziu a testa para seu prato.
— Nunca sequer ouvira falar dessa comida. A palavra simplesmente surgiu em minha cabeça.
— É um prato israelense tradicional — disse Cam. — Muito leve.
— Estou morrendo de fome — disse Lilith, e levantou o garfo. — De onde vocês se conhecem?
— É uma longa história — disse Cam. — Oh, *maître d'*, você se esqueceu de abrir meu samovar.
— Abra você mesmo, bobão — gritou Ariane da margem do riacho, de onde saltitava pelas pedras. Ela imitou a voz de Cam: — É o único *prato que Ariane sabe fazer*.

Lilith riu, erguendo uma gema de ovo reluzente. Saboreou sua primeira deliciosa garfada e, em seguida, tomou um gole de champanhe.

— Nossa, isso aqui também está uma delícia.

— Tem de estar mesmo! — gritou Ariane da margem. — É mais velho que sua avó.

Lilith pousou o garfo e se virou para Roland, que ainda estava sentado nas sombras, dedilhando seu violão.

— Essa aí é minha música?

Ele estava concentrado ao violão, tocando uma melodia complexa.

— Roland é um fã — disse Cam.

— O que é tudo isso, Cam? — perguntou Lilith, olhando de Roland para Ariane, e dela para a árvore transformada. Ninguém nunca tinha se esforçado tanto para impressioná-la. — É bacana e tudo mais, porém...

— Mas parece um esquema elaborado para um convite para a festa de formatura? — perguntou ele.

Lilith virou a cabeça depressa, olhando boquiaberta para Cam.

— Não se preocupe — disse ele rapidamente. — Não vou convidar você.

— Ótimo — disse ela, surpresa ao flagrar-se um pouco decepcionada.

Ele inclinou-se, ficando perto o suficiente para beijá-la, e segurou suas mãos.

— Você me disse que não precisava de homem algum para ir ao baile e tocar sua música na batalha, e eu respeito isso. Não significa que eu não adoraria ir com você, comprar flores, deixar sua mãe tirar uma foto de nós dois e ficar na fila ao seu lado para tomar ponche e comer rosquinhas açucaradas, coisas que eu jamais teria a menor vontade de fazer se não fosse com você. — Ele deu um sorriso que iluminou todo seu rosto. — Mas, apesar disso, respeito seu desejo. Então, em vez disso, trouxe o baile até você. — Ele olhou ao redor. — Olhe, o baile é exatamente assim, só que com algumas centenas de pessoas a mais. E uma cabine de fotos. E arcos de bexigas.

— Hum... não é tão ruim quanto eu imaginava — brincou Lilith.

— Na verdade é até meio que legal.

— Obrigado — disse Cam. — Foram necessárias várias reuniões da comissão organizadora do não baile para aprontar tudo. — Ele riu, mas depois seu rosto ficou sério. Baixou a voz: — Não sei o que Chloe acha que ouviu, mas a única coisa que Luc e eu estávamos discutindo era o quanto eu gosto de você. Ele estava crente que eu não tinha a menor chance, e isso atiçou meu lado competitivo. Porque não há nada que eu queira mais nesse mundo que uma chance com você.

Lilith observou os lábios fartos de Cam e, sem se dar conta, inclinou o corpo para perto dele. De repente ela não estava nem aí para nenhum dos boatos. Queria beijá-lo, muito. Isso era verdadeiro. Tudo mais não tinha a menor importância. Por que ela não enxergara as coisas tão claramente antes?

— Quer dançar? — perguntou ele.

— Quero — disse Lilith.

— Acho que ela disse que sim — sussurrou Ariane em voz alta para Roland, que comemorou com um riff alegre em seu violão.

Cam ajudou Lilith a se levantar gentilmente. Os sapatos de ambos afundaram nas folhas cheias de musgo, e Lilith sentia-se um pouco tonta por causa do champanhe. Ela olhou para cima, através dos ramos da alfarrobeira, surpresa ao ver o quanto as estrelas eram mais brilhantes no riacho da Cascavel. No quintal de sua casa, às vezes dava para ver uma única estrela no céu enfumaçado, mas ali devia haver um trilhão delas, cintilando acima deles.

— Que lindo — murmurou ela.

Cam olhou para cima.

— Acredite, essas estrelas nem se comparam a você.

— Com licença! — disse Ariane, entrando no meio deles. — Se me permitem, uma sugestão da alfaiataria. — Um momento depois, ela colocou algo macio nas mãos de Lilith, que segurou o objeto contra a luz. Era o vestido que ela havia comprado no brechó.

— Como você...

— Você devia começar a trancar sua janela do quarto — disse Ariane, e riu. — Tem uns pirados de verdade por aí, que poderiam ter roubado seu vestido antes de mim.

Lilith piscou, sem entender.

— Você entrou no meu quarto?

— Não foi difícil — revelou Ariane. — Enquanto você se ocupava fazendo as pazes ou terminando com Cam, ou seja lá o que vocês estavam fazendo, atualizei um pouco a peça para representar a evolução de seu estilo.

Lilith olhou o vestido com mais atenção e notou que a barra tinha sido encurtada significativamente na frente, como uma minissaia, formando um corte *mullet*. Um painel de renda preta fora costurado em cada lado do corpete, fazendo a cintura parecer ainda menor do que era. O decote fora reduzido e assumira um formato de coração, ornado com renda preta.

— Uau — disse Lilith.

— Vire — disse Ariane. —Tem mais.

Ela obedeceu, e viu novos recortes no centro das costas do vestido, em formato de asas. Era o mesmo vestido, porém totalmente diferente. Lilith não entendia como aquela garota tinha feito tais alterações de um jeito tão rápido e habilidoso, mas sabia que usaria o vestido com orgulho na Batalha de Bandas.

Na verdade, queria usá-lo agora.

— Obrigada — disse ela a Ariane. — Posso...?

Ariane leu a mente de Lilith.

— Nada de espiar — disse ela aos rapazes, e então assentiu para Lilith.

Lilith virou as costas para o riacho, depois tirou a camiseta a atirou no chão. Colocou o vestido e tirou a calça jeans. As mãos de Ariane encontraram a lateral de Lilith e fecharam uns cinquenta botões minúsculos.

— Em uma palavra — disse Ariane —, deslumbrante.

Lilith olhou para si, para o vestido iluminado pelas estrelas e por todas as luzes cintilantes que Cam e seus amigos tinham pendurado na árvore. Sentiu-se linda... e esquisita, do mesmo jeito que sentira-se no provador do brechó. Não conseguia explicar. Percebeu que Cam a encarava, e que ele também sentia a mesma coisa.

— Estou pronta — disse Lilith.

Ela deu um passo até os braços dele, e os dois começaram a se movimentar no ritmo da música, com os olhos fixos um no outro. Cam sabia como conduzir. Ele tomava o cuidado de não ir muito depressa, e não chegou nem perto de pisar nos dedos dela. Cada passo e cada volteio pareciam instintivos, e seu corpo se encaixava ao dela de modo perfeito, como se ambos fossem as peças de um quebra-cabeça se unindo.

— Ainda não entendo como chegamos até aqui — sussurrou Lilith, arqueando o corpo para trás, de modo que o cabelo ruivo roçou o chão.

— De moto — brincou Cam. — Lembra-se? O vento em seu cabelo?

— Você entendeu o que eu quis dizer — retrucou Lilith. — Você. Eu. Nós.

— *Nós*. — Cam repetiu a palavra lentamente. — Sabia que essa palavra soa bem? Formamos um lindo "nós".

Lilith pensou por um momento. Ele tinha razão. Era verdade. E de repente ela não queria mais que o baile terminasse no riacho da Cascavel. Pela primeira vez, queria mais que apenas tocar sua canção na Batalha de Bandas e dar o fora. Queria tudo a que tinha direito, vivenciar a experiência completa, ao lado dos amigos e, especialmente, de Cam.

— Cam — disse ela, o coração acelerando enquanto eles requebravam ao som da música. — Quer ir comigo à Batalha de Bandas?

Lilith achava que já tinha visto Cam feliz, mas agora o rosto dele se iluminava com algo novo. Ele a fez rodopiar num grande círculo.

— Sim!

— Eu acho que ele disse "sim"! — sussurrou Ariane para Roland.
— Ah, a gente já sabia que *ele* ia dizer sim! — retrucou Roland.
— Ah, é. Desculpe. Não liguem para a gente — disse Ariane.
Lilith riu quando a garota voltou a lavar a louça no riacho.
— Com uma condição — disse ela, virando-se para Cam. — Você tem que retornar para a banda e tocar nossa música. Acha que dá conta?
— Lilith — disse Cam —, com você eu seria capaz de tocar para sempre. Ou, pelo menos, até você me dar um pé na bunda novamente.
— Então está resolvido — disse ela. — Amanhã à noite, eu e você. E Trumbull inteira.
— Tecnicamente — disse Cam, conferindo seu relógio — o baile é hoje à noite.
O violão de Roland modulou uma melodia que parecia ao mesmo tempo exótica e familiar. Parecia um som do Oriente Médio, mas Lilith poderia jurar que já a tinha ouvido um milhão de vezes antes.
— Agora feche os olhos — disse Cam. — Deixe eu lhe mostrar como é dançar de verdade.
Lilith fechou os olhos e deixou Cam conduzi-la, seus passos tornando-se cada vez mais complexos à medida que a canção progredia. Ela não fazia ideia de como dançar poderia parecer tão fácil. Ele a segurou pela cintura e a levantou, até ela ser capaz de jurar que os pés dele também tinham saído do chão; que eles estavam flutuando acima do riacho, acima das árvores, acima das colinas em chamas, dentro do emaranhado denso de estrelas, quase tocando a lua.
— Posso abrir os olhos? — perguntou ela.
— Ainda não — disse Cam.
Então ele a beijou profundamente, sua boca firme e quente sobre a dela... e Lilith retribuiu o beijo. Uma sensação cálida de formigamento atravessou o corpo dela quando Cam a puxou mais para perto e a beijou com mais paixão ainda. Ela jamais vivera aquilo. Nem de longe.
Os lábios dele pareciam feitos para os dela. Por que eles tinham demorado tanto para chegar até ali? Poderiam ter passado todo aquele tempo se beijando. Deviam continuar se beijando, assim, até...

— Lilith — sussurrou ele, quando seus lábios se separaram. — Lilith, Lilith, Lilith.

— Cam — respondeu ela. Sentia-se zonza.

Uma brisa fresca chicoteava em torno deles, agitando-lhe os cabelos, e então, quase sem se dar conta, Lilith sentiu o chão sob seus pés.

— *Agora* você pode abrir seus olhos — disse ele, e ela obedeceu. De perto, os olhos de Cam eram salpicados de dourado e circundados por um aro de um tom verde ainda mais intenso. Ela não conseguia parar de olhar para eles.

— Isso foi dançar? — perguntou, sem fôlego. — Ou voar?

Cam abraçou sua cintura.

— Quando é bem-feito — disse ele, encostando a testa na dela — não tem nenhuma diferença entre um e outro.

DEZOITO

O REINO SECRETO DO AMOR

CAM

Quatro Horas

Cam saiu do banco de trás da limusine antiga que Roland tinha providenciado misteriosamente para aquela noite. Subiu os degraus de concreto até a porta da entrada da casa de Lilith e ouviu os gafanhotos cricrilando contra a luz da varanda. Seu coração batia acelerado quando tocou a campainha.

A insegurança nunca havia feito parte da bagagem de Cam. Entrava em conflito com sua jaqueta de couro, suas calças jeans Levi's originais, os olhos verdes descolados. Mas agora, enquanto o sol se punha atrás das colinas ardentes e um vento frio dominava as ruas, ele se perguntava: teria feito o suficiente?

Alguns ensaios da banda. Algumas discussões. Um beijo excepcional. Para Cam, cada momento tinha sido repleto de paixão. Mas será que Lilith reconheceria isso como *amor*?

Porque, se ela não o fizesse...

Ela o faria. Teria de fazer. Naquela noite.

Ariane abriu a porta, os punhos nos quadris, as sobrancelhas finas arqueadas.

— Ela está pronta! — cantarolou ela. — Esse penteado vai virar lenda, mas o que me deixa mais satisfeita foi a repaginada no vestido. Ei, ninguém me chama de Ariane dos Retoques à toa. — Ela olhou para trás. — Bruce, pode trazer a gata.

Um momento depois, o irmão de Lilith virou o corredor, vestindo seu pijama com estampa de dinossauro. Trazia Lilith enganchada em seu braço, toda produzida. Cam prendeu a respiração enquanto ela caminhava em sua direção com passos lentos, medidos, sem desviar o olhar do dele. Aquele vestido e o ar sonhador dos olhos dela o transportaram de volta ao casamento que nunca houve.

Ela estava radiante. O cabelo ruivo fora arrumado em dezenas de tranças, todas unidas num coque alto e cheio. Suas pálpebras exibiam uma sombra verde brilhante, os lábios, um batom carmim fosco. Usava os coturnos pretos vintage com o vestido. Diva.

Ela soltou a mão de Bruce e rodopiou de um jeito sexy e lento.

— Que tal?

Quando ela parou na frente dele, Cam pegou suas mãos. Lilith era dona da pele mais macia que já havia tocado.

— Você está tão linda que deveria ser ilegal.

— Você não está usando nada de diferente? — perguntou Lilith, alisando a lapela da jaqueta de couro de Cam. — Jean vai ficar puto da vida, mas eu acho que você está lindo.

— Lindo? — riu Cam. Quando Lilith olhava para ele daquele jeito, Cam conseguia esquecer que seus músculos tinham perdido a definição, que sua pele parecia fina feito papel, que seu cabelo rareava e que seus cascos tornavam o ato de andar complicado. Lilith o enxergava de forma diferente do restante do mundo porque gostava dele, e a opinião dela era a única que importava.

— Cam, você se importaria de... — pediu Lilith, nervosamente. — Tudo bem se eu apresentar você adequadamente para minha mãe? Ela é meio antiquada, e isso significaria muito para...

— Sem problemas. Todas as mães me amam — mentiu Cam. As mães de adolescentes costumavam farejar o *bad boy* em Cam de imediato. Mas, por Lilith, ele faria qualquer coisa.

— Mãe? — chamou Lilith, e, um momento depois, sua mãe apareceu no corredor. Vestia um roupão atoalhado cor-de-rosa, que estava manchado e desgastado. O cabelo tinha sido preso de qualquer jeito com uma piranha de plástico. Ela o tocou, aflita, ajeitando uma das mechas.

— Sra. Foscor. — Cam estendeu a mão em cumprimento. — Eu sou Cameron Briel. Nós nos encontramos uma vez, quando vocês estavam levando Bruce ao hospital, mas fico feliz em vê-la novamente. Gostaria de agradecer.

— Pelo quê? — perguntou a mãe de Lilith.

— Por criar uma filha extraordinária — disse ele.

— Provavelmente o que você gosta nela é tudo aquilo que se rebela contra mim — disse Janet, e então, para espanto de Cam, riu. — Mas ela está mesmo linda, não é?

— É inspiração para canções de amor — elogiou Cam.

Quando ele olhou para Lilith, viu que seus olhos estavam marejados; Cam entendeu como devia ser raro para ela receber um elogio da mãe.

— Obrigada — disse Lilith, abraçando a mãe, e em seguida o irmão. — Não vamos chegar muito tarde.

— Vocês não querem ver Lilith tocar? — perguntou Cam a Janet.

— Ah, não, tenho certeza de que iríamos apenas envergonhá-la — disse a mãe.

— Não — protestou Lilith. — Por favor, venham. — Ela olhou para Cam. — Mas não sei, será que permitem não estudantes no baile?

— Não se preocupe com isso — disse Ariane, intrometendo-se na conversa, puxando a gola de sua camiseta preta com decote V. — Conheço um cara que conhece um cara que pode nos colocar na primeira fila.

— Ah, é muito generoso de sua parte — agradeceu a mãe de Lilith. — Vou me vestir então. Você também, Bruce.

Quando sua família desapareceu nos respectivos quartos, Cam virou-se para Lilith.

— Vamos?

— Espere — disse ela. — Esqueci meu violão.

— Você pode precisar dele — disse Cam. — Vou esperar lá fora.

Ele foi até a varanda, seguido por Ariane. Ela acariciou seu rosto.

— Estou orgulhosa de você, Cam. E inspirada por seu exemplo. Não é verdade, Ro?

— Na mosca! — gritou Roland pela janela aberta da limusine. Ele estava vestindo um smoking ultraelegante com gravata-borboleta azul-marinho.

— Valeu, gente — disse Cam.

— Independentemente do que acontecer hoje à noite — acrescentou Ariane.

— Vocês ainda não têm fé de que posso vencer? — perguntou Cam.

Ariane se apressou em corrigir.

— Não é isso, é só que, na possibilidade de você não...

— O que ela quer dizer é — começou Roland, saindo do carro e indo atrás de Cam — que nós sentiríamos sua falta, cara. — Ele se encostou na grade enferrujada da varanda da casa de Lilith e olhou para o céu. — Você não vai sentir falta dela?

— Porque, se você perder, ela vai voltar ao Purgatório dos globos de neve — disse Ariane. — Enquanto você... — Ela estremeceu. — Não quero nem pensar no que Lúcifer vai fazer.

— Não se preocupe com isso — avisou Cam. — Porque eu não vou perder.

Ariane afundou sobre o capô da limusine, e Roland sentou de novo no banco do motorista. A porta da casa foi aberta, e Lilith saiu, banhada pelo luar, segurando o violão.

— Acha que consegue encarar mais um acessório? — perguntou Cam, tirando uma caixinha branca do bolso.

Lilith a abriu e sorriu quando viu as íris azuis e amarelas fixadas ao pequeno elástico.

Gentilmente, Cam prendeu a flor no pulso de Lilith. Os dedos dos dois se entrelaçaram.

— Ninguém nunca me deu um buquê de formatura — disse Ariane, saudosa.

Então algo aterrissou em seus pés com um baque. Ariane sobressaltou-se, daí olhou para baixo e viu uma caixinha branca idêntica à que Cam dera a Lilith.

Ela sorriu.

— De nada — gritou Roland do assento do motorista. — Agora entrem, crianças; estão perdendo tempo valioso de baile.

※

Na entrada da Trumbull, Cam ajudou Lilith a sair da limusine. Pequenos grupos de jovens bem-arrumados espalhavam-se por ali, sentados nos capôs dos carros no estacionamento, com os melhores vestidos e smokings, mas o agito mesmo parecia vir do campo de futebol americano, onde Luc construíra sua réplica do Coliseu.

Tal como o modelo romano, era um espaço aberto ao ar livre, com três andares de arcos circundando o interior. Cam o analisou e percebeu que havia algo de malfeito na estrutura. Em vez de ser de pedra calcária, era formado inteiramente de cinzas compactadas, vindas do fogo do Inferno de Lilith, como uma espécie de concreto barato.

Aquilo fez Cam recordar do quanto tudo aquilo era temporário: a escola; o pequeno e triste mundinho de Crossroads.

Lilith olhou para o local à frente deles, e Cam percebeu que ela não enxergava nenhuma das coisas que o preocupavam. Para Lilith, aquele era apenas mais um prédio feio em sua cidade feia.

As batidas do baixo ribombavam através das paredes.

— Não é nenhum riacho da Cascavel — disse Lilith. — Mas é o que temos.

— Podemos ter mais ainda — disse Cam. — Podemos agitar tanto isso aqui que as paredes vão desmoronar. Vai ser a queda de Roma, tudo de novo.

— Caramba, como você é ambicioso — brincou Lilith, tomando-lhe o braço.

— Obrigado pela carona, Roland. — Cam virou-se para o demônio, que fechou a porta da limusine atrás dele.

— Quebre a perna, irmão! — gritou Roland para o amigo.

Cam e Lilith entraram no falso Coliseu, atravessando um longo arco feito de bexigas douradas e prateadas. Do outro lado, a festa seguia a pleno vapor. Havia alunos agrupados em torno de mesas à luz de velas, rindo, flertando, petiscando cubinhos de queijo e bebendo ponche. Outros dançavam um som pop agitado numa grande pista a céu aberto estrelado.

O olhar de Cam foi atraído para os fundos do Coliseu, onde um grande palco tinha sido montado, uns 5 metros acima do restante do baile. Cortinas de veludo vermelho criavam uma região de bastidores onde as outras bandas poderiam aguardar antes de tocar. Num canto, havia uma pequena mesa dos jurados, sobre a qual pendia um *banner*: TRUMBULL DÁ AS BOAS-VINDAS AOS QUATRO CAVALEIROS.

Lilith cutucou Cam e apontou para a pista de dança.

— Saca só o Luis.

Cam olhou para onde ela apontava, e viu o baterista da banda, de smoking branco, imitando uma galinha em torno de Karen Walker, que escondia o rosto nas mãos.

— Vai, Luis! — gritou Lilith.

— O quê? — gritou Luis por sobre a música. — Esta é minha improvisação. Preciso me mexer.

Nesse instante, Dean Miller se aproximou de Lilith e Cam. Usava um smoking preto com uma gravata preta fina, que descia como uma faixa pelo peito.

— Tarkenton estava atrás de você. — Ele entregou a Cam um pano azul dobrado. — É da corte da formatura. Precisa usar isto. Se tivesse se dado ao trabalho de comparecer à nossa última reunião, saberia.

Lilith abafou uma risada na dobra do cotovelo quando Cam ergueu uma faixa de cetim em tom azul-pastel, com o nome impresso ao longo de toda sua extensão em letras maiúsculas brancas. Dean usava um cinto igual sobre seu smoking, onde se lia *Dean Miller*.

— Mas que ótimo. — Cam levantou a faixa. — Boa sorte hoje à noite, cara.

— Valeu, mas ao contrário de você, não preciso de sorte — disse Dean, com um sorriso, enquanto Chloe King se aproximava e passava o braço pelo dele.

— Dean, preciso de você para uma foto...

— Chloe — disse Lilith. — Oi.

Chloe olhou para o vestido de Lilith, claramente impressionada.

— Você contratou um estilista ou algo assim? Porque você está bonita.

— Obrigada, eu acho — agradeceu Lilith. — Você também está.

Chloe se virou para Cam e semicerrou os olhos.

— É melhor você tratá-la bem — disse ela, antes de puxar Dean pelo braço e os dois se afastarem.

— Desde quando você e Chloe King são amigas? — perguntou Cam.

— Eu não sei se eu diria *amigas* — retrucou Lilith. — Mas nós resolvemos algumas questões outro dia. Ela não é tão ruim assim. E ela tem razão. — Lilith levantou uma sobrancelha. — É melhor você me tratar bem.

— Eu sei — disse Cam. Era a coisa à qual ele estava mais comprometido no universo.

Lilith pegou a faixa da corte da formatura e a atirou numa lixeira ali perto.

— Agora que isso está resolvido, vamos ao plano. — Verificou seu relógio. — A batalha começa em vinte minutos. Acho que temos tempo para uma dança antes de nos preparar.

— Você é quem manda — disse Cam, trazendo Lilith para perto e seguindo em direção à pista.

Felizmente a música seguinte foi lenta, do tipo que parecia fazer todos quererem abraçar alguém. Logo, Lilith e Cam estavam cercados por casais, a pista de dança iluminada com vestidos coloridos intensos e smokings elegantemente contrastantes. Pessoas com quem Cam cruzara uma dúzia de vezes nos corredores sem graça da Trumbull agora pareciam extraordinárias sob a luz das estrelas, sorrindo, requebrando ao som da música. Cam ficava atormentado ao pensar que todos ali tinham a sensação de que a vida estava só começando, quando, na verdade, era apenas o início do fim.

Ele abraçou Lilith. Concentrou-se somente nela. Adorava o toque leve dos dedos dela em seus ombros. Adorava o perfume das íris na pele da garota e o calor de seu corpo de encontro ao dele. Fechou os olhos e deixou o resto de Crossroads desaparecer, imaginando que estavam a sós.

Eles só tinham dançado uma única vez antes da noite anterior no riacho da Cascavel: em Canaã, junto ao rio, logo após Cam pedi-la em casamento. Lembrou-se de como Lilith parecia leve como uma pena na primeira vez em que dançaram, levantando-se do chão à menor oscilação do corpo de Cam.

Ela estava tão leve quanto agora. Os pés deslizavam pela pista de dança, e ela olhava para Cam com puro deleite. Ela estava feliz, ele sentia. E ele também estava. Fechou os olhos e deixou a memória transportá-los de volta a Canaã, onde outrora tinham sido tão abertos e livres.

— Eu te amo — sussurrou ele, sem conseguir se conter.

— O que você disse? — gritou Lilith, mas a voz quase não conseguiu se sobrepor à música. — Quer saber onde é o banheiro? — Ela se afastou e olhou em volta, à procura de placas que indicassem o banheiro masculino.

— Não, não — disse Cam, puxando-a de volta para seus braços, desejando não ter estragado o clima. — Eu disse que... — Mas ele não podia dizer aquilo, não agora, não ainda. — Disse que você *dança bem*.

— Aproveite enquanto pode — gritou ela. — Precisamos nos preparar para tocar.

A música terminou, e todos se viraram em direção ao palco enquanto Tarkenton subia os degraus. O diretor usava um smoking azul-marinho com uma rosa vermelha presa à lapela. Girou o bigode entre os dedos e pigarreou, nervoso, ao se aproximar do microfone.

— Todos os participantes da Batalha de Bandas devem dirigir-se aos bastidores agora — disse ele, olhando ao redor. — Esta é a última chamada para todos os participantes da Batalha de Bandas. Por favor, usem a porta do lado esquerdo do palco.

— Temos pouco tempo — disse Lilith, segurando a mão de Cam e puxando-o através da multidão de estudantes, para perto do palco.

— E eu não sei... — murmurou Cam consigo.

Eles viraram à esquerda, contornando uma garota e um rapaz que estavam se beijando como se fossem as únicas pessoas presentes, aí encontraram a porta preta na lateral esquerda do palco, onde os competidores deveriam se apresentar para o *check in*.

Cam segurou a porta aberta para Lilith. Do outro lado havia um corredor mal-iluminado e estreito.

— Por aqui. — Lilith tomou sua mão, apontando para um cartaz com uma seta. Eles viraram à esquerda e depois à direita; então encontraram uma fileira de camarins com portas com o nome das bandas marcados: Amor e Ócio, Morte do Autor, Desprezos Nítidos,

Quatro Cavaleiros e, no final do corredor, Vingança. Lilith girou a maçaneta.

No camarim, Luis estava sentado na cadeira de diretor, enfiando M&M's de amendoim na boca, os pés sobre uma penteadeira. Agora vestia uma camisa de caubói preta, calças brancas e um chapéu fedora também preto, inclinado para baixo. De olhos fechados, ele repassava baixinho as harmonias do "Blues de outro alguém".

Em um sofá no canto, Jean dava uns amassos na namorada Kimi, que estava linda com seu longo de cetim vermelho-cereja. Ele interrompeu o beijo por um instante para olhar para cima e fazer o sinal da paz para Cam e Lilith.

— Pronto pra arrasar, cara? — disse ele, ajustando o colete de couro claro com franjas, comprado no brechó do Exército da Salvação.

Atrás deles, a guitarra de Cam estava apoiada no sintetizador de Jean, ao lado dos smokings de Jean e Luis, que tinham sido cuidadosamente pendurados em cabides — obviamente pela namorada de Jean.

Kimi se levantou e ajeitou o vestido.

— Hora de dar o fora — disse ela. Da porta do camarim, ela soprou um beijo para Jean. — Me deixe orgulhosa.

Jean estendeu a mão para pegar o beijo do ar, o que fez Cam e Lilith começarem a rir.

— É uma coisa nossa — disse Jean. — Por acaso eu tiro sarro de vocês por brigarem de quinze em quinze minutos? Não, porque sei que é uma coisa *de vocês*.

Cam olhou para Lilith.

— Nós não brigamos há pelo menos meia hora.

— Estamos atrasados — concordou Lilith. Em seguida, colocou a mão no ombro de Jean. — Ei, obrigada por aguentar todo nosso drama.

— Não foi nada — disse Jean. — Você devia ver como Kimi fica quando não respondo suas mensagens em menos de sessenta segundos.

— É a formatura! — exclamou Luis. — Quando na história mundial os dias anteriores ao baile de formatura não geraram grandes conflitos? — Ele tirou as baquetas do bolso de trás e tocou um solo de bateria na coxa.

— Dois minutos — gritou uma voz do corredor. — Cam colocou a cabeça para fora e viu Luc de bobeira ali, com uma prancheta e um *headset*. Deu um sorriso lupino para Cam e baixou a voz, até o tom verdadeiro. — Você está pronto, Cambriel?

— Já nasci pronto — disse Cam. Claro que não era verdade. Até estar com Lilith em seus braços, na noite anterior, ele se sentia bem longe de estar pronto.

O diabo riu, fazendo algumas das lâmpadas do teto estourarem com uma gargalhada tão rascante que era inaudível para todos, exceto para Cam. Sua voz voltou a assumir aquele falso tom suave quando ele anunciou:

— Atenção bandas, apresentar-se nas coxias.

Cam voltou ao camarim e fechou a porta, torcendo para que os outros não percebessem o quanto estava irritado. Olhou para Luis pelo espelho. A tez do baterista havia ficado pálida.

— Está tudo bem? — perguntou Cam.

— Acho que vou vomitar — disse Luis.

— Bem que eu lhe disse para não comer todos os M&M's — repreendeu Jean, balançando a cabeça.

— Não é isso. — Luis estava ofegante, com as mãos apoiadas na penteadeira. — Nenhum de vocês fica nervoso antes de subir no palco?

— Eu fico — disse Lilith, e Cam viu que ela tremia. — Duas semanas atrás eu jamais me imaginaria aqui. Agora que estou, quero arrasar. Não quero estragar tudo porque estou nervosa. Não quero jogar tudo no lixo.

— O bom de tocar uma música que nunca ninguém ouviu antes é isso — disse Jean, colocando o sintetizador *Moog* embaixo do braço. — Ninguém tem como saber se você pisar na bola.

— Mas *eu* saberia — retrucou Lilith.

Cam sentou-se na penteadeira, de frente para Lilith. Tocou-lhe o queixo e disse baixinho:

— Vamos fazer o melhor que pudermos, e pronto.

— E se o meu melhor não for bom o suficiente? — perguntou Lilith, olhando para baixo. — E se tudo isso for um erro?

Cam colocou as mãos em seus ombros.

— O valor desta banda não se mede num show de três minutos num baile de formatura. O valor desta banda se mede em todos os passos que demos para chegar até aqui. Em você escrevendo essas canções. Em nós aprendendo a tocá-las juntos. Em todos os nossos ensaios. Na nossa ida ao Exército da Salvação. No concurso de composições que você venceu.

Ele olhou de Lilith para Jean, e de Jean para Luis, notando que estavam grudados em suas palavras. Então continuou:

— É o fato de que nós realmente gostamos um do outro agora. E todas as vezes em que você me expulsou da banda. E todas as vezes em que você graciosamente me deixou voltar. *Isso* é a Vingança. Se nos lembrarmos disso, nada poderá nos deter. — Ele respirou fundo, esperando que os outros não tivessem notado o tremor em sua voz. — E, se não conseguirmos, pelo menos teremos vivido isso juntos. Ainda que esse seja mesmo o fim, valeu a pena só por ter tocado com vocês por algum tempo.

Lilith inclinou a cabeça na direção de Cam e olhou profundamente em seus olhos. Murmurou algo que ele não entendeu direito. Seu coração disparou quando ele se inclinou para perto dos lábios dela.

— O que você disse?

— Eu disse *obrigada*. Eu me sinto melhor agora. Estou preparada.

Bem, já era alguma coisa. Mas seria o suficiente?

Cam tirou a guitarra do suporte.

— Vamos nessa.

Os quatro integrantes da Vingança se reuniram num canto das coxias, os instrumentos embaixo do braço. Todo mundo deveria entrar pelo lado esquerdo do palco, e não havia cortinas separando os vários atos, de modo que os artistas simplesmente se juntavam em grupinhos. Havia uma certa eletricidade nos bastidores, feita de nervosismo, ansiedade e laquê de cabelo. Era possível sentir aquilo no ar.

Por trás da cortina, Cam espiou a multidão na pista de dança. Com as luzes do palco apagadas, ele conseguia vê-los claramente. Estavam inquietos, porém animados, empurrando uns aos outros, paquerando, rindo à toa. Um menino fazia *bodysurf* por cima da massa de gente. Mesmo o corpo docente, que pairava nas bordas da festa, parecia alegre. Cam sabia que uma banda tinha sorte de encontrar uma plateia com esse humor. Aquela gente esperava algo do show, algo que combinasse com a própria energia naquela noite elétrica.

Na mesa dos juízes, à direita do palco, Tarkenton tentava conversar com quatro rapazes estilo punk rock. Cam tinha quase se esquecido de que Ike Ligon vinha julgar aquela coisa, e achou engraçado ver o que se passava por uma "estrela do rock" no Inferno de Lilith. O vocalista da banda era petulante o suficiente, com cabelos loiros espetados e braços e pernas magros e compridos, mas os outros três pareciam ter um neurônio cada. Cam lembrou-se de que aquela era a banda favorita de Lilith, e disse a si que talvez eles fossem melhores no palco.

Um movimento atrás da mesa dos juízes chamou a atenção de Cam. Ariane e Roland estavam lá, abrindo cadeiras dobráveis para a mãe e o irmão de Lilith. Ariane chamou a atenção de Cam e apontou: *Olhe para cima*. Ele obedeceu e ficou feliz ao ver que ela dera um jeito de prender o globo espelhado nas vigas acima do palco.

Ele voltou a olhar para Ariane e gesticulou seu aplauso. *Bacana*, murmurou ele, enfatizando o movimento labial para ela entender. Cam pensou em tudo o que seus amigos tinham feito por ele ontem à noite no riacho da Cascavel e se perguntou se conseguiria ter avançado tanto com Lilith se não fossem eles.

Roland olhou para as estrelas, preocupado. Cam acompanhou o olhar do amigo. As estrelas, que pareciam estranhamente brilhantes naquela noite, na verdade não eram estrelas. Os demônios de Lúcifer haviam se reunido no alto do firmamento. Eram seus olhos que brilhavam como estrelas em meio à fumaça das queimadas. Cam se eriçou, sabendo que estavam ali para testemunhar seu destino. Os alunos da Trumbull não eram os únicos ansiosos para ver um grande espetáculo aquela noite.

As luzes se apagaram.

A multidão ficou em silêncio quando a luz de um holofote caiu sobre Luc. Ele vestia um terno risca de giz azul, sapatos sociais e um lenço fúcsia dobrado no bolso. Segurava um microfone banhado a ouro e sorria para um *teleprompter*.

— Sejam bem-vindos ao baile da Trumbull! — ecoou sua voz. A plateia soltou urras até Luc gesticular para silenciar a multidão. — Tenho a honra de desempenhar um papel nesta ocasião decisiva. Sei que vocês estão ansiosos para saber quem será coroado rei e rainha do baile. O treinador Burroughs está nos bastidores agora, contando seus votos. Mas, primeiro, vamos começar com a tão esperada Batalha de Bandas!

— Amamos você, Chloe! — gritaram algumas pessoas na primeira fila.

— Algumas das bandas que vão ouvir são conhecidas dos fãs — disse Luc. — Outras são relativamente desconhecidas, até mesmo entre seus familiares... — Ele esperou risadas, mas, em vez disso, uma lata de refrigerante cheia até a metade aterrissou a seus pés. — Outras — continuou Luc, com voz agora mais sombria — nunca tiveram uma chance. — Ele se virou e piscou para Cam. — Esta noite, em sua estreia, vamos receber a banda Amor e Ócio!

A plateia urrou em aprovação enquanto duas meninas do segundo ano arrastavam banquetas para o palco. Pareciam irmãs, de pele escura, sardas e olhos azul-claros. Uma tinha cabelo cacheado loiro, quase branco, e a outra, cabelo chanel tingido de preto. Elas levantaram seus ukuleles.

Cam ficou impressionado ao reconhecer os acordes de uma canção folclórica obscura que tinha sido transmitida através das eras em bares clandestinos sombrios. Chamava-se "Adaga de prata", e a primeira vez que ele a ouvira tinha sido duzentos anos antes, a bordo de um barco em alto-mar, chacoalhado pelas ondas agitadas, na pesada escuridão da noite.

— Ela é durona — disse Jean.
— Qual das duas? — perguntou Luis.
— As duas — respondeu Jean.
— Você tem namorada — disse Luis.
— Shhh — disse Jean.

Cam tentou chamar a atenção de Lilith, mas ela estava de olhos vidrados no show.

A banda Amor e Ócio era boa e parecia saber disso. Mas aquelas garotas nunca entenderiam o quanto tinha sido acertada a escolha da canção, nem que estavam se apresentando para dez mil pares de ouvidos imortais que estiveram presentes quando aquela música foi apresentada pela primeira vez, no norte da África. Cam sabia que alguns dos demônios deviam estar acompanhando, lá de cima.

Ele ficou atrás de Lilith, abraçou sua cintura e se pôs a dançar devagarzinho, cantando baixinho em seu ouvido.

— *Meu pai é um belo demônio...*
— Você conhece essa música? — perguntou Lilith, virando a cabeça de leve, de modo que a bochecha roçou os lábios de Cam. — É ótima.
— Lilith — disse ele — tem uma coisa que quero lhe dizer já faz algum tempo.

Agora ela virou-se totalmente, como se tivesse captado a intensidade em sua voz.

— Não sei se é o momento certo, mas preciso lhe dizer que...

— Ei. — Uma voz interrompeu Cam, e um instante depois Luc empurrou Cam de lado para ficar na frente de Lilith. — Você assinou a cessão de direitos de imagem? Todo mundo precisa assinar.

Lilith olhou para o documento densamente impresso.

— O que diz aí? É difícil ler aqui.

— Nada de mais. Só que você não vai processar a King Media e que nós podemos usar sua imagem para materiais promocionais, após o show.

— Sério, Luc? — disse Cam. — Precisamos mesmo fazer isso agora?

— Não é possível entrar no palco sem assinar a cessão.

Cam fez uma leitura dinâmica do documento para ter certeza de que não estava se enfiando num acordo ainda mais sombrio com Lúcifer. Parecia, no entanto, que aquilo era apenas uma estratégia para interromper o momento entre ele e Lilith. Cam assinou.

— Pode assinar — disse ele para Lilith, e observou enquanto ela assinava também.

Cam empurrou os documentos de volta para Lúcifer, que os enfiou no bolso e sorriu. Àquela altura, o show da Amor e Ócio tinha acabado, e os aplausos após sua saída já haviam diminuído.

Luc subiu novamente no palco.

— Provocante. — Sorriu. — Sem mais delongas, nossa próxima banda: Morte do Autor!

A multidão aplaudiu fracamente quando um rapaz baixinho chamado Jerry e seus três amigos subiram no palco, hesitantes. Cam estremeceu quando Jerry tentou ajustar a altura da bateria compartilhada para se adequar à baixa estatura. Depois de alguns momentos dolorosos, Lilith cutucou Cam.

— Vamos lá ajudar os caras — disse ela.

Cam ficou surpreso, mas é claro que Lilith tinha razão. Ela realmente era diferente da garota solitária e irritada de há duas semanas.

— Boa ideia — disse Cam, enquanto subiam depressa no palco para ajudar a ajustar a altura das caixas.

Depois que os instrumentos estavam afinados e a banda prestes a tocar, Lilith e Cam voltaram para as coxias laterais. Lilith não parecia estar nem aí para o fato de a banda Morte do Autor ser péssima. Estava simplesmente feliz por ter ajudado um colega músico. Mas era a única que estava feliz. Jean se retorcia lamentosamente enquanto Jerry cantava uma canção chamada "Amalgamador".

— Ele não deve nem saber o que é um amalgamador — disse Jean, balançando a cabeça.

— É mesmo — disse Luis. — Total. Hum... o que é um amalgamador, hein?

A plateia estava entediada antes mesmo de o primeiro verso terminar. As pessoas vaiavam ou saíam para comprar refrigerantes, mas a Morte do Autor sequer percebia. No final da canção, Jerry abraçou o microfone, quase caindo no chão de tanta adrenalina.

— Nós amamos você, Crossroads!

Enquanto Jerry e sua banda deixavam o palco, Luc voltava a subir.

— Nossa próxima atração já é bem conhecida em toda a cidade — disse ele ao microfone. — Eu apresento as lindas e talentosas da Desprezos Nítidos!

Aplausos ecoaram por todo o Coliseu enquanto a multidão ia à loucura.

Cam e Lilith espiaram pela cortina e viram todos os populares da Trumbull correndo até a beira do palco. Gritavam, as garotas nos ombros dos namorados, cantando o nome de Chloe. Cam segurou a mão de Lilith. Mesmo que ela *tivesse* acertado algumas arestas com Chloe, devia ser difícil para ela não invejar a recepção à Desprezos Nítidos.

— Está tudo bem? — perguntou Cam, mas o barulho da multidão era demasiado alto para Lilith ouvi-lo.

Luis deu um tapinha na bunda de Karen Walker quando ela saiu de trás da cortina para verificar as conexões dos amplificadores da banda. O nevoeiro de alguns baldes cheios de gelo seco encheu o palco, e poucos momentos depois Chloe King e sua banda surgiram das coxias.

Elas eram profissionais. Sorriram e acenaram para as luzes do palco, encontraram seus lugares aos microfones, como se tivessem se apresentado em mil shows mais importantes que aquele. Usavam saltos agulha brancos e minivestidos de couro em cores diferentes, com as faixas cor-de-rosa da corte da formatura sobre os vestidos. O de Chloe era amarelo-claro, para combinar com sua sombra de olho dourada.

— O sentimento é mútuo, Trumbull! — gritou Chloe.

A multidão vibrou.

Chloe fez beicinho e inclinou-se sedutoramente ao microfone. A multidão estava hipnotizada, mas a única coisa que Cam conseguia fazer era observar Lilith. Ela estava inclinada para a frente, roendo as unhas. Ele sabia que ela se comparava a Chloe — não apenas quanto à reação do público, mas também na maneira como Chloe segurava o microfone com um floreio, na forma como sua voz enchia o Coliseu, na paixão que ela trazia para a guitarra.

Se pudesse abraçar Lilith mais uma vez antes de eles tocarem, Cam tinha certeza de que poderia convencê-la de que a questão envolvida naquele show não era competir com Chloe. Era o que ela e Cam viveram juntos. Ele poderia dizer as três palavras que queimaram dentro dele durante quinze dias, e a reação dela iria lhe dizer se eles tinham uma chance.

Três palavrinhas. Será que ele as diria? Elas seriam capazes de determinar tanto o destino de Cam quanto o de Lilith.

Porém, antes que tivesse a oportunidade de se aproximar dela, Cam sentiu Jean chegando pela esquerda, e, em seguida, Luis, pela direita. Cam sentiu a energia que fluía deles, e então soube que a canção de Chloe tinha terminado. A multidão estava aplaudindo, e Lilith inclinou a cabeça para o alto, talvez para pedir boa sorte. Porque a Vingança estava prestes a pisar no palco, e agora a única coisa que importava era a música deles.

O Coliseu ficou escuro, exceto pelo facho de luz sobre os olhos de Luc, que estava parado no centro do palco. Ao falar, a voz dele mal passava de um sussurro.
— Vocês estão prontos para a Vingança?

DEZENOVE

FIM DO SONHO

LILITH

Duas Horas

Centro do palco.

Escuridão profunda.

Lilith segurou o microfone frio com as mãos em concha. Em seguida, uma luz ofuscante caiu em cima dela, e a plateia desapareceu.

Ela olhou para o globo espelhado cintilante pendurado nas vigas. Se não fosse por Cam, Lilith teria passado aquela noite sozinha, escrevendo canções em seu quarto. Não estaria no baile, diante de uma pista de dança lotada, acenando para seus companheiros de banda, prestes a arrasar.

Ela ignorou os joelhos trêmulos, o coração acelerado.

Respirou fundo e sentiu o peso do violão sobre o peito, o tecido leve do vestido.

— Dois, três, quatro — contou ao microfone.

Ouviu o som da bateria, súbito como uma chuva torrencial. Seus dedos acariciaram as cordas do violão em um lento *riff* triste, que depois explodiu na canção.

A guitarra de Cam encontrou seu violão no meio do turbilhão, e eles tocaram como se fosse sua última noite na Terra, como se o destino do universo dependesse de como tocavam em conjunto. Era o momento pelo qual ela vinha esperando. Não sentia mais medo. Estava vivendo seu sonho. Fechou os olhos e cantou.

Sonhei que a vida era um sonho
Que alguém estava sonhando em meus olhos...

Sua canção soava do jeito que ela sempre esperara que algum dia pudesse soar. Abriu os olhos e virou-se para Jean Rah e Luis. Ambos estavam completamente absortos na música. Acenou para Cam, que estava do outro lado do palco, dedilhando a guitarra habilmente, sem desgrudar os olhos dos dela. Ele estava sorrindo. Ela nunca percebera o quanto adorava o jeito como ele sorria para ela.

Quando ela se virou para o público a fim de tocar o segundo verso, teve um rápido vislumbre de seu irmão e sua mãe. Eles estavam de pé, afastados da multidão, dançando com total abandono.

Lilith mal conseguia se ouvir acima dos vivas do público. Afastou-se do microfone para solar, arqueando as costas e deixando os dedos voarem sobre as cordas. Aquilo era alegria. Não havia mais nada além de Lilith, sua banda e sua música.

Depois ela apanhou o microfone novamente, e, no último verso, a voz de Cam se juntou à dela, encontrando harmonias que nunca haviam ensaiado.

Lilith ergueu o braço e parou de tocar, fazendo uma pausa antes do dístico final da canção. Jean, Luis e Cam pararam também.

O público gritou mais alto.

Quando abaixou o braço na hora do acorde final, a banda começou a tocar com ela, no tempo certo, e todas as pessoas da plateia gritaram.

Quando a música acabou, só restou uma coisa a fazer. Ela correu em direção a Cam e segurou sua mão. Queria estar ao lado dele quando se curvassem para agradecer. Porque, sem ele, ela não estaria aqui. Nada daquilo teria acontecido.

Ele estendeu a mão para ela e sorriu. Eles se deram as mãos e foram para a frente do palco.

Segure firme, Lilith flagrou-se dizendo para a mão de Cam. *Agarre-se a mim, assim. Não solte.*

— Lilith arrasou! — Uma voz se ergueu sobre os aplausos. Lilith teve a impressão de que era de Ariane.

— Vida longa à rainha! — gritou outra voz, que poderia ser de Roland.

— Faça uma reverência, estrela do rock — murmurou Cam ao ouvido dela.

— Faça comigo.

O êxtase tomou conta de Lilith quando ela e Cam se inclinaram para a frente. Foi um movimento natural, como se ela e Cam estivessem tocando em turnê desde sempre, agradecendo a plateias arrebatadas a vida inteira. Talvez aquilo fosse um *déjà vu* ao contrário, e ela estivesse tendo um gostinho do que o futuro lhe reservava.

Esperava que sim. Queria tocar novamente com Cam, e logo.

Virou-se para ele. Ele se voltou para ela.

Antes que ela se desse conta, os lábios deles quase...

— Guardem isso para o pós-baile! — trovejou a voz de Luc, enquanto ele se apressava para subir no palco e se colocar entre eles, afastando-os.

As luzes do palco diminuíram de intensidade, e Lilith tornou a conseguir enxergar o público. Todos ainda urravam e aplaudiam. Ariane, Roland, Bruce e Janet foram para a fila do gargarejo e gritavam como se Lilith fosse uma estrela do rock de verdade. Ela sentia-se como uma.

Os seguranças continham as pessoas que tentavam subir ao palco. Até mesmo o diretor Tarkenton estava aplaudindo. Lilith viu as cadeiras vazias ao lado da dele e percebeu que os Quatro Cavaleiros deviam estar nos bastidores agora, preparando-se para fechar a noite.

A batalha já tinha sido tão épica que, para Lilith, parecia loucura estar prestes a ver sua banda favorita.

— Que noite, hein? — perguntou Luc à plateia. — E ainda vem mais por aí!

Dois caras de rabo de cavalo e camisetas do apoio técnico orientavam as outras bandas competidoras a subir no palco novamente. Chloe foi até Lilith e passou um braço em sua cintura.

— Mandou bem — disse ela. — Apesar de eu ter mandado melhor.

— Valeu. — Lilith riu. — A Desprezos foi ótima também.

Chloe assentiu.

— A gente arrasa.

— Muita calma agora — disse Luc, pedindo silêncio. — Vencedores e perdedores devem ser determinados.

Lilith se remexia entre Chloe e Cam. Tarkenton estava subindo os degraus até o palco, trazendo um envelope e um troféu onde, no topo, havia uma guitarra dourada.

— Os conceituados juízes chegaram a uma decisão? — indagou Luc.

Tarkenton deu um tapinha no microfone. Parecia tão deslumbrado pelas apresentações quanto Lilith.

— O vencedor da Batalha de Bandas, patrocinada pela King Media, é...

Um solo de bateria sintetizado tocou nos alto-falantes do estádio. Uma onda competitiva repentina dominou Lilith. Sua banda tinha arrasado naquela noite. Eles sabiam disso. O público sabia disso. Até mesmo Chloe King sabia disso. Se existisse justiça neste mundo...

Luc apanhou o envelope da mão de Tarkenton.

— A Desprezos Nítidos!

A banda de Chloe começou a gritar, a chorar e a empurrar todas as outras pessoas para fora dos holofotes.

— Próxima parada, rainha do baile! — gritou Chloe, e abraçou as amigas.

Os ouvidos de Lilith zumbiam enquanto Chloe aceitava o troféu. Momentos antes ela havia experimentado a noite mais sensacional de sua vida. Agora sentia-se brutalmente derrotada.

— Que bosta — disse Jean Rah.

Luis chutou um marcador de palco.

— A gente mandou melhor.

Lilith sabia que Cam a encarava, mas estava aturdida demais para olhá-lo nos olhos. Ela tivera a sensação de que sua música havia mudado o mundo.

Não havia.

Sentiu-se ridícula por ter acreditado no contrário.

— Ei — disse a voz de Cam ao seu ouvido. — Tá tudo bem?

— Claro. — Lágrimas ardiam em seus olhos. — A gente devia ter vencido. Certo? Quero dizer, a gente arra..

— A gente venceu — disse Cam. — Ganhamos algo melhor.

— O quê? — perguntou Lilith.

Cam olhou para Luc.

— Você vai ver.

— Concorrentes, por favor, saiam pela esquerda do palco — disse o garoto da organização.

As integrantes da Desprezos foram conduzidas até uma mesa dobrável montada ao lado da mesa dos juízes. Nela, num papel dobrado ao meio, lia-se Reservado para os Vencedores. As outras bandas se espremeram nas coxias. Cam segurou a mão de Lilith.

— Venha comigo. Conheço um lugar onde podemos assistir os Quatro Cavaleiros.

— Ei, ei, calminha aí — disse Luc, segurando a outra mão de Lilith.

Ela se viu presa no palco entre os dois, querendo ir com Cam, mas desejando saber o que Luc queria. Olhou para a plateia, surpresa ao perceber que estava tão tensa quanto antes de se apresentar com sua banda. No telão da escola, o enorme relógio marcava 11*h*45. O horário limite para Lilith voltar para casa em geral era meia-noite, mas uma vez que a mãe e Bruce estavam ali, Lilith provavelmente poderia ficar até um pouco mais tarde.

— Acontece que hoje à noite — disse Luc ao microfone — Amor e Ócio, Morte do Autor e Vingança não são as únicas perdedoras. Todos aqueles que participaram do concurso de composições... também perderam. Todos, menos uma.

Lilith prendeu a respiração. Quase tinha se esquecido do e-mail de Ike Ligon. Os Quatro Cavaleiros estavam prestes a tocar sua canção.

Sua decepção diminuiu. Vencer a Batalha de Bandas teria sido sensacional, mas a música que ela tocara no palco com Cam, Jean e Luis era o que importava. Todo o restante era mero acessório.

— Pedi a Lilith para continuar no palco — disse Luc para o público — porque eu acho que ela conhece a canção que os Quatro Cavaleiros estão prestes a tocar.

A cortina subiu nos fundos do palco, e atrás dela estavam os Quatro Cavaleiros. Rod, o baixista musculoso de cabelos escuros, acenou para o público. Joe, o excêntrico baterista loiro, levantou as baquetas com uma expressão divertida. Matt, o tecladista, estava olhando para o *set list*. E, no centro do palco, Ike Ligon, ídolo musical de Lilith, olhou para ela e sorriu.

Ela não se conteve. Gritou, juntamente a todas as outras garotas e três quartos dos rapazes na plateia.

— Que demais! — disse ela para Cam.

Ele apenas sorriu e lhe apertou a mão. Não havia ninguém no mundo com quem Lilith desejaria estar que não Cam. Aquele momento era perfeito.

Ike sustentou o olhar dela e disse:

— Esta aqui é para Lilith. Chama-se "Votos".

Lilith piscou, confusa. Jamais escrevera uma canção chamada "Votos". Seu coração começou a bater depressa, e ela não soube o que fazer. Será que deveria dizer a alguém que era um engano? Será que Ike simplesmente confundira o nome da música?

Entretanto, já era tarde demais. A banda começou a tocar.

Te dou meus braços
Meus olhos
Minhas cicatrizes
E todas as minhas mentiras
E tu, que me darás?

A música era bonita, mas Lilith não era a autora. Entretanto, enquanto ouvia, os acordes começavam a pipocar em sua cabeça uma fração de segundo antes de a banda tocá-los, como se ela fosse prever os movimentos seguintes da canção.

Antes que ela se desse conta do que fazia, a letra já estava em sua boca e ela a cantava também — porque, de alguma forma, sabia que "Votos" havia sido concebida para ser um dueto:

Te dou meu coração
Te dou o céu
Mas se te der meu passo veloz
Não poderei voar até ti
E tu, que darás
Para mim?

A voz de um rapaz encheu seus ouvidos, cantando junto da canção que ela, de alguma forma, conhecia do fundo de sua alma. Só que não era a voz de Ike.

Era Cam. Lágrimas inundavam seus olhos enquanto ele cantava, com o olhar fixo sobre Lilith.

Te dou um coração
Te dou uma alma
Te dou um início
Sabes o que farás?

Por que ela estava com a sensação de que eles já haviam cantado essa música juntos antes?

Não podia ser. Mas, quando ela fechou os olhos, uma visão surgiu: os dois sentados diante de um rio. Não era o pequeno riacho da Cascavel, e sim um rio cristalino e caudaloso, em alguma época muito distante.

Ela havia acabado de escrever aquela canção, para ele. Queria que ele gostasse. Viu em seus olhos que ele gostou. Sentiu em seu beijo, quando ele se inclinou e presenteou seus lábios com os dele. Não havia tensão alguma entre os dois, nenhum ressentimento, nenhum medo. Onde quer que estivessem, fosse a época que fosse, ela o amara profundamente, e os dois estavam se preparando para alguma coisa — um casamento.

O casamento deles.

Em algum lugar, há muito tempo, Cam e Lilith tinham sido noivos.

Lilith abriu os olhos.

Os Quatro Cavaleiros estavam terminando a canção. A guitarra silenciou, e Ike cantou o último verso *a cappella*.

O que tu darás para mim?

A multidão explodiu em aplausos. Lilith ficou imóvel.

Cam deu um passo em sua direção.

— Lilith?

O corpo dela tremia. Luzes explodiram diante dos olhos de Lilith, cegando-a.

Quando ela foi capaz de enxergar de novo, seu vestido parecia diferente: mais branco e sem as alterações de Ariane. Lilith piscou e enxergou algo que parecia ser uma caverna escura ao pôr do sol, o céu ardente em tons de vermelho e laranja. Ela ainda estava diante de Cam, tal como estivera diante dele no palco.

Ela pressionou as mãos sobre o coração, sem entender por que doía tanto. Falou palavras numa língua que era nova para ela, mas que, de alguma forma, ela compreendia.

— Na noite em que você se foi, sonhei que ensinava uma canção de amor para um bando de rouxinóis, para que eles pudessem encontrá-lo e cantar, pedindo que você voltasse para mim. Agora eu sou o rouxinol, que viajou somente para isso. Eu ainda o amo, Cam. *Volte para mim.*

— Não.

A resposta dele foi tão abrupta, como o corte da mais afiada das facas, que Lilith se dobrou de dor. Conteve um grito, esfregou os olhos... e quando afastou as mãos deles...

A caverna tinha sumido, o sol também. Cam se fora.

Lilith estava num barraco sombrio, encostada na parede. Ela reconheceu a cama desfeita, o balde de madeira cheio de água rançosa e a louça suja de vários dias num canto. Moscas do tamanho de beija-flores enxameavam sobre as placas de gordura dos pratos. Tudo era familiar, embora ela não soubesse bem o porquê.

— Eu lhe disse para lavar a louça! — ralhou uma voz de mulher, num tom arrastado. — Não vou dizer de novo.

De alguma forma, Lilith sabia que, do outro lado da parede, havia um fio de metal amarrado entre dois pregos. Ela sabia que conseguia criar música nesse fio, que era capaz de fazê-lo soar como um bom instrumento de muitas cordas. Ansiava por ir para fora com ele, sentir a ardência do cobre nos dedos calejados.

— Já lhe disse, você só pode tocar aquele fio idiota depois de lavar a louça — disse a mulher, pegando uma faca. — Já estou cheia daquele fio.

— Não, por favor! — gritou Lilith, enquanto saía correndo atrás da mulher.

Lilith não foi rápida o suficiente, e a mulher cortou o fio sem dó nem piedade. Lilith caiu de joelhos e chorou.

Fechou os olhos novamente e, quando os abriu, estava montada num cavalo, sacolejando por uma estrada congelada, numa paisagem montanhosa. Ela segurava as rédeas com todas as forças, como se sua vida dependesse disso. Sua respiração virava uma névoa à sua frente, sua pele ardia, e ela sabia que estava morrendo devido a uma febre. Ela era uma cigana, doente e faminta, vestida em trapos, que cantava canções de amor em troca de migalhas.

Piscou mais uma vez, e outra vez mais, e a cada vez Lilith se lembrava de outra experiência infernal. Em todas, era uma artista em dificuldades, infeliz e condenada. Houve uma Lilith cantora de ópera, que dormia num beco atrás do teatro. A Lilith membro de orquestra, atormentada por um maestro cruel. A Lilith trovadora, morrendo de fome numa cidade medieval. Em cada existência, pior que a pobreza, a solidão e o abuso, era a raiva que escurecia seu coração. Em cada existência, ela detestava o mundo que habitava. E queria vingança.

Volte para mim, implorara a Cam.

Não.

— Por quê? — Ela gritou a pergunta que estivera desesperada demais para conseguir formular em qualquer outro dia de sua vida até agora. — Por quê?

— Porque... — Um silvo ensurdecedor tomou conta de seus ouvidos. — Nós fizemos um acordo.

— Que acordo? — perguntou ela.

Lilith abriu os olhos. Estava de volta ao palco de Crossroads. A plateia estava imóvel, aterrorizada. Era como se o tempo tivesse parado. Os Quatro Cavaleiros tinham partido, e no lugar deles estava Luc, parado no meio do palco.

— Lilith! — Ela ouviu Cam gritar. Ele correu até ela, mas Luc o conteve e acenou para Lilith se aproximar.

Ela olhou em volta, para todos os rostos congelados do público.

— O que está acontecendo?

— Tome — disse Luc ao microfone. Ela deu um passo para ele, que entregou-lhe uma esfera de vidro, um globo de neve. — A peça que faltava.

Lilith ergueu o globo. Dentro, havia um penhasco em miniatura que se projetava acima de um mar agitado. Uma pequena estatueta de uma garota de vestido de noiva branco estava parada à beira do precipício. O chão sob Lilith oscilou, e de repente *ela* era a garota de branco, dentro do globo de neve. Deu um passo desajeitado para trás, afastando-se da borda. Sentiu o cheiro do mar revolto e, além dele, conseguia enxergar o vidro que encerrava aquilo tudo.

— Dê uma boa olhada em seu futuro, Lilith — disse uma voz atrás dela.

Ela se virou e viu Luc, recostado sobre uma rocha.

— Sem Cam — disse ele — para que viver?

— Para nada.

Ele gesticulou, indicando as águas.

— Então chegou a hora.

Luc tinha a mesma aparência que ali em Crossroads, mas Lilith entendeu que ele era mais que aquilo. O rapaz à sua frente era o diabo, e ele havia feito uma oferta a ela, que estivera tão doente de amor que se vira incapaz de recusar.

— Eu trouxe você até ele — disse o demônio. — E você fez seu melhor. Mas Cam não quis você, não é?

— Não — respondeu ela, repleta de tristeza.

— Você precisa honrar sua parte do acordo.

— Estou com medo — disse ela. — O que acontece depois da...

— Deixe isso comigo.

Ela olhou para o mar e entendeu que não tinha escolha.

Ela não saltou; inclinou o corpo para a frente e, em seguida, deixou-se cair nas águas. Deixou-se levar. Quando as ondas a atingiram, Lilith não tentou dominá-las. Para que tentar sobreviver? Seu coração pesava como uma bigorna, e ela afundou.

Então estava no fundo, à luz filtrada pelas águas, sozinha. A água negra encheu seu nariz, sua boca, seu estômago, seus pulmões.

Sua alma.

※

De volta ao palco, Lilith estava de frente para Cam.

Sentia Jean Rah, Luis e os outros artistas da batalha em torno deles. A plateia estava estupefata, esperando para ver o que Lilith iria fazer. Mas ela só conseguia olhar para Cam. Havia um brilho selvagem nos olhos dele.

— O que você viu?

— Eu vi... *você*. — A voz dela tremeu. — E...

Então Lilith entendeu que os boatos que corriam em Trumbull sobre a garota que Cam tinha levado ao suicídio eram verdade.

— A garota que se matou — disse ela, sua voz ecoando por todo o Coliseu — era eu.

— Oh, Lilith — disse Cam, fechando os olhos.

— Tirei minha vida porque amava você — disse ela, enquanto os fatos de seu passado começavam a vir à tona. — Mas você...

— Eu também te amava — disse ele. — Eu ainda...

— Não. Eu implorei. Desnudei minha alma para você. E você me disse "não".

Cam estremeceu.

— Eu tentava te poupar.

— Mas você não podia. Porque eu já tinha feito um pacto. — Ela se virou e apontou um único dedo trêmulo para Luc. — Com ele.

A pele ao redor dos olhos de Cam se retesou.

— Eu não sabi...

— Eu tinha certeza de que, se pudesse encontrar você, seria capaz de te reconquistar.

Cam fechou os olhos.

— Fui um idiota.

— Mas eu estava errada — continuou Lilith. — O que eu acabei de ver... essas outras vidas que vivi...

Cam assentiu.

— Os outros Infernos.

Outros Infernos? Lilith congelou. Quer dizer que...

Aquela vida, a vida *dela*, não era, na verdade, uma vida afinal?

Todos os horrores que fora obrigada a sofrer, padecera por causa de Cam. Porque, muito tempo atrás, ele a seduzira, a ludibriara a se apaixonar por ele. E ela fora idiota o suficiente para cair na mesma armadilha mais uma vez.

De repente, Lilith estava tão furiosa que mal conseguia ficar de pé.

— Esse tempo todo... eu estive no Inferno? — Ela se afastou de Cam, saindo da luz dos holofotes e entrando na escuridão. — E tudo por *sua* causa.

VINTE

PARAÍSO À ESPERA

CAM

Cinco Minutos

Cam estava parado no palco, diante de Lilith, sob os reflexos do globo espelhado, sentindo o olhar de milhares de adolescentes, e, acima deles, os olhares de um milhão de demônios esperando no céu.

Ele estendeu a mão para Lilith.

— Ainda existe esperança.

Ela se afastou.

— *Você* é a razão para eu ter sofrido tanto. *Você* é a razão pela qual eu sempre fui tão zangada e triste. *Você* é a razão de eu odiar minha vida. — Seus olhos se encheram de lágrimas.

Lilith tinha razão. *Era* culpa de Cam. Ele a rejeitara porque sentira muito medo de lhe contar a verdade.

— Eu sou uma idiota. Pensei que sua chegada a Crossroads tinha sido a melhor coisa que já me aconteceu, mas foi a pior coisa que já me aconteceu, acontecendo de novo.

— Por favor — implorou Cam. Estendeu as mãos para ela, mas ficou chocado com o que viu: seus dedos estavam retorcidos, as unhas grossas e amareladas. — Você não entende...

— Pela primeira vez, eu entendo tudo. Acreditei no nosso amor, mas você, não, porém eu fui a única que pagou o preço derradeiro. — Ela olhou para as paredes do Coliseu, que se abriam para o céu. As chamas subiam ao longe, lambendo a noite. — Por que você voltou? Para me insultar? Para deliciar-se com meu sofrimento? — Ela abriu os braços, lágrimas cortavam seu rosto. — Está satisfeito agora?

— Vim porque te amo. — A voz de Cam tremeu. — Pensei que você estivesse morta. Não sabia que estava no Inferno. Assim que descobri, vim atrás de você. — Os olhos dele começaram a arder. — Fiz um pacto com Lúcifer e passei os últimos quinze dias me apaixonando por você mais uma vez, esperando que você pudesse se apaixonar por mim de novo também.

— Então essa era a aposta. — Lilith olhou para Cam com nojo. — Você não mudou nada. Continua tão egoísta como sempre.

— Ela tem razão. — Uma voz ecoou de todos os lugares enquanto um vento quente rodopiava pelo palco.

Cam virou-se e viu Luc destituído de seu disfarce de jovem mortal. O verdadeiro Lúcifer estava ali agora, o peito arfando, os olhos vermelhos e malignos. A cada respiração, o corpo de Lúcifer inflava; ele crescia cada vez mais, até superar o tamanho do palco e eclipsar a lua.

O público gritou e tentou fugir, mas descobriu que todas as saídas tinham sido bloqueadas e trancadas. Alguns alunos tentaram escalar as paredes, outros se amontoavam em grupos, chorando. Todo aquele esforço, Cam sabia, era inútil diante do demônio.

Os dedos de Lúcifer terminavam em garras afiadas como navalhas, do tamanho de facas de carne. Escamas negras reptilianas revestiam seu corpo, e suas feições eram irregulares e desprovidas de misericórdia. Ele inclinou a cabeça para trás, fechou os olhos e soltou suas asas verde-douradas e envelhecidas.

— Lúcifer. — Lilith engasgou ao reconhecê-lo.

— Sim, Lilith — gritou Lúcifer, a voz deslizando para dentro de todas as fendas de Crossroads. — Eu sou o arquiteto de seu sofrimento.

Os outros artistas estavam bem longe agora; tremiam em algum lugar na plateia, deixando o palco completamente vazio, exceto por Cam, Lilith e Lúcifer, e, ele agora percebia, Jean e Luis. Seus dois companheiros de banda haviam recuado, observando os acontecimentos da borda do palco, juntos, os rostos pálidos e horrorizados. Cam desejava que houvesse algo que pudesse fazer para consolá-los, mas sabia que os horrores daquela noite só iriam piorar.

As estrelas pulsaram e incharam quando a legião de demônios de Lúcifer voou mais para perto, tornando-se discernível aos poucos nas trevas, atravessando o firmamento vítreo, rodopiando sombria e diretamente acima de Lilith.

— Mesmo agora — disse Lúcifer —, Cam continua mentindo para você, escondendo sua verdadeira natureza de você. Veja!

O diabo apontou para Cam, e, de repente, um desejo incontrolável apoderou-se dele. Seus ombros pareciam ter sido engolfados em chamas enquanto Lúcifer forçava as asas de Cam a se abrir. Elas se desfraldaram com um som semelhante ao de um vinil se rasgando. Por toda a eternidade, Cam só havia conhecido a beleza gloriosa de suas asas. Naquela noite, ele olhou para trás e sufocou um grito de horror.

Elas pareciam horríveis, coriáceas, flácidas e carbonizadas, como as asas dos demônios dos mais baixos escalões do inferno. Ele sentiu os ossos dentro do corpo retorcerem-se dolorosamente, a pele repuxar e se retesar. Gritou e em seguida olhou para suas mãos — que agora tinham se transformado em garras escamosas.

Tocou o próprio rosto, o peito, e descobriu que sua transformação estava completa. Nem mesmo Lilith seria capaz de negar sua aparência monstruosa...

Então de repente Cam sentiu-se grato por isso. Não iria esconder nada dela, nunca mais.

— Tempos atrás — disse ele, sentindo lágrimas nos cantos dos olhos —, tive medo de que você não me amasse caso descobrisse quem eu realmente era.

Ela olhou para seu rosto de demônio envelhecido, o corpo decrépito, as asas repulsivas.

— Nunca me deu a chance de te amar de verdade — disse ela. — Você não acreditou que eu pudesse aceitá-lo.

— Você tem razão...

— Eu *amava* você, Cam. Queria me casar com você, e isso significava você inteiro, tudo, o bom e o mau, o conhecido e o desconhecido.

— Eu também queria me casar com você. Mas não poderia ser no templo, como você queria...

— Dane-se o templo — disse Lilith. — Quem se importa com isso?

— Você — disse ele. — Importava para você, mas menosprezei isso para não precisar revelar meu verdadeiro eu. Tentei fazer tudo parecer sua culpa, mas fui eu quem desistiu de nosso casamento.

Ela olhou para ele, o rosto contorcido de mágoa.

— Eu sabia que você nunca me perdoaria — disse ele. — Por isso fugi. Pensei que tivesse perdido você para sempre. Mas então tive essa segunda chance e vim aqui para me redimir. Esse tempo que passei ao seu lado mostrou que meu amor por você é maior que meu medo. Meu amor por você é maior que qualquer coisa que conheço.

Uma lágrima rolou pelo rosto dele. Cam fechou os olhos. Tinha tanto mais para dizer, e tão pouco tempo para que fizesse alguma diferença.

Lilith gritou.

Algo ácido chamuscou o nariz de Cam, e ele se lembrou do que tinha acontecido na biblioteca da última vez que chorara. Enxugou o rosto, mas era tarde demais. A seus pés, viu o buraco que sua lágrima abriu quando atingiu o palco. Fumaça preta subia dali. O ácido corroeu o palco, formando uma cratera que se escancarou e se espalhou como um cânion, separando Cam e Lilith.

— Diga adeus, Lilith — falou Lúcifer, com um sorriso de escárnio.

Cam saltou, abrindo suas asas fracas e frágeis. Tudo que ele precisava fazer era fechar a distância entre ele e Lilith. Ela gritou e recuou aos tropeços, em direção a Lúcifer e para longe da cratera em expansão.

Cam aterrissou a seus pés. O fim estava próximo. Ele ia perder. Não a convencera a amá-lo de novo, então só restava uma coisa a fazer.

Ele caiu de joelhos diante do diabo e levantou as mãos em súplica.

— Leve-me.

Lúcifer sorriu.

— Teremos muito com que nos ocupar.

Cam balançou a cabeça.

— Não como seu segundo em comando.

Lúcifer rugiu.

— Nosso acordo era claro.

— Este é um *novo* acordo — disse Cam, subindo para proteger Lilith enquanto o palco chacoalhava sob os pés deles e a boca da cratera aproximava-se de suas botas. Era quase meia-noite. Era sua última chance. — Eu fico aqui, no exílio. Assumo o lugar dela no Inferno, como seu súdito. E você a liberta.

— Não! — gritou Lilith. Agarrou Cam pela gola da jaqueta. — Por que você faria isso; se sacrificar por mim?

— Eu faria qualquer coisa por você. — Cam segurou a mão dela, espantado quando ela não se afastou.

Os gritos da multidão tornaram-se ensurdecedores quando a cratera feita pela lágrima de Cam alcançou a plateia, engolfando alunos às dezenas. Mas Cam não conseguia mais enxergá-los: o ar agora estava espesso de fumaça, e tudo parecia nublado e caótico.

Seu coração disparou. Ele precisava se apressar.

— Faço o que você quiser, vou aonde você quiser, sofro qualquer punição — disse a Lúcifer. — Mas liberte Lilith deste Inferno.

Enquanto falava, notou uma mudança na expressão de Lilith. Sua expressão tinha se suavizado, os olhos, se arregalado. Mesmo quando as paredes em torno deles se esticavam, retorciam e começavam a desabar, Lilith não tirava os olhos de Cam.

— Você *mudou* — disse ela. — Você me deu tanto nestas duas últimas semanas.

— Deveria ter lhe dado mais. — Cam estendeu a mão para ela, tentando encontrar as mãos de Lilith em meio à fumaça densa e escura.

— Não vou deixar você tomar meu lugar aqui no Inferno — disse Lilith. — Quero estar onde você estiver.

Um poço de lágrimas caiu dos olhos de Cam, escorrendo pelo seu rosto e queimando o mundo ao redor. Ele não teria conseguido contê--las, mesmo se tentasse.

— Eu te amo, Lilith.

— Eu amo você, Cam.

Ele a abraçou enquanto a cratera aumentava e o palco se desintegrava abaixo deles. Gritos irromperam da plateia quando as paredes espessas do novo Coliseu estremeceram e desmoronaram.

— O que está acontecendo? — perguntou Lilith, atônita.

— Segure em mim — disse ele, agarrando-a com força.

— Mãe! — gritou Lilith, apavorada, olhando na direção onde a plateia estivera, embora àquela altura fosse impossível ver sua família, ver qualquer coisa que estivesse a mais de alguns centímetros de distância. Seus pulmões se encheram de fumaça, e ela começou a tossir.

— Bruce!

Cam não tinha palavras para consolar sua perda. Como poderia explicar que todas as pessoas que Lilith conhecia não passavam de peões do diabo, que o preço de sua liberdade era perdê-las? Ele segurou a cabeça de Lilith e a abraçou.

— Não! — gritou ela, e chorou de encontro ao peito dele.

O Coliseu e a escola ao lado deste desapareceram atrás de grandes nuvens de fumaça, enrolando-se como papel queimando. Momentos depois, tudo em torno de Cam e Lilith tinha sido consumido pelas chamas. O mundo tornou-se um monte de cinzas que se agitaram e, em seguida, voaram para longe.

O estacionamento, a escola, o grupo desolado de alfarrobeiras que demarcavam a entrada do riacho da Cascavel, as estradas que levavam a lugar nenhum, o céu noturno que inspirara tantas músicas; tudo aquilo estava em chamas. O fogo sobre as colinas havia fechado o cerco ao redor de Cam e Lilith. O fogo do Inferno.

Ele se concentrou em abraçá-la com força, protegendo-a daquela visão e dos demônios que voavam mais acima, numa massa frenética de asas douradas.

Um clarão prateado entrou no campo de visão de Cam. Era Ariane voando até ele, as glamourosas asas iridescentes tão brilhantes quanto a luz das estrelas.

— Ariane! — gritou Cam. — Pensei que você tivesse ido embora.

— E abandonar você nos momentos finais? — disse Ariane. — Nunca.

— Esplêndido — sussurrou Lilith ao ver as asas de Ariane. — Você é um anjo.

— Ao seu dispor. — Ariane sorriu e curvou-se. — Cambriel, você conseguiu. Com um pouco de ajuda. — Ela cutucou Lilith. — Vocês arrasaram.

Cam abraçou Lilith com mais força.

— Abandonei você em Canaã. Foi meu maior erro, maior do que me unir a Lúcifer. Perder seu amor é meu único arrependimento.

— E encontrar seu amor é minha redenção — disse Lilith. Ela tocou o peito dele, o rosto. — Não me importo com sua aparência. Você é lindo para mim.

— Ah, que emocionante — comentou Lúcifer, abatendo-se sobre eles, as chamas lambendo as costas de suas asas. — Absurdamente emocionante.

Cam gritou para Lúcifer:

— Honramos suas condições! Ela me ama. Eu a amo. Nós ganhamos nossa liberdade.

O diabo ficou em silêncio, e Cam notou algo estranho: suas asas pareciam finas, quase translúcidas. Através de suas fibras, Cam podia ver as chamas que se contorciam atrás dele.

— Lúcifer! — gritou ele. — Liberte-nos.

Lúcifer atirou a cabeça para trás enquanto suas asas se enrolavam e chamuscavam nas extremidades. A silhueta do diabo ficou fina como papel e se implodiu. Por um instante, suas garras se flexionaram para Cam, mas depois se retorceram e desintegraram. Sua boca se abriu, e o som tenebroso de seu riso melancólico fez Cam e Lilith estremecerem.

Não demorou e seu corpo se encolheu e desapareceu, até ele não passar de um buraco negro infinitesimal no centro do círculo de fogo.

— Ele se foi? — perguntou Lilith.

Cam olhou para o céu em descrença.

— Por enquanto — respondeu.

Em seguida, do alto, veio um ruído horroroso. Lilith tapou os ouvidos. Cam ficou observando enquanto uma horda de demônios, uma debandada de anjos caídos, negros como a alma da meia-noite, subia como foguetes pelo céu. Eles seguiam para onde o diabo estivera um minuto atrás, liderados pelas asas salpicadas de preto e dourado de Roland. Cam nunca vira indiferença tão intensa quanto aquela no rosto de Roland.

— Para que lado ele foi? — perguntou Roland.

— Para as trevas — respondeu Cam. — Como sempre.

Ariane passou um braço em torno de Roland.

— Ro, quer se casar comigo? — Então ela piscou e balançou a cabeça rapidamente. — Não responda. Foi só a emoção da vitória falando por mim. Esqueça que eu disse qualquer coisa.

— O que é isso? — perguntou Cam para Roland, apontando para o exército atrás dele. — O que você está fazendo?

O demônio levantou uma sobrancelha escura.

— Indo atrás de Lúcifer.

— O quê? — perguntou Cam.

— A revolução estava para acontecer há muito tempo. Você sabe disso melhor que ninguém. — Ele acenou para Lilith, e então estendeu o braço para apertar a mão de Cam. — Ei, irmão?

— Sim?

— Dê uma olhadinha nas suas asas.

Cam olhou para a esquerda, depois para a direita. Suas asas estavam se espessando, aumentando, e partes coriáceas davam lugar a novos filamentos resistentes. Os pedaços carbonizados se transformavam em flocos e caíam no chão.

E por baixo, as asas de Cam eram brancas.

Só aqui e ali no início, mas logo o branco estava se espalhando. Cam esticou os braços para as estrelas e ficou olhando aquela transformação. Dentro de instantes, suas asas já estavam restauradas, assumindo não o glamour dourado lendário com o qual ele havia se acostumado, mas sua incandescência original. Brancas. Fortes. Brilhantes.

A aliança exclusiva ao amor.

— Obrigado — sussurrou Cam.

Cautelosamente, tocou seu cabelo — estava cheio e lustroso novamente. Seu corpo tinha retornado à forma ágil, musculosa, e sua pele era macia e alva mais uma vez.

Ele prendeu a respiração quando Lilith tocou suas asas. Ela correu os dedos sobre seus cumes, achatando as palmas contra eles, as unhas dançando até o tecido mais sensível bem atrás de seu pescoço. Ele estremeceu de prazer. Tudo parecia ilimitado.

— Cam — sussurrou ela.

— Lilith — disse ele. — Eu te amo.

De repente, o mundo inteiro ficou branco. Cam sentiu uma pressão ao redor de seu corpo, e então seus pés tocaram o chão.

Ele e Lilith estavam de volta à praça de alimentação onde Cam selara seu pacto com o diabo. Alguém havia limpado o lugar, retirado o lixo, restaurado as placas chamuscadas. Lilith olhou ao redor. Cam percebeu que ela reconhecia Aevum, mas não tinha certeza de onde.

— Estou sonhando? — perguntou ela.

Cam balançou a cabeça, pegou a mão dela e sentou-se ao seu lado na mesa mais próxima. Em seu centro, havia uma bandeja marrom com um globo de neve. Cam e Lilith olharam para ele e viram as ruínas ardentes de Crossroads.

— Acho que você acabou de acordar — respondeu Cam.

Ele se lembrou de Lucinda e Daniel, e teve a impressão de agora saber como eles sentiram-se em seus últimos instantes como anjos, depois de finalmente fazerem sua escolha e de começarem tudo do zero.

— Sempre soube que havia algo especial em você — disse Lilith. — Você é um anjo.

— Um anjo caído — corrigiu Cam. — E sou seu.

— Tudo que conhecemos ficou para trás. — Os olhos dela exibiam a tristeza que ela sentia pela vida que deixara, mas seu sorriso estava cheio de esperança. — E agora, o que acontece?

Cam se inclinou e a beijou suavemente.

— Ah, Lilith. Nós ainda nem começamos.

Este livro foi composto na tipologia Classical Garamond BT,
em corpo 11/16,1, impresso em papel off-white
no Sistema Digital Instant Duplex da
Divisão Gráfica da Distribuidora Record.